LE MYSTÈRE JUBILLAR

Ronan Folgoas est grand reporter au service Police-Justice du journal *Le Parisien*. *Le Mystère Jubillar* est son premier livre.

RONAN FOLGOAS

Le Mystère Jubillar

ÉDITION ACTUALISÉE

STUDIOFACT ÉDITIONS

ISBN : 978-2-253-94122-4 – 1re publication LGF

« Cette conviction que le réel est totalement intelligible est la pierre angulaire de tout l'édifice spinoziste. Pour lui, rien n'est irrationnel. Certes, nous pouvons adopter un comportement jugé irrationnel, mais celui-ci s'explique par des causes qu'il suffit de découvrir. La jalousie ou la colère, même la plus folle, est une explication tout aussi logique qu'un orage ou une éruption volcanique. On peut dès lors comprendre cette expression que Spinoza utilise par trois fois dans ses œuvres : "Ne pas se moquer, ne pas se lamenter, ne pas détester, mais comprendre." »

Frédéric LENOIR, *Le Miracle Spinoza*

Avertissement

L'affaire évoquée dans ce livre est l'objet d'une procédure judiciaire en cours. Si ce récit est l'aboutissement d'une longue enquête de l'auteur en tant que journaliste, qui s'appuie notamment sur de multiples entretiens, cet ouvrage ne se substitue en aucune façon au travail de la justice, ni ne remet en cause le droit fondamental à la présomption d'innocence qui s'applique jusqu'à une décision judiciaire définitive.

Prologue

C'est l'histoire d'une disparition. D'un possible crime. D'un silence qui ronge un village, une famille, un pays.

Une nuit de décembre 2020, Delphine Jubillar disparaît sans laisser de traces. Dans les heures, les jours et les semaines qui suivent, l'émotion, l'inquiétude et la tristesse se propagent comme une onde funeste.

Je suis grand reporter au service Police-Justice du journal *Le Parisien*. Quelques jours avant Noël 2020, j'ai commencé à travailler sur la disparition inquiétante de « l'infirmière d'Albi ». Sans imaginer un instant que cela me plongerait, quelques semaines plus tard, au cœur d'une affaire criminelle rarissime, un drame intime qui résonne en chacun de nous, une histoire dont tout le monde s'empare et dans laquelle chacun, homme ou femme, se projette. Les semaines ont passé et le mystère s'est installé. J'ai arpenté les rues de Cagnac, sillonné les routes de la campagne tarnaise à la recherche de témoins capables de me raconter la vie de Delphine et celle de Cédric, avant comme après la disparition. Un certain nombre d'entre eux ont préféré ne pas donner suite. Trop de douleur, de chagrin, trop de sollicitations médiatiques aussi.

Paradoxalement, les personnes les plus proches de cette tragédie m'ont presque toutes ouvert leur porte. À commencer par Cédric Jubillar, avec lequel j'ai pu m'entretenir à de nombreuses reprises de visu ou par téléphone au cours du printemps 2021, jusque dans les jours qui ont précédé son interpellation. Nous avons parlé de tout et de rien, de lui surtout, de son épouse, un peu. Ces échanges m'ont permis de lever le voile sur son passé, sa personnalité écorchée, éruptive, égocentrique, attachante et finalement très solitaire. Cet homme est un mystère à lui seul. Le mystère Cédric Jubillar. J'ai tenté de le percer, avec empathie et sans complaisance.

Je ne pouvais bien entendu me contenter d'un seul point de vue, fût-il celui du mari de la disparue. Il me fallait aussi apprendre à connaître l'histoire de Delphine, la genèse de son couple si détonnant, la vie quotidienne qui s'enlise et l'espoir d'un autre possible. J'ai rencontré plusieurs de ses amies, des membres de sa famille, et puis son amant. L'homme qui a vécu avec elle une passion clandestine, joyeuse, exaltante, au cours des mois qui ont précédé sa disparition. Celui avec lequel elle voulait reconstruire sa vie. Delphine n'avait aucune raison de disparaître volontairement. Est-elle la victime d'un féminicide commis par un époux sur le point d'être quitté, comme semblent pour le moment le penser juges et enquêteurs ? Ou s'agit-il d'une tout autre histoire ?

Il me fallait enfin approcher la complexité judiciaire de l'affaire Jubillar. Comprendre pourquoi, dès les premières heures, la justice et la gendarmerie ont déployé des moyens de recherche aussi considérables avant de convoquer des centaines de témoins et d'appeler la technologie et la science à la rescousse.

Début 2023, deux ans après la disparition, les recherches menées pour retrouver sa dépouille dans la campagne escarpée, boisée et truffée de cavités qui parsèment cet ancien pays minier entre Albi et Carmaux, restaient désespérément vaines. En l'absence d'aveux et de preuve irréfutable, obstacles majuscules contre lesquels la quête de vérité pourrait se fracasser, les gendarmes ont réuni une somme d'indices qualifiés de « graves et concordants » qui convergent vers un seul homme, le mari de Delphine. Mis en examen pour « meurtre par conjoint » le 18 juin 2021, Cédric Jubillar conteste toute implication dans la disparition de son épouse. Et il reste présumé innocent. J'ai écrit ce livre pour tenter de comprendre son mystère, comprendre pourquoi cette affaire, qui aurait pu n'être qu'un fait divers parmi d'autres, a atteint si sûrement le cœur de nos foyers et touche chacun d'entre nous. Je l'ai aussi écrit en pensant à Delphine.

Ronan Folgoas, le 5 janvier 2023

Chapitre 1

« Je ne sais pas où est passée ma femme »

Il est 4 h 10 ce mercredi 16 décembre 2020. Cagnac-les-Mines et ses deux mille cinq cents habitants dorment encore profondément. Dehors, l'air est humide mais il ne pleut pas. Le thermomètre affiche 5 °C. En cette première nuit de couvre-feu national, les déplacements sont interdits jusqu'à 6 heures, sauf motif professionnel, médical… ou pour promener son chien. Une nouvelle mesure gouvernementale qui vise à freiner la propagation de l'épidémie de Covid-19 tout en relâchant la pression après plusieurs semaines de confinement.

À cette heure et dans ce contexte, Cagnac ressemble plus que jamais à un village fantôme, à peine éclairé par la lumière blafarde des lampadaires fatigués, cerné par l'obscurité des forêts et de la campagne. L'avenue Jean-Jaurès, déserte, en est l'unique artère commerçante. Lorsqu'on arrive d'Albi, à sept kilomètres en contrebas, le bureau de poste, la mairie et la boulangerie sont situées sur la gauche de l'avenue, comme l'école maternelle et primaire. À droite, le bureau de tabac et la pharmacie. Un peu plus loin, le salon de coiffure et un supermarché en cours de rénovation. Dans quelques heures, le jour va se lever et le cœur de Cagnac se remettra à battre doucement au rythme de ses habitants.

À quelques centaines de mètres du centre-bourg, au 19, rue Yves-Montand, dans le lotissement de la Maurelié sorti de terre il y a une dizaine d'années, la lumière de la cuisine est déjà allumée et un homme est réveillé. Il s'appelle Cédric Jubillar. Ce père de famille, artisan peintre-plaquiste, est au téléphone, en ligne avec le centre opérationnel et de renseignements de la gendarmerie d'Albi. Il vient de composer le 17. Comme pour chaque appel vers un numéro d'urgence, la conversation est automatiquement enregistrée et fait l'objet d'une retranscription écrite que j'ai pu consulter.

« Gendarmerie, je vous écoute.

— Oui, bonjour, je ne sais pas où est passée ma femme.

— Bonjour monsieur, c'est-à-dire, qu'est-ce qui vous arrive ?

— Eh ben, écoutez, je me réveille là, je suis tout seul à la maison.

— Et heuuu, elle était là tout à l'heure ?

— Eh ben, écoutez, moi je me suis couché en premier et après y avait le petit avec elle devant la télé donc je sais pas oui.

— Vous avez bien fait le tour de la maison ?

— … Il est 4 heures du matin, oui, monsieur.

— Non mais je vous pose des questions. Votre enfant, il est là ou pas dans la chambre ?

— Ils sont là, ils sont au lit.

— Et c'est la première fois qu'elle fait ça ? Enfin y a eu... ?

— C'est déjà arrivé une fois mais c'était en plein été et là on est en plein hiver.

— Et qu'est-ce qu'elle avait fait la dernière fois ?

— Elle s'était endormie dans l'herbe pour regarder les étoiles filantes... Voilà ce qu'elle m'avait sorti comme excuse.

— Et vous pensez quoi, elle... vous pensez qu'il s'est passé quoi ?

— Je sais pas, j'en sais rien, je me réveille je vous dis, je suis tout seul, j'ai j'ai... elle est censée venir dans le lit dans la nuit et là y a personne.

— D'accord, y a pas de problème particulier ? Vous ne vous êtes pas disputés ou autre ?

— Ah non non non. Après, on est en instance de divorce, ça, c'est une chose, mais après ça se passe bien.

— Vous avez essayé de l'appeler, elle a un portable, quelque chose ?

— Oui j'ai fait que ça, monsieur, ça fait vingt, vingt-cinq minutes que j'appelle, j'ai même eu des copines à elle qui sont réveillées et qui m'ont dit qu'elle n'était pas chez elles, alors, je... je sais pas. »

L'opérateur demande à Cédric Jubillar le numéro de téléphone mobile de Delphine puis reprend le fil de ses questions.

« Et dans le jardin, vous êtes allé voir, enfin elle est pas du tout dehors ni dans le garage ni quoi que ce soit, rien du tout ?

— Dans le sous-sol non et dehors non, il n'y a

personne… non, non, non, y a personne. Après, je vais pas appeler, je vais réveiller les voisins.

— Oui, qu'est-ce que je veux dire, oui vous êtes monsieur ?

— Jubillar.

— D'accord, et vous habitez ?

— 19, rue Yves-Montand à Cagnac.

— D'accord, et cette dame, elle s'appelle comment ?

— Eh pour l'instant, c'est Mme Jubillar Delphine.

— Elle a quel âge ?

— Elle a 33 ans.

— Elle était habillée comment quand heeuuu… enfin hier soir ?

— Non, elle était en pyjama à la maison.

— D'accord.

— Après, je sais qu'elle va promener les chiens de temps en temps mais est-ce qu'elle y est allée hier soir ?

— Je peux pas vous dire.

— Moi non plus, je sais pas, je vous dis, je, je… je me lève tôt je me couche tôt, vu qu'on est en instance de divorce on se parle presque plus, chacun fait sa vie et voilà…

— D'accord et vous, ça vous paraît bizarre qu'elle soit partie, elle n'a pas rejoint quelqu'un ou non dans la nuit ?

— Écoutez franchement, que ce soit fait d'accord, mais qu'elle le dise et qu'elle ne me laisse pas là comme un con à galérer.

— Moi, ce qui m'importe, c'est de voir si elle est en danger ou si elle n'est pas en danger.

— Moi j'en sais rien, sincèrement je n'en sais rien, je ne sais pas quoi vous dire.

— Voilà parce que…

— … Je préfère partir du principe qu'elle est en danger… *(Cédric pleure)*

— Je vais vous envoyer une patrouille déjà voir un peu ce qui se passe sur place, voir si elle est pas sur… et puis on va voir ce qu'on peut faire. Allez, je vous envoie quelqu'un, monsieur. Donc on est bien au 19, rue Yves-Montand à Cagnac, c'est ça ?

— *(Cédric pleure)* Merci.

— Je fais le nécessaire, monsieur, vous restez éveillé, que quand mes collègues vont arriver, que vous puissiez…

— Sincèrement, comment voulez-vous que j'arrive à dormir maintenant ?

— Allez, je vous laisse, on va vous aider, monsieur.

— *(Cédric pleure)* Merci, c'est gentil.

— Au revoir, monsieur. »

Cette première conversation a duré un peu plus de quatre minutes. Après avoir tenté de joindre Delphine Jubillar une première fois, puis lui avoir laissé un message sur son répondeur dans un second temps, l'opérateur du CORG d'Albi rappelle Cédric Jubillar à 4 h 25. Visiblement, ce gendarme a omis de vérifier la possibilité d'un départ de la jeune femme en voiture. Il en profite pour soumettre une question subsidiaire au sujet d'un éventuel amant que Delphine Jubillar aurait pu rejoindre.

« Oui, monsieur Jubillar.

— Oui, dites-moi.

— Ouais, dites, on n'a pas de nouveau pour l'instant,

j'ai une patrouille qui va venir chez vous. Elle serait partie avec une voiture ou pas ?

— Non, la voiture est là !

— La voiture est là, elle n'a pas pu partir bien loin alors, et vu que vous êtes en instance de divorce, est-ce que vous savez si elle fréquente quelqu'un d'autre ?

— Franchement, j'ai des doutes à 2 000 % mais je n'ai aucune preuve. La vérité est là.

— Non mais moi, ce que je veux savoir, c'est si elle serait partie chez son amant ou si c'est vraiment inquiétant quoi.

— Mais techniquement, si elle part chez son amant, elle a tout perdu au niveau du divorce, donc je ne pense pas qu'elle ait fait ça… Après je n'en sais rien, je sais pas… je sais plus.

— Bon, quoi qu'il en soit, j'ai quelqu'un qui va venir vous voir, bon y en a pour un petit moment, car ils sont pas à proximité, ils étaient sur autre chose. Je voulais savoir si elle était partie avec une voiture ou pas, ou…

— Non y a la voiture, je ne comprends pas.

— Donc, elle est partie à pied quoi.

— Oui.

— D'accord…

— Y avait les chiens de ce côté ce matin, quand je me suis levé. Normalement, elle les rentre.

— Pardon ? Je n'ai pas compris.

— Les chiens étaient dehors quand je me suis réveillé, mais normalement, elle les rentre.

— D'accord bon écoutez, y a plus qu'à voir les collègues, écoutez… Vous avez pas trouvé de lettre ou quoi que ce soit sur la table de la cuisine ou autre ?

— Non, y a rien, y a rien très sincèrement, y aurait

eu quelque chose je ne vous aurais pas appelé. Là, y a rien, je suis en panique, je suis en panique.

— Bon OK, bon écoutez, attendez les collègues, moi j'ai laissé un message sur son téléphone portable.

— J'en ai laissé peut-être trois, moi.

— Ouais et puis voilà, bon écoutez, c'est en cours, les collègues arrivent.

— Merci, c'est gentil.

— Et voir entre-temps si y a du nouveau, appelez-moi.

— Non, ne vous inquiétez pas, je vous appellerai, pas de souci.

— Allez, ça marche, au revoir monsieur.

— Au revoir. »

Chapitre 2

Rendez-vous chez le médecin légiste

Difficile pour l'opérateur de la gendarmerie qui vient d'interroger Cédric Jubillar d'émettre un avis éclairé sur la base de ses seules déclarations. Quatre éléments retiennent toutefois l'attention. Le couple est en cours de séparation et le mari, sans en être tout à fait certain, subodore l'existence d'un amant. Par ailleurs, la voiture de sa femme est toujours là, mais pas son téléphone. L'hypothèse d'un départ volontaire de Delphine Jubillar juste le temps d'une nuit, avec un homme qui serait venu la chercher à proximité de son domicile, pourrait donc constituer une explication simple et crédible. Cependant, Cédric Jubillar semble très inquiet et pressent que sa femme est peut-être en danger.

Dans le doute, deux premiers gendarmes, deux jeunes femmes de la brigade de Pampelonne, commune située à une trentaine de kilomètres au nord de Cagnac, sont envoyées sur place. Elles se présentent au domicile de la famille Jubillar à 4 h 50. La maison n'est pas facile d'accès : un chemin recouvert de petits cailloux mène de la rue au garage, puis il faut gravir

un talus glissant et boueux. Quelques mois plus tôt, Cédric a enfoncé des parpaings dans la pente en guise de marches, mais dans l'obscurité, personne n'est à l'abri d'un faux pas. Les deux militaires avancent prudemment à la lampe torche de leurs téléphones. La lumière qui filtre de la fenêtre de la cuisine attire leur regard. Au moment précis où elles apparaissent devant la porte vitrée, le maître de maison est accroupi devant la machine à laver dont il referme le hublot. Il porte un bas de jogging sombre et un haut de pyjama « panda » dont la capuche blanche, ornée de petites oreilles noires, dissimule en partie sa tête. Ses vêtements semblent crasseux, et surtout, l'accoutrement est tellement comique que l'une des gendarmes se demande si elle ne s'est pas trompée de maison. Mais non, il s'agit bien de Cédric Jubillar.

Le jeune homme leur ouvre la porte. Il est anxieux et pleure à plusieurs reprises. Des sanglots rapides, entre-coupés de lamentations. Avant qu'elles se lancent dans une première inspection de la maison et du sous-sol, il leur demande de se déchausser, ce qu'elles refusent de faire. Les deux militaires notent d'ailleurs la présence de traces de boue dans l'entrée, comme si d'autres personnes avant elles ne s'étaient pas soumises non plus à cette exigence.

Première constatation, les deux enfants Jubillar dorment paisiblement, chacun dans sa chambre. La petite Elyah, 18 mois, repose dans son lit à barreaux, tandis que Louis, 6 ans, est blotti sous sa couette bleue. Les gendarmes jettent ensuite un œil dans la chambre conjugale, observent les paniers à linge sale

qui débordent dans la salle de bains et repassent dans le coin « salon-salle à manger ». Le sapin de Noël, qui trône au milieu de la pièce juste à côté de la cheminée, est décoré simplement d'une guirlande dorée et de quelques boules rouges et blanches. Sur le rebord du canapé, elles repèrent un sac à main à bandoulière, couleur caramel. C'est celui de Delphine. À l'intérieur, son portefeuille semble intact. Il contient notamment son permis de conduire, sa carte bleue et sa carte d'identité. Sur la photo en noir en blanc, le visage d'une jeune femme aux yeux en amande et aux cheveux mi-longs sagement peignés, avec une raie sur le côté. Delphine Amandine Christine Aussaguel, épouse Jubillar, née le 15 novembre 1987 à Albi, dans le Tarn. Elle mesure un mètre soixante-six. À côté du sac, un plaid et un drap sont posés sur l'assise du canapé, comme si quelqu'un s'était allongé là pour passer la nuit. Quant au téléphone portable de Delphine, il est introuvable.

Cédric explique que sa femme, infirmière de nuit, vit en horaires décalés, même lorsqu'elle ne travaille pas. Elle aurait notamment l'habitude de sortir les chiens tous les soirs, « vers minuit », précise-t-il. D'ailleurs, lorsqu'il s'est réveillé, les deux shar-peïs, Gnocchi le vieux mâle et sa « fille » Oprah, une femelle de deux ans, étaient à l'extérieur de la maison alors qu'en temps normal, ils passent la nuit à l'intérieur. Le jeune homme fait aussi observer que le chargeur du téléphone de son épouse est resté branché dans la prise, signe d'après lui que la batterie de son téléphone était pleine lorsqu'elle a quitté la maison.

Selon les souvenirs des deux gendarmes, Cédric alterne entre des moments de grande lucidité, pendant lesquels il s'exprime clairement, et des pics de stress et d'émotion. Expression la plus tangible de sa nervosité, il tente à de multiples reprises de joindre le numéro de Delphine en leur présence. Ça sonne, mais ça ne décroche pas. Une première demande urgente de géolocalisation est adressée à SFR, l'opérateur téléphonique auquel la disparue est abonnée. La réponse ne tarde pas. Le téléphone de Delphine « borne » sur le relais de Cagnac-les-Mines. En principe, il ne peut donc se trouver que dans un rayon de deux kilomètres autour du village. « Ça, c'est son téléphone, mais c'est pas elle... » fait remarquer le mari. Sur le coup, personne ne relève. Vers 5 h 45, les deux gendarmes s'absentent pendant trois quarts d'heure, le temps de réaliser une première patrouille dans les rues de Cagnac. Au moment de leur départ, Cédric leur demande en sanglotant : « Qu'est-ce que je vais faire maintenant qu'elle n'est plus là ? »

À 6 h 30, le duo de militaires est de retour au domicile des Jubillar. Elles sont accompagnées par leur supérieur hiérarchique, un adjudant-chef. Celui-ci demande aussitôt une nouvelle géolocalisation du téléphone de Delphine à son opérateur téléphonique. Même réponse : le portable « borne » toujours sur le relais de Cagnac. Cédric propose un café à ses trois visiteurs. Interrogé sur la tenue vestimentaire que pouvait porter Delphine au moment de son départ, il hésite puis remarque l'absence de sa doudoune blanche à capuche. À la réflexion, une paire de boots noires semble aussi manquer. Le jeune homme se montre plutôt bavard, la panique qui semblait l'habiter un peu plus tôt s'est estompée. Cherchant une explication à l'absence de son épouse, il raconte aux militaires que Delphine a l'habitude de se promener en pleine nuit et qu'une fois, elle a même parcouru une dizaine de kilomètres seule, dans l'obscurité. Au détour de la conversation, Cédric lâche que la disparition de son épouse tombe « vraiment mal ». Il est en effet censé prendre le bus à 6 h 45 pour rejoindre son chantier. « Je fais du black en peinture », soupire-t-il, comme s'il pressentait que sa journée de travail était compromise. Le père de famille s'épanche aussi sur son couple en lambeaux et sur sa femme qui s'est inscrite sur des sites de rencontres. Trois mois plus tôt, il l'aurait même surprise en train d'échanger des messages avec un autre homme. Depuis, il soupçonne une liaison extraconjugale. Si bien qu'après « quatorze ou quinze ans de vie commune », la question du divorce s'est imposée d'elle-même.

Vers 6 h 45, les gendarmes décident alors d'inspecter les deux véhicules du couple. Cédric préfère patienter à l'intérieur de la maison, au cas où l'un des enfants se réveillerait.

La voiture du mari, une Peugeot 307 blanche, est immobilisée devant l'entrée de la propriété, en panne depuis de longs mois. C'est « le bazar complet » à l'intérieur, se souvient l'un des gendarmes. La banquette arrière est rabattue et le coffre rempli de pots de peinture et de petit matériel de chantier. La voiture de Delphine, une Peugeot 207 bleu marine, est garée sur le trottoir d'en face. Les trois militaires s'accordent à dire qu'elle est stationnée dans le sens de la descente, mais ils ne penseront pas à le préciser sur le procès-verbal. À l'avant de la 207, l'une des vitres est entrouverte sur quelques centimètres. Deux des trois gendarmes présents remarquent que les autres vitres portent des traces de condensation, signe d'une possible présence humaine dans l'habitacle au cours des heures précédentes – même si l'abaissement de la température dans la nuit peut aussi en être la cause naturelle. Visiblement, le ménage n'a pas été fait depuis bien longtemps dans cette voiture. Une épaisse couche de poussière recouvre le tableau de bord et les tapis de sol sont terreux. Dans le coffre, un véritable bric-à-brac raconte une partie de la vie quotidienne chaotique des Jubillar : un ballon de football et un ballon de rugby dégonflés, des vêtements tachés de peinture appartenant à Cédric, plusieurs paires de chaussures d'enfants, une paire de bottines bleu marine à talons, taille 39, et un drap rouge. Aucune trace ni aucun objet suspects ne sautent aux yeux, sinon l'impression d'un désordre ambiant déjà perceptible à l'intérieur de la maison. Avant d'achever leur service de nuit, les trois gendarmes effectuent une seconde patrouille sur la commune de Cagnac. Selon les indications fournies par son époux, Delphine aurait l'habitude de se promener sur le chemin des Mineurs, un large sentier de randonnée qui relie le bourg de Cagnac à Albi, au sud, et à Carmaux, au nord.

Après le départ des gendarmes, peu après 7 heures, Cédric se retrouve seul chez lui, avec ses deux enfants endormis. La nuit règne encore sur Cagnac-les-Mines, mais le couvre-feu est désormais terminé. L'artisan peintre passe d'abord un rapide coup de fil à son employeur pour le prévenir que sa femme a disparu et qu'il ne pourra venir travailler ce mercredi. Puis il poursuit la série compulsive d'appels à destination du 06 de Delphine, baptisée « Mamounette » dans son répertoire téléphonique. Entre 3 h 54, heure à laquelle Cédric réactive son téléphone, et 7 h 50, lorsque l'appareil de son épouse cesse d'émettre probablement par manque de batterie, les gendarmes comptabiliseront un total de quatre SMS... et de cent soixante-treize appels, soit une moyenne d'un appel toutes les quatre-vingts secondes, avec à certains moments une inexplicable frénésie, suivie d'un net changement d'attitude. Entre 7 h 09 et 7 h 11, par exemple, il tente de joindre son épouse à six reprises. Puis il se connecte quelques minutes sur l'application *Game of Thrones*, son jeu de stratégie favori. Un univers virtuel peuplé de châteaux à défendre, de territoires à conquérir et de luttes de pouvoir entre familles régnantes.

*

Au petit matin, la folle rumeur d'un départ nocturne de Delphine s'est propagée au sein du premier cercle des copines de Cagnac, toutes mamans d'élèves de l'école maternelle ou primaire. Dès 4 heures, dix minutes avant d'appeler la gendarmerie, Cédric a envoyé un message groupé via Messenger à Amélie, Anne, Emy et Lauraine pour leur demander si, à tout hasard, sa femme ne serait pas passée chez l'une d'entre elles dans la nuit. « Coucou... quelqu'un a vu

Delph ? Je la cherche partout… Je veux surtout savoir si tout va bien », a-t-il écrit aux membres de ce groupe constitué un mois plus tôt en vue de fêter l'anniversaire surprise de Delphine.

Une seule d'entre elles, Lauraine, semblait connectée à cette heure indue de la nuit. Cédric a d'ailleurs tenté de la joindre à 4 h 05. « Qu'est-ce qu'il y a, il est 4 heures du matin ? » s'agace-t-elle par écrit avant qu'un dialogue ne s'engage.

« Je cherche DELF partout, je t'ai vu connecter[1], je croyais qu'elle était chez toi.

— Je ne l'ai pas vue, je ne la vois quasiment jamais.

— Je suis désolé.

— Mon téléphone est connecté en permanence.

— Tu es l'une de ses copines… Désolée de t'avoir dérangé. Je cherche partout… Je vais appeler les flics. D'accord…

— Et les petits ?

— C'est Elyah qui m'a réveillé… Ils dorment… Sérieux, dis-lui de rentrer.

— Mais je sais pas où elle est.

— Putain c'est pas possible… J'appelle les flics maintenant… tant pis…

— OK, tiens-moi au jus. »

Depuis 6 heures, c'est désormais avec Anne que Cédric échange intensément par SMS. Parmi la petite bande des mamans de Cagnac, elle est sans doute l'amie la plus intime de Delphine. Anne hésite

---

1. Les verbatim des témoins ou des messages échangés sur Messenger ou publiés sur Facebook ont volontairement été retranscrits sans en corriger la syntaxe ni l'orthographe.

rarement à poser les questions délicates, en douceur ou de manière plus frontale si la situation l'exige.

« Tu t'es disputé hier soir, que s'est-il passé ? demande-t-elle d'emblée à Cédric par écrit.

— Oui, ça allait. On a même fait un câlin à trois dans le lit… Ensuite, je suis allé au lit.

— Franchement, si tu as fait un câlin avec, j'espère qu'elle le voulait vraiment et qu'elle ne l'a pas fait pour avoir la paix.

— Ben, étant donné qu'elle est venue avec Louis me faire le câlin au lit… et qu'ils sont partis ensemble devant la TV… je ne sais pas quoi te dire.

— Ah mais câlin juste affectueux ? Juste pour la bonne nuit ?

— On passe des bons moments encore ensemble. Elle ne te l'a peut-être pas dit… mais la semaine dernière, on a couché ensemble… Elle m'a réveillé en pleine nuit… Elle m'a astiqué le poireau. »

Cette anecdote sexuelle, réelle ou fantasmée, écorche la sensibilité d'Anne. Cédric se révèle souvent d'un naturel désarmant avec elle, débarrassé de toute pudeur et de toute inhibition. Mais cette fois, le décalage entre ses propos et la réalité dépasse l'entendement. Elle préfère enchaîner sur autre chose, l'essentiel étant de maintenir le contact avec lui.

À 7 h 20, Cédric Jubillar passe de l'écrit à l'oral. Il appelle Anne et semble surexcité. « J'ai grillé Delphine, elle a envoyé une photo d'elle à un mec ! » lance-t-il à son interlocutrice. Mais de quoi ou de qui parle-t-il ? Et comment peut-il le savoir sans avoir eu accès au téléphone de son épouse ? « Ce qu'il dit n'est pas très clair et je n'ai pas alors la présence d'esprit de lui demander des détails », regrettera ensuite Anne[1]. Cédric, lui, a déjà ciblé une zone de recherches : il veut étudier le compte Instagram de son épouse, ses dernières publications et la liste des abonnés qui ont « aimé » ou commenté telle ou telle photo. L'amie de Delphine l'encourage dans cette direction : « Vas-y, regarde ses abonnés et dis-moi si tu vois quelque chose. » Cédric s'exécute et consulte le compte privé de son épouse baptisé « NurseLouisElyah81 », références à son métier d'infirmière, à ses deux enfants et à son département, le Tarn. Seule la centaine d'abonnés, acceptés au préalable par Delphine, a accès aux photos qu'elle publie. Cédric en fait partie. En en parcourant la liste, il identifie huit hommes qu'il dit ne pas connaître. Autant de « suspects » potentiels à ses yeux que son épouse aurait pu rejoindre dans la nuit. Une hypothèse comme une autre. Il réalise des captures d'écran de leurs photos de profil et les adresse à Anne. Cette dernière promet alors de « fouiller les réseaux sociaux » pour identifier les huit individus. « C'est plutôt autour du village qu'il faudrait commencer à fouiller », réplique le mari de la disparue. Après avoir déclenché près de deux cents appels en direction du portable de Delphine lors des quatre dernières heures, Cédric constate à 7 h 48 que le téléphone de sa femme a désormais basculé sur répondeur. Il ne sonne plus. A-t-il été éteint volontairement ou a-t-il cessé d'émettre faute de batterie ?

Peu avant 8 heures, Cédric décide d'alerter sa

1. Entretien avec l'auteur, le 21 septembre 2021.

belle-famille. Moment particulièrement délicat. Orpheline de père et de mère, Delphine a une grande sœur, Stéphanie, et deux frères plus jeunes, Sébastien et Matthieu. Cédric est inquiet, forcément, et en colère. Après avoir joint Patrice, le mari de Stéphanie, il contacte Sébastien. Il est 8 h 03, ce mercredi 16 décembre. « Cédric est très agressif, se souvient son beau-frère. Il m'apprend que ma sœur a disparu et me soupçonne d'être en train de cacher Delphine chez moi… Sur le moment, je ne comprends rien à la situation… » Après avoir raccroché, Sébastien ressent instinctivement que la situation est grave. Sa sœur n'aurait jamais abandonné volontairement ses enfants dans la nuit, même pour une escapade de quelques heures.

*

Au domicile des Jubillar, la lumière commence à filtrer à travers les volets roulants. La silhouette imposante de la cathédrale Sainte-Cécile d'Albi, que l'on aperçoit depuis la terrasse, se détache dans la brume matinale. Cédric sait qu'il doit se rendre à la brigade de gendarmerie de Cagnac-les-Mines en début de matinée. Mais qui va s'occuper des enfants ? Il aurait bien demandé à Anne, mais elle n'est pas disponible. Heureusement, il sait pouvoir compter sur sa mère, qui habite à Carmaux, à une dizaine de kilomètres de Cagnac. Nadine, employée dans un supermarché, ne travaille pas ces jours-ci, bloquée chez elle à cause d'une suspicion de contamination à la Covid-19. « Maman, monte à la maison ! » ordonne-t-il au téléphone. Il est 8 h 35, Nadine vient de se lever et lui demande pourquoi elle devrait accourir. « Monte, je te dis ! » éructe Cédric avant de raccrocher. À son arrivée sur place, une vingtaine de minutes plus tard, Nadine, 49 ans, se rend bien compte que son fils est « très stressé, en panique, en colère aussi[1] », mais il ne pleure pas. « Delph a disparu, personne ne sait où elle est », lui explique-t-il. Mère et fils n'ont pas le temps de s'éterniser. Le parquet d'Albi vient d'ouvrir une enquête pour « disparition inquiétante de personne » et Cédric est attendu à 9 heures pour effectuer sa déposition. Nadine, elle, a pour consigne de prendre en charge Louis et Elyah et de les mettre à l'abri du tumulte.

Face aux gendarmes, Cédric doit d'abord répondre aux questions rituelles : son épouse a-t-elle des tendances suicidaires, des antécédents psychiatriques ou des addictions ? Le mari répond trois fois par la négative mais introduit une petite nuance. « J'ai remarqué qu'elle buvait un peu plus ces derniers temps », glisse-t-il. L'OPJ (officier de policier judiciaire) tente ensuite d'appréhender l'environnement familial et professionnel de Delphine puis pose la question qui fâche, en y mettant les formes.

« Savez-vous si Delphine entretenait une relation extraconjugale ?

— Beaucoup de suppositions de ma part, mais je n'ai pas de preuve. Elle téléphone en cachette, elle a

1. Entretien avec l'auteur, le 7 janvier 2022.

changé ses codes donc on peut supposer qu'elle me cache des choses. »

Lors de cette première audition, Cédric se dit d'abord très inquiet : « Ce n'est pas dans ses habitudes de partir sans me prévenir. » Il semble aussi jouer cartes sur table en livrant un résumé assez nuancé de sa vie conjugale. « Delphine a demandé le divorce il y a plus de trois mois. Elle me reproche de ne pas avancer les travaux de la maison. On ne se regardait plus et on s'est éloignés. Mais j'ai remarqué une amélioration dans notre couple depuis que j'ai commencé à reprendre les travaux. » Sans que la question lui soit directement posée, Cédric juge utile de préciser : « Il nous arrivait de coucher ensemble de temps en temps. »

Saisis de l'enquête, les gendarmes de la brigade de recherches d'Albi ne souhaitent pas perdre de temps. Lors de la perquisition du domicile réalisée à la mi-journée, les techniciens en identification criminelle prélèvent la brosse à dents et la brosse à cheveux de Delphine afin de dresser son profil génétique. L'équipe cynophile en profite pour saisir deux sous-vêtements de la jeune femme retrouvés dans une corbeille de linge sale. Après une prise d'odeur, la chienne Maya remonte la rue Yves-Montand. Arrivée au niveau du panneau stop, elle prend la première à gauche, chemin de Drignac, en direction de la station d'épuration. Elle marque un moment d'hésitation puis réalise une boucle d'un petit kilomètre qui se referme précisément à son point de départ, devant la maison des Jubillar. Dotée d'un flair exceptionnel, Maya a probablement détecté un trajet que Delphine a l'habitude d'emprunter. Mais il ne s'agit pas forcément d'une trace olfactive récente. L'exercice sera reproduit dans l'après-midi, avec le même résultat.

Cédric, lui, est conduit en début d'après-midi à Castres, à une cinquantaine de kilomètres au sud d'Albi, pour subir une expertise médico-légale. Rien ne permet de douter de sa parole pour le moment, mais à l'inverse, comment le mettre d'emblée hors de cause ? À court terme, il s'agit de vérifier l'existence ou non de traces suspectes sur son corps. Durant le trajet, à bord d'une voiture de la gendarmerie, le jeune homme reçoit un coup de téléphone. C'est Anne. Très inquiète, elle se demande si Delphine aurait pu se suicider. Cédric évacue le sujet à sa manière : « De toute façon, cela fait six mois que je ne la comprends plus. » Il semble d'humeur badine. « Je vais me faire inspecter le trou du cul », lâche-t-il en étouffant un rire nerveux. Anne, agacée par la désinvolture de Cédric, n'a plus du tout envie de plaisanter. Certes, Delphine a pu avoir envie de fuir son mari, ne serait-ce qu'une nuit, pour marquer un peu plus fort son désir de séparation, mais pas au point de ne plus donner de nouvelles à ses enfants. Juste après avoir raccroché, Anne observe un hélicoptère de la gendarmerie qui survole en rase-mottes le quartier de la Maurelié, dont la rue Yves-Montand fait partie. L'appareil décrit ensuite une courbe au-dessus de Notre-Dame-de-la-Drêche, au sud, puis de la forêt de Saint-Quintin, avant de revenir vers le château d'eau. Le son aigu et puissant du moteur et des rotors sature la campagne.

Dans le cabinet du médecin, Cédric Jubillar est bien obligé de se mettre à nu, littéralement. Yeux verts, teint pâle, crâne largement dégarni, l'homme a un gabarit de jockey. Il mesure un mètre soixante-six (la même taille que sa femme, au centimètre près) et pèse cinquante-six kilos. Ausculté sous toutes les coutures, Cédric présente des cicatrices mais aucune lésion qui puisse *a priori* se rattacher à des faits récents. Un écouvillonnage de la verge est effectué afin de détecter la trace d'un éventuel rapport sexuel au cours des dernières heures. Enfin, le médecin légiste se penche sur les ongles de Cédric. « J'ai prélevé avec énormément de difficultés de l'ordre d'un millimètre environ les ongles de la main droite et de la main gauche, note-t-il sur son rapport. Étant donné qu'il se ronge les ongles pratiquement jusqu'au sang, je ne suis pas certain que ces prélèvements soient exploitables. »

*

À son retour de Castres, Cédric n'en a pas tout à fait terminé avec les expertises. Cette fois, c'est son smartphone, un Doogee S55 (une marque chinoise), qui passe entre les mains des spécialistes de la brigade de recherches d'Albi pour une analyse complète. Dans le jargon judiciaire, il s'agit d'une « perquisition téléphonique ». À l'image d'une perquisition de domicile, qui consiste à explorer l'ensemble des pièces d'une habitation, les experts ne veulent rien ignorer de ce que l'appareil pourrait leur révéler. Après avoir obtenu l'autorisation écrite de Cédric Jubillar, ils copient notamment les milliers de photographies et les captures d'écran enregistrées dans le téléphone, mais aussi le contenu du répertoire et l'historique de navigation Internet. Les enquêteurs saisissent enfin l'intégralité des échanges écrits entre Cédric et Delphine sur Messenger, la messagerie de Facebook. C'est par ce biais que les deux époux semblent communiquer le plus régulièrement. En revanche, les experts ne parviennent pas à exploiter dans l'immédiat ses comptes Instagram et Snapchat. Ils se cassent aussi les dents sur l'analyse de son compte Google. Cédric leur dit d'abord ne plus se souvenir du mot de passe. Puis il donne plusieurs mauvaises réponses à la question secrète (« Qui est votre meilleur ami ? ») qui permet normalement de réinitialiser le mot de passe. « Jean-Pierre », a-t-il soufflé en hésitant sur la place des lettres majuscules et provoquant de ce fait le blocage de son compte. S'agit-il d'un simple oubli de sa part ou d'une volonté d'entraver le travail des enquêteurs ?

À l'issue de l'expertise, son téléphone lui est restitué et sa ligne n'est pas placée sur écoute. Pas dans l'immédiat, du moins. En revanche, sa voiture, ou plutôt celle de Delphine, la Peugeot 207, est désormais équipée d'une balise de géolocalisation posée discrètement par les services d'enquête dans le courant de la journée. Il ne s'agit pas forcément de traquer les déplacements de Cédric, mais plutôt, sait-on jamais, ceux de son épouse si elle réapparaissait et utilisait à nouveau son véhicule.

En sortant de la gendarmerie d'Albi vers 23 heures,

Cédric s'entretient quelques minutes au téléphone avec Sébastien, l'un des deux frères de Delphine: «Je pense que je vais retourner travailler demain, sinon je vais encore perdre une journée de salaire… Et puis, de toute façon, je ne sers plus à rien pour les gendarmes.» Un peu comme s'il était pressé de renouer au plus vite avec une vie normale. Il n'a pourtant reçu aucune nouvelle de son épouse, disparue depuis maintenant vingt-quatre heures. À cet instant, le jeune homme ressent surtout le besoin urgent de se détendre. Il rentre d'abord chez lui, à Cagnac-les-Mines. Va-t-il s'accorder enfin un peu de repos après une journée aussi éprouvante, physiquement et psychologiquement? Pas du tout. Au bout d'une vingtaine de minutes, il reprend la route au volant de la 207. Les gendarmes ne perdent pas une miette de son trajet nocturne. Il marque d'abord un arrêt au distributeur automatique de la Banque postale de Cagnac. Retire 20 euros avec la carte bleue de Delphine. Puis se rend «au quartier», comme il dit. Le quartier en question, c'est Cantepau, à Albi, haut lieu de la vente de stupéfiants où il a ses habitudes depuis une quinzaine d'années. Il y a même habité avec sa mère et son beau-père, vers la fin de son adolescence. Accro au cannabis, Cédric ressent probablement le besoin de fumer un joint. Ou même deux. Une chose est sûre, il s'arrête quelques minutes au pied d'un bloc d'immeubles de cinq étages.

Au lieu de rentrer ensuite chez lui pour y passer la nuit, il part dormir chez ses parents, à Carmaux. C'est là que ses deux jeunes enfants ont trouvé refuge depuis le matin. Ce «détail» chiffonne un peu les enquêteurs. Louis et Elyah, désormais gardés par leur grand-mère, peuvent certes avoir besoin de la présence de leur père, mais son épouse venant tout juste de disparaître, pourquoi ne reste-t-il pas à la maison, à guetter son éventuel retour ?

Chapitre 3
Le poids du soupçon

Deux nuits ont passé et toujours aucune nouvelle de Delphine. Ce jeudi 17 décembre, le réveil sonne comme un douloureux rappel à la réalité. Cédric n'a généralement besoin que de cinq ou six heures de sommeil. Mais a-t-il seulement réussi à dormir pendant cette première nuit passée à Carmaux sur le canapé du salon de Nadine et Olivier, sa mère et son beau-père ? Comme chaque matin, Cédric commence sa journée par un café accompagné d'un joint de résine de cannabis. Il aurait vite fait d'embaumer l'appartement avec ses volutes. Heureusement, il y a un petit balcon avec vue dégagée sur la place Jean-Jaurès pour fumer tranquillement. Cette drogue est à la fois un poison et un remède qui l'accompagne chaque jour depuis l'adolescence. À raison d'une dizaine de joints quotidiens, selon sa propre estimation, le shit est devenu une manière de vivre, presque une manière d'être. Mais il faut de l'argent pour cela, beaucoup d'argent, plusieurs centaines d'euros par mois, sans compter l'achat du tabac.

Les enfants ne vont pas tarder à se réveiller. Il va bientôt falloir leur raconter quelque chose pour justifier l'absence de leur maman. Mais tant que Louis ne pose pas de questions… La veille, Cédric lui aurait juste dit : « Maman, elle est plus là. » Sans donner semble-t-il plus d'explications. Les choses en sont restées là. Nadine, pour sa part, n'a pas encore osé interroger Cédric. Mais elle est rongée par le doute. « J'espère juste que mon fils ne lui a rien fait », a-t-elle glissé aux gendarmes à la fin de son audition, la veille en fin d'après-midi. Contrairement aux intentions qu'il affichait la veille au soir auprès du frère de Delphine, il n'est nullement question pour Cédric de se rendre au travail ce 17 décembre. Il a convenu avec son employeur que le CDD qui devait s'achever en fin de semaine était d'ores et déjà terminé. Le plaquiste doit donc faire une croix sur ses trois derniers jours de salaire.

La nouvelle de la disparition de Delphine commence à se diffuser au-delà du cercle des voisins de Cagnac. La veille au soir, Sébastien et Davy, l'un des frères et l'un des cousins de Delphine, ont publié une alerte sur le site Tarn Info, relayée par Cédric sur son mur Facebook. C'est grâce à cela que deux anciennes connaissances, Jérôme et Guillaume[1], se manifestent pour lui proposer de l'aide ce jeudi matin. Cédric ne les a pas vus depuis des années. Ce ne sont pas de vieux copains, juste deux hommes croisés il y a bien longtemps, dans un cadre festif pour le premier, au centre de formation des apprentis d'Albi pour le second. Deux personnes sincèrement touchées par la tristesse de la situation.

1. Les prénoms ont été modifiés.

Avec Jérôme, arrivé devant chez lui vers 9h30, Cédric part à pied en direction du City Stade. De là, ils comptent inspecter les alentours de l'étang situé en contrebas. Cédric a une paire de bottes à la main, au cas où il devrait évoluer dans une zone humide. En chemin, les deux hommes passent devant l'école primaire Jean-Jaurès, où quelques parents bavardent et commentent la nouvelle de la disparition de la maman de Louis, élève en classe de CP. En voyant Cédric, ils se taisent brusquement. Personne ne sait quoi dire ni quoi faire, s'il faut le saluer ou l'ignorer. La gêne est palpable. Jérôme l'a bien senti, Cédric aussi. En marchant, le jeune homme se confie. Il se rend compte que les gens le soupçonnent déjà et que les enquêteurs l'ont dans le collimateur. La preuve, il a dû se soumettre la veille à une expertise chez un médecin légiste. «Je suis le principal suspect», se plaint-il. Au cours de leurs recherches, autour de l'étang puis sur un chemin sablonneux à proximité du terrain de foot, Cédric se met régulièrement à quatre pattes dans les fourrés, comme s'il cherchait un cadavre. Médusé et mal à l'aise, Jérôme commence à se poser des questions sur cet homme qu'il connaît peu, au fond. Sur le chemin du retour, les deux hommes croisent des copines de Delphine, elles-mêmes sur le point de débuter une battue. Ce groupe de mamans était censé se retrouver ce jeudi matin chez l'une d'entre elles, Emy, pour boire un café, discuter du Nouvel An qu'elles prévoyaient de célébrer ensemble, et puis «tchapper», comme on dit en pays occitan: bavarder de tout et de rien. Quelques jours plus tôt, Delphine avait confirmé sa présence via

Messenger : « Ouiiii, café entre meufs jeudi matin. » Face aux copines de sa femme, Cédric, la larme à l'œil, semble davantage pleurer sur son sort que sur celui de son épouse disparue. « Je suis le suspect n° 1 », déplore-t-il à nouveau. Les copines de Delphine n'ont jamais porté Cédric dans leur cœur. Le personnage est fantasque et amusant par instants, arrogant et colérique bien souvent. Désormais, elles souhaitent surtout s'en écarter. Jérôme aussi s'est rapidement esquivé, refroidi par l'ambiance. En fin de matinée, Cédric repart avec Guillaume, la seconde personne à lui avoir proposé son aide, cette fois en direction du circuit de motocross. À un moment, les deux trentenaires observent une forme blanche en contrebas d'un talus qui pourrait ressembler à un vêtement féminin. Mais Cédric estime que la pente est trop raide et que le jeu n'en vaut pas la chandelle. Un manque de détermination qui trouble un peu Guillaume.

Dans l'après-midi, Cédric Jubillar voit débarquer à son domicile les services de la police technique et scientifique (PTS). Ces gendarmes spécialisés saisissent plusieurs objets pour analyses : le drap-housse et la couette en laine polaire du lit conjugal, des vêtements de Cédric, comme un polo Sergio Tacchini, une veste Quechua ou encore un boxer aux couleurs de l'Olympique de Marseille qu'il portait les 15 et 16 décembre. Ils recueillent aussi l'eau contenue dans les siphons et l'eau de vidange du lave-linge. À l'intérieur de la machine à laver, les gendarmes découvrent une couette blanche lavée et quatre chaussettes dépareillées. Mais ils ont un doute. Il semblerait que la veille, le 16 décembre, dans l'après-midi, cette couette était encore posée sur le canapé du salon : on la voit sur l'une des photos prises à ce moment-là par un technicien en identification criminelle. Alors quand a-t-elle été lavée ?

Globalement, « la maison est un véritable "capharnaüm", à la limite de l'insalubrité », notent les gendarmes de la PTS dans leur rapport. Dans chaque pièce, la poussière et la crasse semblent avoir gagné la bataille. En certains endroits, l'hygiène est même plus que douteuse. Dans la chambre conjugale par exemple, les enquêteurs s'arrêtent sur le drap-housse bordeaux qui recouvre le lit. Il est maculé de traces et n'a pas dû être changé depuis bien longtemps. Et le sous-sol est jonché de déjections canines. À croire que plus personne ne fait le ménage dans cette maison. Mais ce n'est pas l'essentiel. Après avoir passé l'ensemble des cent dix mètres carrés habitables du rez-de-chaussée au Bluestar, un produit chimique qui agit comme un révélateur de traces de sang, les experts de la police scientifique n'ont mis en évidence aucune zone suspecte. Ils arrivent à la même conclusion en procédant à l'analyse de la Peugeot 207 de Delphine : là encore, aucune trace de sang ni de nettoyage. Cédric Jubillar peut souffler. À l'issue de la deuxième journée d'enquête, aucun élément matériel probant ne semble l'incriminer. En revanche, son comportement commence à devenir déroutant. Rentré à Carmaux, il formule dans la soirée une très étrange requête auprès d'une de ses voisines de Cagnac qui prenait juste des nouvelles. « Je suis chez mes parents… Du coup, ça tombe bien… Je cherche quelqu'un de disponible pour dormir chez moi… Au cas où elle voudrait passer en coup de vent récupérer des affaires», écrit-il en parlant de son épouse. La voisine élude la demande à peine voilée. «C'est peut-être mieux qu'il n'y ait personne si jamais elle revient», répond-elle, prudente. Échange surréaliste dans lequel on comprend que Cédric souhaiterait déléguer à une tierce personne le soin de guetter le retour de sa femme disparue.

Nadine, de son côté, n'est plus que l'ombre d'elle-même. Le lendemain matin, vendredi 18 décembre, après deux nuits presque blanches, elle pose enfin la question qui lui brûle les lèvres: «Cédric, est-ce que tu as fait du mal à Delphine?» Les yeux dans les yeux, le fils répond: «Non maman, je n'ai rien fait, je te promets.» Nadine souhaite tellement croire en l'innocence de son fils qu'elle se forge à compter de ce jour une carapace de certitudes. Non, son fils n'a rien fait de mal, puisqu'il le dit. Et puis si elle, sa propre mère, ne le croit pas innocent, que penseront les autres?

*

L'enquête se déploie désormais dans toutes les directions. Sur le terrain, avec des opérations de ratissage en campagne. Dans les rues autour du domicile des Jubillar, avec du travail de «porte à porte» impliquant la vérification systématique des poubelles, des puisards et des éventuelles caméras de surveillance installées par les particuliers. Et dans le cyberespace, avec l'envoi d'une réquisition auprès de Google pour tenter d'obtenir les données de géolocalisation du téléphone de Delphine, dont le numéro est associé à son compte

Gmail. Malheureusement, cette dernière démarche ne produit pas les résultats escomptés. Pas par manque de bonne volonté du géant américain, mais parce que la jeune femme semble avoir désactivé la géolocalisation de son appareil bien avant sa disparition.

Le 18 décembre, le groupement de gendarmerie du Tarn publie un appel à témoins sur son compte Facebook : « Dans la nuit du 15 au 16 décembre 2020, entre 23 h et 4 h, Delphine Aussaguel, épouse Jubillar, 33 ans, a disparu de son domicile à Cagnac-les-Mines (81). » Le texte est complété par un bref descriptif physique. De type européen, Delphine mesurerait un mètre soixante-huit[1]. Elle est mince et brune, aux cheveux longs. Au moment de sa disparition, « elle est vêtue d'une doudoune blanche à capuche sans inscription particulière. Aucune autre information sur sa tenue ». Le texte est accompagné d'un portrait photographique. Delphine y apparaît souriante, dans un chemisier noir rehaussé d'un collier de perles dorées. À l'arrière-plan, on devine des décorations de Noël. Signe que la disparition de cette mère de famille inquiète fortement en haut lieu, d'importants moyens humains et matériels sont mis en œuvre. Chaque jour, une cinquantaine de militaires réservistes sont mobilisés pour mener les recherches sur le terrain. Le 18 décembre toujours, un hélicoptère survole la commune de Cagnac, le site touristique de Cap Découverte, la réserve d'eau de Fourogue avant de suivre les méandres du Tarn, depuis le parcours de golf d'Albi jusqu'au pont de Marssac, à une dizaine de kilomètres vers l'ouest. Un

1. Sa carte d'identité indique un mètre soixante-six.

drone est également déployé en surplomb du lotissement où vivent les Jubillar afin de détecter tout objet ou vêtement suspect. Le 20 décembre, les plongeurs des brigades nautiques de Marseillan dans l'Hérault et de Saint-Cyprien dans les Pyrénées-Orientales sondent le lac de Cagnac et le Tarn au niveau de la commune d'Arthès. Sans plus de réussite.

Dans le même temps, les enquêteurs effectuent des recherches sur les sites les plus évidents et les plus proches du domicile des Jubillar, à commencer par la maison voisine, juste à gauche en sortant de chez Cédric et Delphine, inoccupée depuis plusieurs années à cause d'un problème de fondations. Mais sa fouille ne donne rien. La station d'épuration de la commune, facilement accessible depuis la rue Yves-Montand, est vidée puis inspectée, sans résultat. Enfin, un témoignage oriente les enquêteurs vers une mare située à une cinquantaine de mètres. Une voisine s'est en effet souvenue d'une discussion loufoque avec Cédric qui lui avait parlé de ce trou d'eau comme d'un endroit « idéal pour cacher un corps ». La mare en question fait l'objet d'une opération de pompage puis de sondage. Là encore, en vain. Au bout de quatre jours d'enquête marqués par une cinquantaine d'auditions de témoins, des analyses téléphoniques et des investigations pour le moment infructueuses sur le terrain, la brigade de recherches d'Albi liste les trois hypothèses susceptibles d'expliquer la disparition de Delphine : un départ volontaire ; un homicide volontaire ou involontaire par conjoint ; ou enfin, une mauvaise rencontre suivie d'un enlèvement et d'une séquestration.

Louis, de son côté, s'impatiente et s'inquiète. Du haut de ses 6 ans, le garçonnet commence à se poser des questions sur l'absence de sa maman qui se prolonge. Cela fait « quatre dodos » qu'il ne l'a pas vue. Depuis les quelques mots prononcés mercredi matin (« Maman, elle est plus là »), son père semble ne lui avoir donné aucune explication supplémentaire. Alors, ce dimanche 20 décembre, Nadine prend son courage à deux mains. Elle raconte à son petit-fils que sa maman s'est perdue dans la forêt et que tout le monde la cherche. « Mais elle dort où ? » demande Louis. « On ne sait pas, peut-être dans une cabane », hasarde sa grand-mère[1].

Cédric, lui, semble marquer le coup nerveusement. Il est « épuisé », « abattu » et même « désespéré », selon sa mère et son beau-père qui partagent désormais son quotidien. Comme s'il réalisait enfin que sa femme ne reviendra peut-être jamais. Pourtant, lorsque l'une de ses tantes et deux cousines leur rendent visite à Carmaux, Cédric retrouve un peu de sa verve. Il échafaude des hypothèses moins sombres mais très saugrenues auxquelles Nadine, sa maman, semble adhérer. Ils évoquent par exemple l'idée que Delphine se serait convertie à l'islam puis radicalisée dans le plus grand secret, avant de quitter la France pour faire son djihad. Pour étayer cette piste, ils croient se souvenir que depuis deux mois, la jeune femme ne mangeait plus de charcuterie. Cédric évoque même un moment où il l'aurait surprise dans une étrange position, comme en prière, à la façon des musulmans. Il n'en est pas

1. Entretien avec l'auteur, le 7 janvier 2022.

complètement certain mais, à bien y réfléchir, cela ne l'étonnerait pas. L'auditoire reste perplexe.

Après une période de sidération et d'attente, la famille de Delphine commence elle aussi à s'interroger sur le comportement de Cédric. Le 21 décembre, Didier et Élisabeth, l'oncle et la tante de Delphine, passent la journée à Cagnac-les-Mines avec plusieurs de leurs enfants. Suivant les indications de Cédric, présent à leurs côtés, ils sillonnent le chemin de la Côte Boisée, qui surplombe la nationale 88, à l'est de la commune. Le jeune homme leur donne l'impression de faire semblant de chercher un indice, s'intéressant bien davantage à l'environnement et au paysage. Il demande aussi à la cantonade ce que les uns et les autres ont prévu pour le 25 décembre. En décalage total avec l'ambiance sinistre du moment.

Sébastien et Davy, un frère et un cousin de Delphine, retrouvent ensuite Cédric à l'intérieur de sa maison, à l'abri des oreilles et des regards indiscrets. Sans porter d'accusations contre lui, ils cherchent à comprendre le déroulé des heures qui ont précédé la disparition de leur sœur et cousine, ainsi que l'emploi du temps de Cédric au cours de la soirée fatidique et juste après son réveil au petit matin. Ils souhaitent enfin revisiter les différentes pièces de la maison, au cas où un détail qui aurait échappé aux gendarmes, moins familiers des lieux, leur sauterait aux yeux. Lorsqu'ils me raconteront ces moments, Sébastien et Davy décriront un homme qui, face à eux, affiche sa peine ostensiblement, évoquant même l'idée du suicide, mais qui ne verse aucune larme et n'est habité par aucune émotion sincère. Comme s'il jouait, mal, un rôle trop grand pour lui. Ce n'est que leur ressenti, bien sûr.

En leur présence, Cédric Jubillar s'épanche mais ne parle finalement que de lui, jamais de Delphine. Dans le regard des autres, dans ce qui commence à être écrit sur les réseaux sociaux ou dans la presse régionale, il sent le poids du soupçon. C'est cela qui le fait le plus souffrir. Pas tellement le fait que sa femme ait disparu. Lui ne veut imaginer qu'une possibilité : Delphine a dû partir sur un coup de tête et elle ne sait plus comment faire machine arrière.

*

Point culminant de cette première semaine de recherches, une « battue citoyenne » est organisée le 23 décembre. Un millier de volontaires ont répondu à l'appel lancé sur les réseaux sociaux par la gendarmerie du Tarn. Le rendez-vous a été fixé à 9 heures du matin sur la pelouse du stade municipal de rugby de Cagnac-les-Mines. La majorité des personnes présentes ce mercredi matin, une semaine tout juste après la disparition, n'ont jamais croisé Delphine ou Cédric Jubillar. Pourtant, elles se sentent solidaires et concernées, comme si ce mauvais conte de Noël réveillait en elles une peur enfouie. Celle, peut-être, de perdre sa maman. Ou de laisser ses enfants derrière soi, livrés à eux-mêmes.

Pour la gendarmerie, cet afflux de bonnes volontés représente une opportunité de passer ou repasser au peigne fin des zones relativement éloignées, dans un rayon de cinq kilomètres, autour du centre-bourg de la commune. Les membres de la famille de Delphine, sœur et frères, oncle, tante, cousins et cousines, ont eux aussi effectué le déplacement. Ils se sont répartis dans deux des quinze groupes d'une soixantaine de personnes constitués par les militaires. Cédric est également au rendez-vous, bien sûr. Il est arrivé sur place en compagnie de sa petite sœur et d'Olivier, son beau-père qu'il appelle «papa». Les uns et les autres ne se mélangent pas. D'un côté, la famille de Delphine, en nombre, de l'autre, Cédric et son clan, réduit à sa plus simple expression. Nadine, elle, est restée à la maison pour garder Louis et Elyah. Elle voudrait surveiller les chaînes d'information en continu et guetter un éventuel duplex en direct de Cagnac mais elle se l'interdit, de peur que son petit-fils comprenne, par le biais des images, l'ampleur du drame qui se déroule dans son dos.

Cédric ne veut pas rester isolé. Alors, il se fond discrètement dans la foule compacte, puis se rapproche des copines de Delphine et leur demande l'autorisation de se joindre à elles. Moment de gêne. L'une d'elles finit par briser la glace. Cédric Jubillar est incorporé dans le groupe n° 15, celui qui sera chargé d'inspecter la zone de la tour Nord, à proximité immédiate du village, derrière le City Stade. Micro en main, Sophie Lambert, commandant de la compagnie de gendarmerie du Tarn, communique les consignes de prudence et rappelle l'objectif de la journée: «Je suis en charge des opérations de recherche. Vous êtes nombreux, il ne devrait rien nous échapper. Mais surtout, ne touchez à rien! Prévenez le gendarme responsable de votre groupe dès que vous trouvez quelque chose.»

Chaussures et bâtons de marche, chasubles fluo et même paire de jumelles en bandoulière pour certains : en cette journée de début d'hiver, les participants se sont équipés comme pour une randonnée. La légèreté et les sourires en moins.

Dissimulé par un masque chirurgical, un bonnet gris et la capuche de sa parka bleu marine, Cédric tente de tenir à distance photographes et caméras de télévision qui le traquent et veulent mettre un visage sur le protagoniste principal de ce qui est en train de devenir « l'affaire Jubillar ». Parfois, l'envie de fumer est trop forte, alors le trentenaire se découvre quelques instants et laisse apparaître ses traits creusés, son teint pâle, une moustache fournie et une barbe éparse. Il porte une alliance dorée. Sur son front, les observateurs attentifs remarquent la trace d'une plaie. Elle semble vieille de plusieurs semaines. Durant toute la matinée, Cédric suit le mouvement de son groupe, donnant parfois l'impression d'être ailleurs. « À un moment, l'un d'entre nous a découvert un sac à dos, se souvient l'un des participants. Il a donné l'alerte et, comme par réflexe, on a tous convergé vers lui. Mais pas Cédric. Lui a poursuivi son chemin comme si de rien n'était. C'était bizarre… »

En réalité, Cédric Jubillar rumine. Il ne digère pas du tout le contenu d'une interview qu'un oncle de Delphine vient de m'accorder. Elle a été publiée la veille au soir sur le site du journal *Le Parisien*. Le portrait, il est vrai, est assez corrosif. « Cédric est un peu marginal, révolté, toujours en opposition contre tout, assez négatif en fin de compte », assène l'oncle. Selon lui, la consommation excessive de cannabis, de

« fumette » comme il dit, doit peser sur l'équilibre du couple. « Parfois, il rabaisse Delphine en public, il l'humilie verbalement. Je me souviens de l'avoir entendu dire qu'une infirmière de nuit, c'était la belle vie et que ce n'était pas vraiment du travail… À un moment, elle a dû en avoir marre… » Critique à l'égard du caractère de Cédric, ce familier du couple Jubillar reste toutefois prudent sur la cause de la disparition de sa nièce. « Je ne crois pas Cédric capable de s'en prendre à elle physiquement, tempère-t-il. En fait, je pense que Delphine est toujours vivante. Elle a dû quitter le domicile dans un moment de désespoir et de grand ras-le-bol et aujourd'hui, elle ne sait plus comment faire machine arrière. D'autant que sa disparition est devenue une affaire très médiatisée. Voilà mon sentiment. » C'est la première fois que Cédric Jubillar voit un pan de sa personnalité ainsi exposé sur la place publique. Visiblement, le choc est rude. « Il dit que je suis un marginal, un drogué… Tu te rends compte ? » glisse-t-il à l'une des copines de Delphine. Cette dernière, qui ne porte pas franchement Cédric dans son cœur, ne sait que répondre. Tout juste ressent-elle un peu de compassion à l'égard de celui qui fait figure, peut-être un peu vite, de suspect idéal.

Présent toute la matinée, Cédric Jubillar ne reviendra pas pour la seconde partie de la battue organisée l'après-midi. Avant de quitter les lieux, il explique à la ronde que ses enfants, restés à Carmaux chez sa mère, le réclament. Une excuse qui en surprend plus d'un. « Je remercie tous les participants à ces recherches », murmure-t-il à quelques journalistes, une fois retranché dans sa voiture. En fin d'après-midi, alors que la nuit tombe sur le Tarn, le millier de volontaires a mis la main sur un téléphone (hélas, pas celui de Delphine), un couteau, des chaussettes et divers objets sans importance. Rien de probant pour les enquêteurs.

Au même moment, à une centaine de kilomètres de Cagnac, l'affaire Jubillar vient pourtant de changer de dimension. Comme le prévoit la procédure pénale, l'enquête ouverte par le parquet d'Albi le 16 décembre pour « disparition inquiétante » se referme une semaine plus tard. Et c'est à présent le parquet de Toulouse qui ouvre une information judiciaire de nature criminelle « contre personne non dénommée du chef d'arrestation, enlèvement, détention ou séquestration arbitraire pendant plus de sept jours accomplis ». Cette nouvelle procédure, précise Dominique Alzéari, alors procureur de la République de Toulouse, est dirigée par deux magistrats instructeurs, « au vu de l'importance et de la complexité de l'affaire ». Il s'agit d'Audrey Assemat, vice-présidente en charge de l'instruction, et de Coralyne Chartier, juge d'instruction. L'enquête est désormais confiée aux gendarmes de la section de recherches de Toulouse, un service d'élite en charge des affaires les plus complexes de la région Occitanie. « Les recherches et investigations, ayant mobilisé en continu des moyens considérables, ne discriminant aucune piste ou hypothèse à ce stade, n'ont pas permis de découvrir Delphine Jubillar ou de déterminer les circonstances de sa disparition, dont rien n'indique qu'elle a pu être volontaire », poursuit le communiqué du procureur. Précis, synthétique et glaçant.

Désormais, les gendarmes ne travaillent que sur deux hypothèses principales : un enlèvement suivi d'une séquestration ; ou un homicide, volontaire ou involontaire, commis par le conjoint.

Chapitre 4
Bluestar

En cette veille de Noël, Audrey Assemat se déplace sur le terrain. À Cagnac-les-Mines, au domicile de Cédric et Delphine, le dernier endroit connu où l'infirmière a donné une preuve de vie. Vice-présidente chargée de l'instruction au tribunal de Toulouse, c'est à elle que revient la charge de diriger l'information judiciaire ouverte la veille, le 23 décembre. Audrey Assemat, juge des enfants auprès de la cour d'appel de Toulouse ces huit dernières années, vient d'être nommée à son nouveau poste en août 2020. L'affaire de la disparition de Delphine Jubillar constitue son premier dossier sensible. Raison de plus pour qu'elle assiste en personne à l'acte d'enquête qui marque le point de départ de l'instruction. En cette matinée du jeudi 24 décembre, la maison des Jubillar, au 19, rue Yves-Montand, doit être placée sous scellés. Avant cela, le domicile fait l'objet d'une nouvelle perquisition menée par les gendarmes de la section de recherches de Toulouse et leurs collègues de la brigade de recherches d'Albi, avec l'appui de techniciens de police technique et scientifique.

Trois zones sont ciblées. Le vaste sous-sol de cent vingt-cinq mètres carrés et l'escalier qui monte au rez-de-chaussée sont d'abord entièrement passés au Bluestar, puis les combles, situés sous le toit, sont fouillés. Un téléphone portable noir est découvert au fond d'un seau à cette occasion, mais il ne s'agit pas de celui de Delphine. Enfin, les enquêteurs inspectent le caisson d'habillage de la cheminée. Situé au centre de la pièce principale, entre le salon et le coin salle à manger, ce caisson a récemment été peint en rouge, une idée de Cédric. Mais rien n'est dissimulé à l'intérieur. Finalement, c'est sur la table de la cuisine que les gendarmes font la découverte la plus intrigante de la journée : une paire de lunettes de vue sur laquelle les branches sont censées se clipser. L'un des verres présente deux légères brisures et l'une des branches est introuvable. La perquisition se déroule en la présence constante du propriétaire des lieux. Accompagné d'Olivier, son beau-père, Cédric est arrivé en début de matinée, vêtu d'une veste de survêtement noir et blanc et d'un bonnet gris qui recouvre son crâne dégarni.

Le casier judiciaire du jeune homme est vierge, c'est la première fois qu'il se retrouve au cœur d'une affaire criminelle. Simple témoin à ce stade mais déjà suspect potentiel, il ne s'est pas encore préoccupé de s'attacher les services d'un avocat. Après tout, « s'il n'a rien fait de mal, pourquoi en aurait-il besoin ? » songe son entourage. À l'issue de la perquisition, les gendarmes lui demandent de leur remettre les clés de la maison dans l'attente d'investigations plus poussées qui auront lieu début janvier. Cédric ne peut fournir que la clé de la porte de la cuisine, par laquelle les premiers gendarmes sont entrés le 16 décembre à 4h50, car la porte principale est condamnée. La raison désarme les enquêteurs : les époux Jubillar ont perdu la clé il y a déjà bien longtemps et n'ont jamais rien entrepris pour changer la serrure. Tant par négligence que par manque de moyens.

Avant de quitter les lieux, Cédric donne à manger à ses deux shar-peïs : cette race de chiens, reconnaissable à la peau ample qui retombe en plis sur la tête, est réputée calme, robuste et dotée d'un bon instinct de gardien. C'était la préférée de Delphine. Que vont-ils devenir ? L'hiver, ils avaient l'habitude de passer la nuit au sous-sol. Cédric ne peut raisonnablement les ramener avec lui dans l'appartement de ses parents à Carmaux. Ils vivent déjà à six dans un quatre-vingts mètres carrés. Gnocchi et Oprah semblent donc condamnés à affronter la météo hivernale, de jour comme de nuit, sans abri. Heureusement, quelques jours plus tard, ils seront placés au refuge de la SPA du Garric à la suite de l'intervention d'un voisin, préoccupé par leur sort. Les deux chiens, très affaiblis, avaient les poils couverts de plaques de givre.

Pour la famille Jubillar, c'est un étrange réveillon de Noël qui se profile. Avant d'aller retrouver ses enfants, Cédric doit se soumettre à une deuxième audition dans l'après-midi du 24 décembre. Une étape incontournable en ce début d'instruction. Déjà entendu huit jours plus tôt au moment de l'ouverture de l'enquête pour disparition inquiétante, le père de famille est interrogé cette fois sur son parcours personnel, son enfance mouvementée puis les prémices de son histoire avec Delphine, jusqu'aux derniers mois, lorsque le couple périclitait. Visiblement, les gendarmes de la section de recherches de Toulouse veulent apprendre à le connaître. Dès le début des échanges, Cédric se livre et mène par instants une forme d'autocritique : « En septembre, elle me dit qu'elle a appelé l'avocat pour prendre rendez-vous. Là, je comprends que tout est fini et je suis déçu, je n'ai pas été bon, je suis déçu de moi-même. Aujourd'hui, cela me fait culpabiliser de me dire qu'elle a pu partir à cause de moi. »

Questionné sur les sentiments qui le traversent lors des derniers mois, le jeune homme minimise. « Moi, mon état de santé va très bien, je ne vais jamais voir le médecin. Même moralement ça allait, sauf le fait que nous divorcions. J'avais pris un petit coup. Nous devions continuer à vivre ensemble après le divorce, tant que nous n'avions pas fini la partie habitable de la maison, pour la vendre. Du coup, nous allions finir les travaux en étant divorcés mais en vivant ensemble dedans. » Parle-t-il à cet instant de ce que les époux avaient convenu entre eux ou seulement de ce que lui avait imaginé ? Après une semaine d'enquête, les gendarmes disposent déjà de témoignages qui contredisent cette vision idéalisée d'une séparation « en douceur ». Mais pas question d'en faire état dès cette première rencontre.

Au sujet de Louis et d'Elyah, là encore, Cédric gomme les difficultés avec son sens de la formule : « Les enfants n'ont pas de problème de santé, on cherche le bouton off du garçon et pourquoi ma fille aime autant les chats, c'est leur seul souci. » Le volet financier est également abordé, sans filtre apparent : « À la maison, je donnais du liquide à Delphine, je touchais entre 1 000 et 1 500 euros par mois, plus du liquide, dans les 400 par mois de black, assure-t-il. Elle avait 1 700 euros de salaire, soit presque 3 000 euros à nous deux. Financièrement, on s'en sortait. Mais elle me reprochait parfois de prendre de l'argent du compte des petits, surtout pendant le confinement où je bossais pas, ça lui plaisait pas, mais je le remettais au fur et à mesure. C'était pour payer des cigarettes, ou ma carte de bus. Elle avait raison quand même… »

Les premières aspérités du discours apparaissent lorsqu'il est question du flou qui enveloppe régulièrement l'emploi du temps de sa femme. « Dans notre vie de couple, dernièrement, elle faisait sa vie et moi la mienne, elle ne me racontait rien, je lui posais des questions et elle me disait qu'elle était restée à la maison, se plaint-il. Je savais que la nounou gardait la petite des fois. Mais je ne savais pas ce que Delphine faisait pendant ce temps. Je pensais qu'elle avait peut-être un amant du coup. Mais dès que je lui posais ces questions-là, elle s'énervait, elle se justifiait. J'aurais préféré qu'elle me dise la vérité. On ne se disputait pas plus que ça malgré tout. Je laissais pisser, je passais à autre chose […] Je n'ai jamais réellement su si elle avait un amant ou non, je n'ai jamais enquêté. » Vraiment ? Les gendarmes commencent à en douter.

L'audition s'aventure alors sur le terrain de la sexualité. Un sujet sur lequel Cédric Jubillar ne refuse pas de s'épancher. « Nous avions quelques ébats sexuels avant cet été, basiques, et par la suite nous l'avons fait trois fois en six mois, et c'était elle qui venait, détaille-t-il. Une fois elle s'est laissé faire. La fois où elle est venue, c'est elle qui m'avait réveillé en pleine nuit. D'ailleurs j'ai toujours envie d'elle au moment où je vous parle. C'était toujours magique pour moi car je l'aimais et elle je pense que c'était pareil pour elle, du moins jusqu'à avant le divorce. Les fois d'après, je ne sais pas. » Visiblement, les enquêteurs veulent en savoir plus. Cela tombe bien, Cédric ne paraît pas gêné le moins du monde et livre une multitude de détails. « Nous n'avions pas de demandes particulières, ni moi, ni elle. J'étais son premier homme. Moi avant, je n'ai eu que quatre ou cinq expériences sexuelles. »

L'existence réelle ou supposée de l'amant de Delphine revient régulièrement sur la table, comme s'il s'agissait du fil rouge suivi par les enquêteurs. « Pour ma part, je n'avais pas de relation extraconjugale, affirme Cédric. Elle, je ne sais pas, ça reste un doute. Je crois qu'elle a connu quelqu'un sur une application, je l'ai surprise en train d'envoyer des photos d'elle à un autre homme, en posant, bien apprêtée, le regard charmeur, avec tous les filtres, la plus jolie possible pour les photos. J'avais vu que c'était pour un homme. Qui, je ne sais pas. » Mais alors quand ? Cette découverte aurait-elle eu lieu dans les heures qui précèdent la disparition de Delphine ? L'idée effleure l'esprit des gendarmes, qui attendent des précisions. « C'était au mois d'août je dirais, désamorce Cédric. Elle m'avait dit qu'elle avait tout supprimé. Et à partir de là, elle avait verrouillé son téléphone. Mais elle ne m'a jamais dit clairement si oui ou non c'était un amant. Je me dis que vous, vous trouverez. »

Au cours de cette première audition, le mari possiblement trompé finit par admettre que son pressentiment s'était transformé en conviction, à défaut d'une absolue certitude. « Je n'ai jamais revu depuis le mois d'août ce genre de chose, son téléphone étant verrouillé, moi ne connaissant plus ses codes. Pour moi, c'était la preuve qu'elle avait un amant, et c'était pour ça qu'elle voulait divorcer. Quand elle me disait qu'elle voulait tenter un nouveau départ, en fait c'était du vent. Elle était déjà partie dans sa tête. Voir ses photos envoyées à un homme, cela m'a fait mal, j'ai compris que je l'avais perdue, nous nous sommes disputés. Le ton est monté un peu, mais sans plus car je faisais tout pour que ça aille mieux. Je n'ai jamais su qui était cet homme. »

Qu'en était-il du quotidien du couple ? Les gendarmes tentent d'en apprendre davantage sur le rythme morcelé des deux époux. Entre un ouvrier du bâtiment qui se lève tôt et une infirmière de nuit qui tente de dormir le jour, l'emploi du temps pourrait être un motif de rupture en soi. Mais au fond, les réponses de Cédric importent peu. C'est surtout sa manière de s'exprimer qui intéresse les militaires, ses mots, ses intonations, ses silences aussi. « Concernant nos enfants, quand elle allait travailler [la nuit], c'est la crèche qui gardait la petite [la journée suivante], et quand elle ne travaillait pas, c'était elle, expose le père de famille. Elle récupérait le petit à l'école et moi en général, j'arrive du boulot vers 18h30 ou 18h40 [...] Je suis seul jusqu'à ce que madame rentre vers 8 heures du matin, puis elle amène les enfants à la crèche et à l'école. » Voilà le récit d'une vie parfaitement réglée, du moins en théorie. Cependant Cédric se renfrogne, quelque chose a surgi qui assombrit son visage : « Il est arrivé qu'elle laisse la petite à la nounou, toute la journée, et je ne sais pas où madame se barrait, grince-t-il. Aucune idée. » Le ressentiment affleure sous l'anecdote.

À quelques heures du réveillon de Noël, Cédric évoque aussi le souvenir des jours heureux. « Avant cet été, nous sortions souvent en balade dans le village en famille, nous allions au City Stade. En général, moi je restais avec le petit au City et elle, elle partait marcher avec la petite en poussette. On ne restait quasiment que là. Ça allait très bien à tout le monde. Nous pouvions faire des barbecues sur les berges du Tarn, à Saint-Juéry, à Marssac ou au lac de Cagnac. » Cédric Jubillar ajoute alors un détail au sujet des habitudes de sa femme, détail qui donnera du grain à moudre aux enquêteurs : « Elle partait parfois seule au City ou avec la petite. Elle sortait les chiens seule, le soir surtout, vers 23 heures ou minuit. Je l'entendais revenir avec les chiens »... Il est presque 18 heures lorsque s'achève l'audition de Cédric Jubillar. Il est fourbu et quitte avec une pointe de soulagement les locaux de la petite gendarmerie de Cagnac. « Joyeux Noël ! » lance-t-il à la cantonade.

Au même moment, c'est une nouvelle journée de recherches infructueuses qui prend fin. Plusieurs opérations de ratissage ont été menées vers Saint-Sernin-les-Mailhoc, un hameau de Cagnac-les-Mines. Une nouvelle fois, les militaires du peloton de surveillance et d'intervention de la gendarmerie d'Albi, assistés par des réservistes, ont pu mesurer à quel point la campagne était vallonnée et accidentée. Bois, ronciers, cuvettes et promontoires sont autant d'obstacles naturels qu'il faut inspecter avec patience et rigueur. Mais comment être certain que l'on ne passe pas à côté d'un détail important ? D'autant que dans cet ancien pays minier, le sous-sol est un authentique gruyère avec des trous, des cavités, des glissements de terrain et des galeries souterraines répertoriées de manière imparfaite.

Toujours ce 24 décembre, à une quinzaine de kilomètres au nord de Cagnac, les plongeurs de la brigade nautique de Marseillan se sont mis à l'eau près du barrage qui jouxte le lac de la Roucarié. Depuis la voie de circulation qui passe sur cette structure en béton, il serait tout à fait possible de jeter un corps. Les « hommes-grenouilles » sont donc allés sonder la vase, à près de vingt mètres de profondeur, dans une zone située à l'aplomb de la route. La visibilité étant nulle, ils ont mené leurs recherches au toucher. En vain. Delphine demeure introuvable.

Ses enfants s'apprêtent donc à passer la veillée de Noël sans leur maman. C'est d'ailleurs ce qui était prévu initialement. Après une dizaine de jours de congé, Delphine devait reprendre le travail le 23 décembre au soir et enchaîner sur la nuit du 24 au 25. À son retour de la clinique Claude-Bernard, le jour de Noël, elle aurait participé à l'ouverture des cadeaux avant d'aller se coucher. Louis avait commandé au Père Noël un camion-grue. Sa maman s'en était occupée. Elle avait aussi prévu d'utiliser son chèque-cadeau offert par la clinique pour lui acheter « Le Lynx », un jeu d'observation et de mémoire visuelle, deux qualités déjà très développées chez le garçonnet. Pour Elyah, Delphine s'était renseignée au sujet d'un tricycle évolutif. Le 25 au matin, chacun fait de son mieux pour donner aux enfants l'illusion d'un Noël presque comme un autre. Mais l'ambiance est sinistre à Carmaux. Louis a découvert son camion-grue et une voiture télécommandée qui semblent l'absorber. Elyah joue déjà avec une peluche musicale en forme de souris. Cédric, lui, s'est vu offrir un polo par ses parents, et il a glissé à sa maman et à sa sœur une carte-cadeau pour des cosmétiques Yves Rocher.

Le lendemain de Noël, un dîner de famille devait avoir lieu chez Cédric et Delphine à Cagnac-les-Mines. La jeune femme avait invité sa sœur, ses deux frères et leurs familles respectives. Le dîner a été annulé, évidemment. À la place, les uns et les autres se sont donné rendez-vous au parc Rochegude d'Albi. Un « poumon de verdure » en centre-ville avec son jardin à la française, son jardin à l'anglaise, son plan d'eau, ses petites cascades et ses jeux pour enfants. C'est là que Louis et Elyah reçoivent les cadeaux de leurs oncles et tantes : un moule à pâtisserie « lettres de l'alphabet » pour le garçon, une peluche chat et un cheval à bascule pour la fillette. L'ombre de leur maman disparue plane sur ces retrouvailles. Mais Louis semble heureux de jouer avec ses cousins, de gambader et de s'échapper un peu du huis clos pesant de Carmaux. Quant à Elyah, elle passe de bras en bras, en demande de câlins.

Les adultes, eux, tentent de faire semblant. Les frères et la sœur de Delphine n'ont jamais été de grands bavards, une réserve naturelle qui confine à la timidité. Cette fois, c'est la prudence et une forme de stratégie qui les guident. Ils ne veulent surtout pas se confronter à Cédric, lui poser les questions qui fâchent et hurler leur désarroi. Ce n'est pas par manque de courage. Ils savent juste que cela provoquerait à coup sûr la rupture avec leur beau-frère. Il faut au contraire entretenir le dialogue. Laisser parler Cédric. Écouter tout ce qu'il raconte. Noter l'évolution de ses explications. Analyser ses éventuelles contradictions. Et, surtout, garder le contact avec les enfants. La priorité absolue.

*

Depuis la disparition de sa femme, Cédric Jubillar est livré à lui-même, au moins sur le plan juridique. Cela ne peut pas durer. L'audition du 24 décembre lui a fait réaliser que les enquêteurs s'intéressent à lui de très près. Dès le lendemain de Noël, un contact se noue avec un avocat pénaliste d'Albi. Pas n'importe lequel : il s'agit de Jean-Baptiste Alary. Diplômé de la faculté de droit de Toulouse, en activité depuis 2005, ce quadragénaire est connu pour son langage direct et imagé, ses cheveux plaqués en arrière et ses chemises Superdry de style militaire qu'il porte manches retroussées. Début 2020, il a été désigné bâtonnier d'Albi pour une durée de deux ans. À ce titre, il représente ses confrères devant les pouvoirs publics, défend leurs intérêts et les rappelle, si nécessaire, à la déontologie.

Dans son cabinet, dont les fenêtres donnent sur l'entrée principale du tribunal d'Albi, Jean-Baptiste Alary compte deux associés, dont un spécialiste du droit de la famille qui accompagnait Cédric dans les premières étapes de sa procédure de divorce. Maître Alary, lui, est pénaliste. Un lien de confiance est déjà établi. Naturellement, Cédric le désigne comme son avocat le 26 décembre. Deux jours plus tard, le bâtonnier d'Albi accorde une interview, la première d'une très longue série, à *La Dépêche du Midi*. « La grêle lui est tombée dessus, déclare maître Alary en parlant de son client. La presse est partout, son nom est étalé sur BFM et compagnie… Il se demande ce qu'il doit faire, s'il doit parler, ne pas parler. Il vient légitimement prendre conseil sur la conduite à tenir. Il n'est pas spécifiquement inquiet… Nous étions d'accord sur le fait qu'on n'a rien de particulier à dire. Nous nous tenons à la disposition des gendarmes et de la justice […] Il est tout à fait prêt à répondre aux questions des autorités. Celles de la presse, non. » Jean-Baptiste Alary comprend que la position de Cédric Jubillar ne tient qu'à un fil. Considéré à ce stade comme un témoin de la disparition de son épouse et possiblement comme une victime, il peut très bien, du jour au lendemain, devenir un suspect. Dans le doute, le silence est d'or.

Autre raison de se taire : le contre-exemple donné par Jonathann Daval est encore dans tous les esprits. Quelques semaines plus tôt, le 21 novembre 2020, la cour d'assises de Vesoul l'a condamné à vingt-cinq ans de réclusion criminelle pour le meurtre de son épouse, Alexia. Peu de temps après les faits, à l'automne 2017, il était pourtant apparu en mari dévasté par la disparition de sa femme. Le jeune homme avait même pris la parole publiquement aux côtés de ses beaux-parents avant d'être suspecté et de finir par avouer. Si Cédric Jubillar l'imite et exprime son chagrin, il risque fort d'être comparé à Daval.

*

En cette fin d'année, les recherches des gendarmes se poursuivent dans toutes les directions. Et ce n'est pas qu'une formule. Les enquêteurs recensent par exemple tous les propriétaires de véhicules visés par une contravention dans les départements du Tarn et de l'Aveyron au cours de la nuit de la disparition de Delphine, pour détecter un éventuel rôdeur qui se serait approché de Cagnac ou qui en serait reparti. Ils répertorient aussi l'ensemble des caméras de surveillance disponibles le long de la départementale 600 reliant Albi à la commune de Cordes-sur-Ciel. Une route qui pourrait avoir été empruntée par Delphine et son éventuel ravisseur, ou par le conjoint de l'infirmière. Le passé professionnel de Cédric est également épluché afin de dresser la liste des chantiers sur lesquels l'ouvrier peintre-plaquiste est intervenu dans le courant de l'année 2020. Autant de lieux qui peuvent constituer des objectifs d'investigations.

Cédric, lui, ne donne pas l'impression de s'activer beaucoup. Il ne mène pratiquement aucune recherche.

De toute façon, Olivier, son beau-père, lui a dit que c'était «le travail des gendarmes». Dans un tout autre registre, il ne se préoccupe pas non plus de ce Nouvel An placé sous couvre-feu. En principe, les déplacements sont toujours interdits entre 20 heures et 6 heures du matin. De toute façon, personne ne l'a invité, et ce n'est pas la première fois que cela arrive. En dehors de quelques collègues de travail qu'il croise sur les chantiers, Cédric a peu de vie sociale. Il connaît du monde, fréquente un groupe d'adolescents de Cagnac qui ont la moitié de son âge, mais n'a pas vraiment d'amis. Cette année encore, il s'apprête donc à passer une soirée très calme avec Louis et Elyah. Mais Nadine, sa mère, en a décidé autrement. Elle veut tenter de lui changer les idées et réussit à les «incruster», lui et ses deux enfants, dans le réveillon auquel elle et Olivier sont invités, chez une collègue de travail, à quelques kilomètres de Carmaux. Crise du Covid oblige, c'est une soirée en comité restreint : parmi les adultes, il y a trois couples… et Cédric. «Les invités lui ont dit quelques mots en début de soirée pour témoigner de leur solidarité, et après tout le monde s'est efforcé de ne plus en parler», se souvient Nadine[1]. Elle-même n'aborde plus avec son fils le sujet de son éventuelle responsabilité, qu'elle soit directe ou indirecte. Elle lui a posé la question une seule fois, le 18 décembre. Il lui a répondu qu'il n'y était pour rien et les choses en sont restées là. Quant à Olivier, qui n'a jamais été très loquace, il évacue le sujet à sa manière. «Olivier a toujours voulu penser que Cédric n'était pas assez

1. Entretien avec l'auteur, le 15 septembre 2021.

intelligent pour commettre un crime sans laisser de traces », me rapportera un proche, bien plus tard.

Au cours de cette soirée du Nouvel An, le mari de la disparue semble avoir la tête ailleurs et peine à participer aux conversations. Rembobine-t-il le film de l'année 2020 qui s'achève ? Cédric s'occupe un peu de ses enfants, les aide à finir leur repas et passe un moment avec sa fille pour qu'elle s'endorme. Il sort aussi régulièrement fumer sur la terrasse, histoire de se détendre et de passer le temps. À l'intérieur, l'ambiance est pesante. Personne n'ose danser ou même mettre de la musique. Personne n'ose non plus poser de questions à Cédric sur l'épreuve qu'il traverse. Nadine reste collée à son téléphone une partie de la soirée, tout comme son mari. Elle ne peut s'empêcher de surveiller le flux incessant de commentaires qui apparaissent sur la page du groupe Facebook « Fort Soutien à la famille de Delphine Jubillar », créé quelques jours plus tôt. À un moment, elle s'insurge à voix haute du parallèle qui s'installe dans l'esprit de certains internautes entre cette affaire Jubillar qui commence et l'affaire Daval, déjà jugée. « Cela n'a rien à voir ! Et puis ce n'est pas parce qu'un couple est en train de se séparer que le mari a forcément envie de tuer sa femme ! »

Nadine, Olivier et Cédric n'ont aucune envie de s'éterniser. Quitte à braver le couvre-feu. Une demi-heure après les douze coups de minuit, après avoir présenté leurs vœux pour la nouvelle année 2021 et remercié leurs hôtes, ils embarquent les enfants ensommeillés et regagnent leur appartement de Carmaux. Pas facile de fermer l'œil. Après deux semaines de promiscuité forcée, ils ont tous les trois la sensation d'étouffer. Le huis clos familial est pourtant loin d'être terminé, suspendu aux nouvelles d'où qu'elles viennent. De la gendarmerie, des proches, des groupes Facebook qui sont en train de se constituer, ou de la presse. L'épreuve de la cohabitation réveille aussi les fantômes du passé. Un passé que Cédric pensait avoir exorcisé.

Chapitre 5
Itinéraires bis

« Cédric, c'est Mon fils, avec un M majuscule[1] », souligne-t-elle en insistant sur chaque mot. Je viens de retrouver la maman de Cédric Jubillar pour déjeuner dans un restaurant thaïlandais de la périphérie d'Albi. Même pas le temps de regarder la carte. Nadine, comme souvent, est à fleur de peau dès qu'elle évoque la relation exclusive qui la lie depuis trente-quatre ans au premier de ses trois enfants. La veille, le mardi 14 septembre 2021, date de l'anniversaire de Cédric, elle a manqué s'étouffer à la lecture d'un article de *La Dépêche du Midi* qui donnait la parole à Gérard D., le père de Cédric Jubillar. Cet homme d'une cinquantaine d'années est employé dans un centre d'accueil pour personnes handicapées. Sur les photos disponibles sur son compte Facebook, il apparaît moulé dans un survêtement officiel de l'Olympique de Marseille ou pose fièrement devant une Jeep. De taille modeste, il présente une calvitie très prononcée et une ressemblance certaine avec Cédric. Même

1. Entretien avec l'auteur, le 15 septembre 2021.

regard, même sourire de biais. « Ce n'est pas son père mais son géniteur », corrige Nadine, comme s'il fallait d'emblée poser un barbelé entre lui et Cédric.

Dans cette interview réalisée par le quotidien régional, elle estime avoir relevé trop de mensonges ou d'approximations pour ne pas réagir. L'une d'entre elles, en particulier, lui a fait l'effet d'« un coup de poignard ». « Elle [Nadine] est tombée enceinte, et après on ne s'est plus entendus, déclare notamment Gérard. On s'est quittés, Cédric était bébé. Quand je voulais voir le petit pour les tours de garde, je trouvais porte close à chaque fois. J'ai donc refait ma vie par la suite. » La version de Nadine est à mille lieues de cela : « J'étais obligée chaque dimanche d'aller au commissariat déposer une main courante pour signaler le fait qu'il ne se présentait pas et qu'il n'exerçait donc pas son droit de garde ! » C'est sa vérité. « LA vérité », appuie-t-elle.

C'est aussi son parcours, qu'elle me raconte ce jour-là. Une vie émaillée de fêlures et de ruptures. Un peu comme celle de son fils. Nadine Jubillar est la sixième et dernière enfant d'Antonia, une Biterroise d'origine calabraise qui n'a jamais pu (ou voulu) assumer l'éducation de ses filles et de son garçon. Les cinq premiers enfants de la fratrie ont progressivement été placés dans des familles d'accueil. Née le 11 janvier 1971 à Carcassonne, Nadine n'échappe pas à cette implacable mécanique. Lorsqu'elle voit le jour, ses parents sont déjà en instance de divorce. Son père, Roger Jubillar, ne lui laissera en héritage qu'un patronyme d'origine espagnole avant de disparaître du paysage. Nadine ne le reverra que deux ou trois fois et assistera à ses obsèques depuis le fond d'une église de Carcassonne en octobre 2007.

Ses dix-huit premiers mois de vie se passent dans une famille d'accueil dont elle assure aujourd'hui ne garder aucun souvenir. Contrairement à ses cinq aînés, Nadine a ensuite la chance d'être « repêchée » par un homme providentiel : Claude R., le nouveau compagnon de sa mère. « La petite, on va la reprendre et on va l'élever », a-t-il promis. Claude a tenu parole. Jusqu'à ses 12 ans, Nadine grandit à Pexiora, un petit village de l'Aude, entouré par sa maman et par cet homme, boucher dans un abattoir, qu'elle considère comme son père. Mais le couple se déchire. Claude est tombé amoureux d'une autre femme. Nadine, désormais seule avec sa mère, mène une vie de bohème. Elles s'installent à Perpignan puis à Narbonne avant de se fixer à Béziers, dans le quartier populaire de la Dévèze.

À l'automne 1986, Nadine a 15 ans. Elle aimerait devenir monitrice d'auto-école et rêve du grand amour. Un samedi après-midi, lors d'une boum organisée chez une voisine, elle « flashe » sur un petit brun aux yeux bleus, habillé tout en blanc. Il s'appelle Gérard et a trois ans de plus qu'elle. Coup de cœur. Ensuite, tout va très vite. Avide d'embrasser sa liberté naissante de jeune fille et déjà livrée à elle-même, elle ne peut pas compter sur sa mère ou sur un aîné pour l'aider à éviter les pièges de l'existence. Personne, par exemple, n'est là pour l'accompagner dans l'apprentissage de sa vie de femme, lui donner des conseils, des messages de prudence et des informations sur les méthodes de contraception. Trois mois après sa première rencontre avec Gérard, elle tombe enceinte. Devant la mère de Nadine, le jeune homme aurait assuré qu'il fallait garder le bébé et qu'il assumerait ses responsabilités de père. Mais au fil de la grossesse, la relation se délite. Le samedi 12 septembre 1987, Nadine se rend à la maternité de Béziers, seulement accompagnée par sa mère. Les contractions ont débuté mais l'accouchement, sous péridurale, n'intervient que le surlendemain. Nadine est tellement épuisée après deux nuits sans sommeil que la sage-femme doit utiliser la ventouse pour extraire le bébé. Le nouveau-né s'appelle Cédric Claude Jubillar. Il a vu le jour à 8 h 10, ce lundi 14 septembre. Gérard s'éclipse mais finira par reconnaître officiellement l'enfant un an plus tard. Nadine, encore adolescente et déjà maman, vit toujours chez sa mère, qui couve le bébé comme s'il était le sien.

Après deux ans de cohabitation, Nadine aurait été mise à la rue par sa propre mère une nuit, « à 3 heures du matin », avec Cédric dans les bras. En toile de fond, une sombre histoire de rivalité mère-fille qui dégénère au sujet d'un homme ambigu, attiré par l'une comme par l'autre. Pour se sauver du marasme, Nadine ne peut compter que sur l'aide de Claude, qui vit toujours dans l'Aude. S'il est l'ex de sa mère, il fait cependant toujours figure de père pour Nadine… et de grand-père pour Cédric. Lors de sa grossesse, la jeune fille n'avait pas voulu lui révéler qu'elle était enceinte, de peur d'entendre ses reproches. Mais l'homme s'est immédiatement laissé attendrir en voyant le nourrisson. Dans cette situation extrême, il ouvre donc sa porte au duo en détresse. Au moins provisoirement. À long terme, en revanche, la situation n'est pas tenable.

*

Sans ressources, sans qualification, sans compagnon, Nadine aimerait rejoindre un foyer pour mères célibataires avec son fils. Les services sociaux en décident autrement. L'enfant est placé dans une famille d'accueil, la famille M., à Béziers. Un refuge pour le fils comme pour la maman, qui peut passer chaque samedi aux côtés de son enfant. Évidemment, ce n'est pas l'idéal, mais c'est sans doute un moindre mal. Danielle, la « maman de substitution », déborde de gentillesse et de tendresse. Louis, le patriarche, ancien de la marine marchande, est aussi prévenant que tempéré. Quant aux deux enfants du couple, alors adolescents, ils entourent ce nouveau venu de toutes les attentions. Cédric Jubillar vient d'avoir 2 ans. Il porte encore des couches et une tétine. Une nouvelle vie commence. Elle va durer un peu plus de trois ans, jusqu'à son entrée en CP. Une période bénie pour lui, qui constitue aujourd'hui encore le socle le plus solide de son identité. Cette géographie intime présente deux points d'ancrage : Béziers, à quelques kilomètres de la Méditerranée, et Belcaire, dans les Pyrénées audoises, où la famille dispose d'une maison secondaire. Dans son sillage, le petit Cédric découvre les joies de la montagne à mille cinq cents mètres d'altitude. L'été, ce sont les promenades en forêt qui rythment les journées. L'hiver, il goûte aux plaisirs de la luge et du ski dans la station voisine de Camurac.

« Cédric vivait chez nous comme un petit pacha, raconte Danielle, la maîtresse de maison[1]. Il était l'enfant roi. Il m'appelait et m'appelle toujours Tatie. Tout le monde l'aimait. Tout le monde était sous son charme. À 4 ou 5 ans, il parlait déjà très facilement avec nos voisins, avec les commerçants... Il allait chercher le pain tout seul. Au bureau de tabac, il avait toujours droit à une sucette offerte. » Aux côtés de Danielle et Louis, Cédric développe son goût pour les jeux de société et les jeux de cartes. Il découvre la vie au grand air, apprend à pêcher, à cueillir les champignons, à observer les animaux. « Il fallait toujours qu'il s'occupe, il ne tenait pas en place, reprend sa mère d'accueil. S'il s'ennuyait, il allait voir mon mari et lui disait : "Tonton, on va ramasser du bois ?" » Hélas cette belle harmonie ne dure pas. Nadine vient de déménager dans l'Aude, près de Castelnaudary. Âgée de 22 ans, elle a repris pied, trouvé un emploi et souhaite récupérer la garde de son fils. Les services sociaux lui donnent en partie gain de cause. Cédric quitte le calme et la douceur de la famille M. pour être placé provisoirement dans une autre famille d'accueil, plus proche du nouveau domicile de Nadine. Une déchirure pour l'enfant, une demi-victoire pour la mère.

Nadine vient de rencontrer Olivier dans une boîte de nuit de Castelnaudary. C'est un solide gaillard d'un mètre quatre-vingt-dix-sept, ex-joueur de rugby. Elle aime la techno, lui est plutôt branché rock. Ils ont le même âge et déjà quelques fêlures. Albigeois de

1. Entretien avec l'auteur, le 18 septembre 2021.

naissance, Olivier a perdu son père assez jeune et s'est engagé dans l'armée dès sa majorité. D'abord basé à Metz comme sous-officier dans l'artillerie, il a rejoint la caserne de Landau en Allemagne où il s'occupe de la formation des recrues. Olivier est un homme de peu de mots. Il ne compte pas beaucoup d'amis et ne cherche pas à s'en faire. «Je suis un ours», a-t-il coutume de dire. Il ne rentre dans l'Aude qu'un week-end par mois. Nadine tombe enceinte en 1994. Olivier quitte alors l'Allemagne et l'armée. Le couple s'installe sous le même toit. Employée dans une bonneterie de Castelnaudary, et dans l'attente de son deuxième enfant, Nadine récupère la garde pleine et entière de Cédric. Il vient d'avoir 7 ans. Après cinq années décousues, balisées par des rendez-vous épisodiques, la mère et le fils tentent de retisser une relation. Mais à peine Cédric a-t-il le temps de refaire connaissance avec sa maman qu'un petit frère voit le jour à Carcassonne. En quelques mois, le couple passe brutalement d'une vie à deux à une vie à quatre. Une révolution d'autant plus difficile à assumer que la famille ne roule pas sur l'or. Depuis son départ de l'armée, Olivier enchaîne les boulots précaires.

Le petit Cédric est attendrissant, mais sorti du cadre de la famille M. où il avait lentement construit tous ses repères, il se révèle difficile à canaliser. C'est un casse-cou qui parfois mesure mal le danger. Un jour, il chute sur un outil agricole très coupant en jouant dans un hangar de la propriété de Claude, son «grand-père» maternel, à Souilhe. Nadine et Olivier, son beau-père qu'il n'appelle pas encore «papa», tentent de lui trouver une activité sportive à la hauteur de son dynamisme. Ils l'inscrivent au karaté, mais au bout de quelques semaines, Cédric décrète qu'il a fait le tour de la question. Visiblement, cet art martial très codifié n'est pas pour lui. À l'école, en revanche, tout se passe bien. L'enfant suit une scolarité sans accroc. En septembre 1998, il entre en sixième au collège de Bram, à une dizaine de kilomètres de Castelnaudary. Il a parfois du mal à se concentrer, mais ses professeurs le trouvent vif et toujours plein d'entrain.

Trois mois plus tard, rien ne va plus. Nadine et Cédric réapparaissent sur les radars des services sociaux. La jeune maman vient de quitter son compagnon avec ses deux enfants sous le bras. Le 15 décembre 1998, elle a effectué un signalement auprès des services sociaux de l'Aude pour dénoncer la supposée violence d'Olivier à l'égard de Cédric et de son demi-frère. Nadine trouve refuge à Saint-Juéry près d'Albi, chez sa mère, Antonia, et son nouveau compagnon. Une mesure d'observation est mise en place par une éducatrice spécialisée.

Pourtant, deux mois plus tard, Olivier rejoint Nadine et les enfants dans un appartement HLM attribué par le bailleur social. Il aurait changé, selon elle. Pas tant que ça, si l'on en croit le jeune Cédric. En juin 1999, il termine sa sixième au collège de Saint-Juéry. Les enseignants disent de lui qu'il est gai, dynamique et plutôt bon élève. Mais devant le médecin scolaire, il révèle une face bien plus sombre. L'enfant déclare subir des violences verbales et physiques de la part de son beau-père[1]. Il évoque même des menaces

1. Sollicité pour livrer sa version des faits, Olivier n'a pas donné suite.

de mort. Plusieurs ecchymoses sont relevées sur son corps. Le médecin note aussi que Cédric souhaiterait qu'Olivier s'en aille et qu'il ne se sent pas protégé par sa mère. Du haut de ses 11 ans, le garçon formule une demande particulièrement inquiétante: «Je voudrais être dans une famille d'accueil et voir ma mère un week-end sur deux.»

Quelques jours plus tard, Cédric est interrogé par son éducatrice. Il nuance un peu ses propos et trouve des excuses aux brimades que son beau-père lui aurait infligées. «J'avais fait une bêtise», explique-t-il. Alors qu'il jouait avec son petit frère dans l'appartement, il a lancé une voiturette qui a brisé un carreau. Nadine et Olivier, reçus à leur tour par les services sociaux du Tarn, reconnaissent une réaction impulsive ce jour-là et revendiquent le droit de pouvoir «corriger» leurs enfants si nécessaire. Nadine se dit affectée par les accusations de son fils. Elle refuse que Cédric soit placé mais ne peut s'opposer à une nouvelle mesure d'assistance éducative. L'enfant est intégré en cinquième SEGPA, une classe dont l'effectif réduit est censé faciliter le suivi individuel des élèves.

Au même moment, Cédric débute à l'école de rugby de Saint-Juéry qui a fusionné avec celle de Cagnac-les-Mines, la commune voisine. Gringalet mais vivace, Cédric se familiarise avec le poste de demi de mêlée. Grâce à ce sport de ballon et de contact, il se fait une bande de copains avec lesquels il peut se défouler, sortir du cadre, exister un peu au milieu d'un groupe. Au collège, en revanche, il multiplie les absences injustifiées et la situation s'envenime. Cédric Jubillar devient un élément perturbateur. Il le reconnaît lui-même:

«Je ne rentrais pas du tout dans le moule scolaire. Je ne me débrouillais pas trop mal en maths, mais sinon, rien ne m'intéressait. Je répondais aux profs et aux surveillants. Je me prenais tellement d'heures de colle que je n'arrivais même plus à purger le stock[1].» Ses écarts sont autant d'appels au secours, mais qui les entend? Un événement semble marquer un point de rupture dans la construction psychologique du jeune Cédric: le mariage de sa mère avec Olivier, le 29 juillet 2000. «Depuis que ma mère s'est mariée avec Olivier, je fais le con à l'école», analyse-t-il lors d'un entretien avec les services sociaux à l'époque. Le couple doit aussi faire face aux troubles du comportement du deuxième garçon qui, comme son aîné, sera placé sous la responsabilité de l'Aide sociale à l'enfance à partir de ses 7 ans, et ce jusqu'à sa majorité.

En février 2001, le juge des enfants renouvelle une mesure éducative «dans l'attente d'un projet de placement pour Cédric». Au même moment, l'enfant exprime enfin une demande qui le taraude sans doute depuis des années. Il veut rencontrer son géniteur, cet homme qui a furtivement traversé la vie de sa mère entre 1986 et 1987. Recontacté par Nadine, Gérard ne se dérobe pas. Deux ou trois entrevues entre le père et le fils ont lieu en l'espace de quelques semaines. Les rendez-vous se font sur un parking à Puygouzon, au sud d'Albi. Gérard se présente avec son épouse et ses deux garçons. Cédric, déjà la cigarette au bec, passe quelques heures en leur compagnie. Il reçoit en cadeau

1. Entretien avec l'auteur, le 8 avril 2021.

un tee-shirt et une paire de baskets. L'adolescent espérait sans doute bien autre chose. « N'attends rien de lui, tu n'auras rien… » prophétise alors Nadine. L'idée d'une garde alternée avec le père biologique, esquissée par Cédric, se fracasse sur une autre réalité. À partir du mois de mars, le voilà désormais placé dans une maison d'enfants à caractère social (MECS) à Villefranche-de-Rouergue, dans l'Aveyron, à soixante-dix kilomètres au nord d'Albi. L'Aide sociale à l'enfance estime qu'il serait en danger « moral et psychologique » s'il restait au sein de sa famille.

Dans son nouveau cadre de vie, Cédric, 13 ans, présente quelques problèmes d'endormissement. Il a besoin de la présence d'un adulte au moment du coucher. Sa mère lui manque, c'est évident. Comme beaucoup d'ados, il tente de se singulariser par ses tenues vestimentaires – lui porte les chaussettes relevées sur son jean. Il participe à toutes les activités, mais ses éducateurs notent que « son comportement excessif et sans limites entraîne parfois des conflits ». Lors des entraînements de foot, ses dérapages verbaux sont fréquents. Avec ses parents, cela ne s'arrange pas. Visiblement, les vacances de la Toussaint 2001 se sont très mal passées. Quelques semaines plus tard, il prend la plume pour défendre sa cause auprès du directeur du service de protection de l'enfance : « Moi, Cédric, je ne veux plus rentrer chez moi pour l'instant et même après car mes parents se moquent totalement de moi », assène-t-il d'une écriture appliquée, avant de dénoncer l'enfermement dans sa chambre qu'il aurait subi pendant deux jours. Sans préciser toutefois les raisons qui auraient pu conduire à cette sanction.

Dans cette période troublée et conflictuelle, Cédric reporte son besoin d'affection sur Claude, l'homme qu'il considère comme son grand-père maternel. Il va même jusqu'à fuguer pour le rejoindre à Souilhe, dans l'Aude, le temps d'un week-end. Claude vit dans une ferme entouré d'animaux : il y a des chiens, des chats, des poules, des lapins, des moutons et même quelques chevaux. Un coin de paradis pour Cédric. Selon ses professeurs, l'adolescent est imprévisible mais présente de bonnes dispositions intellectuelles. Il comprend vite. Problème, son comportement est toujours aussi aléatoire. Il peut se montrer très motivé à un moment et parfaitement insolent l'heure d'après. Pour asseoir sa réputation de rebelle, il fume en cachette, fréquente les SDF de Villefranche et flirte avec la petite délinquance. Malgré tout, la relation mère fils évolue positivement. Seulement âgée d'une trentaine d'années, Nadine réussit à verbaliser des choses importantes. « Je t'aime mais tu me fais souffrir, lui dit-elle, selon des propos rapportés par un éducateur. Je ne suis pas démonstrative et je ne sais pas te prendre dans mes bras. »

Son année de quatrième aboutit à un constat d'échec. Cédric est exclu du collège Francis-Carco en raison de son comportement, puis orienté vers une classe d'initiation préprofessionnelle à l'apprentissage (CLIPA), une filière réservée à des élèves en grande difficulté scolaire et rattachée au lycée agricole de Figeac, dans le Lot. Il s'éloigne encore un peu plus du domicile familial d'Albi mais, paradoxalement, les rapports avec ses parents semblent se normaliser. Il rentre désormais chez lui tous les week-ends et Nadine prend régulièrement de ses nouvelles par téléphone pendant la semaine. Cédric vient de fêter son quinzième anniversaire. Il s'habille façon rappeur, porte les couleurs de l'Olympique de Marseille dès qu'il peut et s'impose comme un leader aux yeux de ses camarades. Il est même élu délégué de classe. Au cours de cette année scolaire 2002-2003, il effectue deux stages en cuisine et s'essaye à la mécanique automobile lors d'un troisième stage. À l'internat du lycée, il se couche tard mais réussit toujours à se lever à l'heure, remarquent les surveillants. En revanche, sa chambre n'est jamais rangée. De façon plus problématique, il commence à fumer du haschich et joue aux caïds face aux plus jeunes lorsqu'il rentre chaque mercredi à la MECS de Villefranche-de-Rouergue. « Cédric est en décalage avec le reste du groupe et se fait parfois rejeter », pointe un rapport de synthèse en novembre 2002.

*

À bientôt 16 ans, il est temps pour lui d'expérimenter d'autres structures, toujours dans le cadre d'un placement. Il est cette fois hébergé en famille d'accueil chez Yves N. à Puycornet, dans le Tarn-et-Garonne, non loin de Montauban. Cet éducateur libéral âgé d'une quarantaine d'années veille sur trois adolescents, dont Cédric Jubillar à partir de septembre 2003. Lors de l'une de nos rencontres[1], Cédric m'en avait parlé en des termes positifs, me précisant qu'il était décédé très récemment. « Il était dur mais juste avec

1. Entretien avec l'auteur, le 8 avril 2021.

moi. Yves me disait : "Si jamais tu ne veux pas te lever le matin, je ne pourrai rien pour toi et il ne faudra rien me demander. Mais si tu as un problème, si ta mobylette est en panne par exemple, dans ce cas je serai là pour toi." » L'histoire s'est pourtant mal terminée avec Yves. Cédric est accusé d'avoir commis un vol au sein de sa famille d'accueil. Comme il refuse d'assumer la responsabilité de son larcin, il finit par être exclu. Encore une fois. On l'envoie alors dans une autre famille, à Montauban. D'abord très respectueux du cadre imposé, Cédric s'égare ensuite dans une relation sentimentale avec une femme de cinq ans son aînée. Lui est encore mineur. Elle a déjà un enfant et vient de tomber enceinte. Cédric nie être le père, mais il est amoureux et se projette dans une possible vie de famille. Évidemment, cela ne dure pas et l'adolescent semble avoir du mal à se remettre de cette romance inachevée. Il a envie d'envoyer tout valdinguer. Les règles de vie comme son projet de CAP peintre-tapissier, auquel il échouera. Excédée, son éducatrice jette l'éponge et demande à être remplacée. Alors, au printemps 2005, Cédric est renvoyé d'où il vient, chez Yves N., à Puycornet. Dans quelques mois, il sera majeur.

Avant de disparaître des radars de l'Aide sociale à l'enfance, Cédric Jubillar fait parler de lui une dernière fois. Au mois de juin, il se rapproche d'une jeune fille de 14 ans avec laquelle il a plusieurs relations sexuelles. La maman dépose plainte contre Cédric pour détournement de mineure. Interrogé par son éducateur, le jeune homme ne voit pas le problème. « Moi, je n'ai rien demandé, elle est venue dans mon lit et elle était consentante, se défend-il. De toute façon, je suis pas le premier, il y en a déjà eu deux sûr et peut-être trois qui ont fait pareil que moi. » Ultime transgression avant d'entrer dans l'âge adulte. L'ordonnance de placement provisoire est officiellement levée le 12 août 2005, un mois avant sa majorité. Dans quelques jours, ses yeux vont croiser ceux d'une jeune femme de son âge. Elle s'appelle Delphine Aussaguel.

CHAPITRE 6
Lune de miel

Le Bakardy, « deux salles deux ambiances », entrée gratuite pour les filles, 10 euros avec une consommation pour les messieurs. Quand on a 20 ans au début des années 2000, c'est LA boîte de nuit de Gaillac. On drague, on danse, on s'amuse… parfois on se bagarre sur le parking pour un regard de travers ou un verre de trop. Le vendredi 23 décembre 2005, au beau milieu des vacances de Noël, Delphine et Cédric ont convenu de s'y retrouver. Cela fait des mois qu'ils se tournent autour. La première rencontre a eu lieu fin août, à l'occasion d'une fête d'anniversaire. C'était chez Caroline, une amie commune, qui célébrait ses 18 ans. Après la fête dans le garage, la quarantaine de convives était restée dormir sur place. Ambiance camping à tous les étages. Delphine était censée partager une chambre avec Mélanie, sa cousine. Mais Cédric a réussi à s'y faire une petite place, un matelas sous le bras. La promiscuité aidant, Delphine et Cédric ont même échangé leurs premiers baisers.

Quatre mois plus tard, sous les stroboscopes du Bakardy, la séduction opère de nouveau. Baskets Nike aux pieds et banane Lacoste autour de la taille, fin collier de barbe et cheveux courts, Cédric promène avec assurance son look de « racaille du Tarn ». On lui prête alors une certaine ressemblance avec le chanteur K. Maro, l'une des stars françaises du moment. Après quatre années passées de foyer en famille d'accueil, il vient de rentrer chez ses parents et d'intégrer le centre de formation des apprentis d'Albi. Delphine, elle, vient d'avoir 18 ans. Cheveux longs, grands yeux noisette, jean et débardeur, un léger maquillage, elle n'est pas le genre de fille à se mettre en avant. Mais elle tape dans l'œil de Cédric : « Elle était mignonnette et sortait de l'ordinaire », me dira-t-il un soir au téléphone. À cette époque, Delphine est en BEP carrières sanitaires et sociales, au lycée Sainte-Cécile d'Albi. Elle tombe dans les bras de Cédric au son des tubes de cette année 2005 qui s'achève : « Hung Up » de Madonna et « Bye Bye » du groupe de RnB français Tragédie. En fin de soirée, les deux tourtereaux promettent de se revoir entre Noël et Nouvel An. Ils ne se lâcheront plus.

Dans l'entourage de la jeune fille, les premières impressions sont très mitigées. « Cédric est très vite apparu comme quelqu'un de vantard, se souvient Chloé[1], la meilleure amie d'enfance de Delphine. Il avait tout vu, il avait tout fait… On était plusieurs à le trouver pénible. Pas méchant, juste pénible. » Pourtant, Delphine a le béguin. Elle connaît son profil de « fumeur de shit », mais ce garçon la fait rire. Il est fêtard, il a du bagou, du culot. Et puis, il sait aussi se montrer attentionné à son égard. Il lui écrit des mots

1. Entretien avec l'auteur, le 20 septembre 2021.

doux dans son agenda. Bref, il sort du cadre et elle aime ça. Delphine, elle, ne fume pas et ne se drogue pas. Mais elle s'adapte et ne juge ni les écarts de son nouveau petit copain, ni le milieu social dans lequel il évolue.

Après tout, elle aussi est issue d'une famille modeste. Yves Aussaguel, son père, travaillait comme mécanicien au garage Citroën de Gaillac. Comme si cela ne suffisait pas, il passait l'essentiel de ses soirées et de ses week-ends à la ferme familiale de Cadalen pour remplacer son père, prématurément disparu. La pression est sans doute trop forte, et cette vie de labeur se transforme en mauvais rêve. Yves sombre dans l'alcoolisme. Dépression, séparation, divorce en 1998, puis la déchéance physique et sociale. Il meurt en juin 2000, à 41 ans, laissant derrière lui quatre enfants : Stéphanie, l'aînée, Delphine, la cadette, Sébastien et Matthieu. Une douleur enfouie que la famille peine à évoquer. Après la séparation, Marie-Thérèse, la maman, a trouvé refuge chez ses parents à Técou, un petit village perché sur un promontoire au milieu des champs de maïs et de tournesol, à huit kilomètres de Gaillac. C'est le berceau de sa famille, les Cavaillès. Elle y passe deux années avec ses quatre enfants puis obtient un appartement HLM. Ils vivent alors à cinq dans un T2 bis, sans oublier Roxane, la petite chienne. Face aux épreuves, le clan reste uni, solidaire, discipliné. Les dépenses et les petits plaisirs sont très mesurés, les repas souvent frugaux. Pour subvenir à leurs besoins, Marie-Thérèse est obligée de faire des ménages et des gardes d'enfants. Delphine a redoublé sa classe de sixième, perturbée par le divorce de ses parents et la dérive de son papa. Mais ce redoublement est une aubaine. Elle se ressaisit, redevient la bonne élève qu'elle a toujours été et fait la rencontre de Chloé, qui devient rapidement une « sœur de cœur ». Elles ont toutes deux choisi l'option « langue occitane » proposée dès la sixième au collège Albert-Camus. Une option qui leur permet de rester chaque année dans la même classe. « Joviale, joyeuse, spontanée, opportuniste », selon les souvenirs de son amie, « Delph » répète souvent cette antienne : « On n'a qu'une vie, il faut en profiter. » Elle n'a que 13 ans, mais l'existence s'est déjà chargée de l'endurcir.

L'ambition de Delphine est claire. Elle veut devenir infirmière ou puéricultrice. S'occuper des autres, les plus fragiles, les plus vulnérables. C'est sa vocation, elle le sent et n'en fait aucun mystère. Elle aspire aussi à la légèreté et aux petits bonheurs de son âge. En classe de troisième, Delphine connaît son premier émoi amoureux. « Elle avait des papillons dans le ventre », sourit Chloé. Mais l'élu de son cœur, qui a trois ou quatre ans de plus qu'elle, porte un prénom composé et vient d'une famille bourgeoise d'Albi. La mère du garçon s'oppose à leur relation. L'histoire d'amour s'arrête net et cet épisode chagrine durablement Delphine. Plus tard, au lycée, les prétendants ne semblent pas se bousculer pour lui faire oublier son ex. Quand Cédric se présente et lui fait la cour, Delphine est flattée. Il est mignon, extraverti, surprenant. Et il semble s'intéresser vraiment à elle. Leur histoire commence pourtant de façon assez chaotique. Peu de temps après la soirée au Bakardy, Cédric, qui a envie de fausser compagnie le plus vite possible à Nadine et Olivier, prend une colocation avec une jeune fille dans le centre d'Albi. Delphine n'apprécie pas du tout la surprise et la désinvolture affichée par son petit ami. « Je lui ai présenté ma coloc et quand Delphine a vu qu'elle n'était pas belle, elle m'a dit qu'elle me faisait confiance », raconte Cédric, quinze ans plus tard, lors de l'une de ses auditions face aux gendarmes[1]. Cela s'est-il passé aussi simplement ? Selon l'une de ses proches, Delphine s'éloigne de Cédric pendant un mois ou deux avant de se rabibocher.

Après un échec au CAP peintre-tapissier l'année précédente, le jeune homme veut retenter sa chance. Dans sa ligne de mire, un CAP peintre-plaquiste. Delphine, elle, reste à la maison pendant encore un an et demi, le temps d'obtenir son bac SMS et de passer le concours de l'école d'infirmières d'Albi. Cette année-là, Cédric se familiarise avec le clan Aussaguel. Il lui arrive de passer la soirée et la nuit dans l'appartement de l'allée des Violettes, à Gaillac. La sœur aînée, Stéphanie, a déjà quitté la maison. Avec les frères de Delphine, il parle football, mais ils sont rarement d'accord. Lui est fan de l'OM alors que Sébastien et Matthieu vibrent plutôt pour le Paris Saint-Germain. De ces premiers moments partagés avec la famille de Delphine, Cédric Jubillar se souvient notamment du souci absolu d'équité qui prévaut lors du partage de la nourriture. Il n'est pas habitué à autant de rigueur. Au-delà de ce détail, l'ambiance et le décor manquent un peu de fantaisie à ses yeux. Dans le sens inverse, son attitude décomplexée et sans filtre amuse les proches de Delphine mais cela n'a qu'un temps. Assez vite, des

1. Audition du 24 décembre 2020.

crispations apparaissent. « Cédric n'a jamais essayé de ressembler au gendre idéal, observe un membre de la famille. À peine sorti de table, parfois même en plein repas, il se mettait à jouer sur son téléphone et se cachait à peine pour fumer ses joints. Il pouvait aussi s'emporter très vite. En fait, Delphine, c'était l'eau, et lui, c'était le feu. » Lorsqu'ils sortent à Gaillac ou à Albi, Cédric aime exhiber des petites liasses de billets. En tant qu'apprenti, il perçoit déjà un salaire mensuel de quelques centaines d'euros, et il fait aussi quelques extras, payés en liquide. Pourtant, les copines de Delphine le soupçonnent de revendre des produits stupéfiants et de se livrer à des petits trafics de vélos ou de DVD volés. « Des rumeurs », évacue alors Delphine. Ces rumeurs prennent une épaisseur supplémentaire lorsqu'il se vante, en marge d'un repas de famille, d'avoir participé à un vol de marchandises lors du déménagement d'un magasin Leclerc, alors qu'il y était employé comme intérimaire. Le récit de ce délit, réel ou fictif, difficile de savoir, est pris au sérieux par les proches de Delphine qui commencent vraiment à se poser des questions sur celui qui partage la vie de leur sœur et fille.

À cette époque, en 2007, Cédric et Delphine ont emménagé dans un petit appartement du quartier de l'Atlantis à Albi, à proximité de la nouvelle piscine. Leur vie de couple commence vraiment. « Elle vient de rentrer à l'école d'infirmière des Trois-Tarn, rembobine Cédric[1]. Moi, je bossais soit en intérim, soit au black. Elle avait les bourses, ce qui nous permettait

1. Audition du 24 décembre 2020.

d'avoir l'appart, et moi je payais tout le reste. On était bien. » Delphine décroche du premier coup son diplôme d'infirmière en novembre 2010, et son premier emploi quelques semaines plus tard à la clinique Claude-Bernard d'Albi. Dès le début, elle opte pour le travail de nuit. Infirmière « roulante » pendant ses deux premières années, elle change régulièrement de service. Le rythme de travail lui plaît, et puis la pression de la hiérarchie est moins forte qu'en journée. Cédric s'accommode de ces horaires décalés et y trouve même quelques avantages. Les nuits où Delphine travaille, il a le champ libre pour jouer à la belote ou au tarot. Il est aussi membre d'une association de joueurs de poker à Albi, où il se fait appeler « Jubibi ». Les parties se prolongent jusqu'à 2 ou 3 heures du matin dans des ambiances enfumées et Cédric tire son épingle du jeu. Il reste calme, observe, ne se précipite pas, bluffe quand il le faut. L'été, les deux amoureux ont pris l'habitude de s'offrir une semaine ou dix jours de vacances sous la tente. Une année sur le littoral atlantique, vers Biarritz ou Royan. L'autre au bord de la Méditerranée, au Cap d'Agde, en Corse ou près d'Antibes. Au-delà des apparences et de leurs personnalités assez dissemblables, Cédric et Delphine ont trouvé un équilibre. D'autant que le jeune ouvrier peintre-plaquiste se stabilise. Il obtient en 2011 un CDI auprès d'un patron qui l'a pris sous son aile.

Grâce au cumul de leurs revenus, ils peuvent désormais viser un peu plus grand. Le jeune couple emménage la même année à Arthès, une commune de deux mille cinq cents habitants au nord-est d'Albi. Ils y louent un pavillon avec jardin. Au bas du terrain coule le Tarn, dont ils entendent la petite musique matin et soir. À 24 ans, cet emménagement est un retour aux sources pour Cédric. De l'autre côté du pont, c'est Saint-Juéry, où il a fait les quatre cents coups quand il était adolescent. Visiblement, l'âge adulte ne l'a pas beaucoup assagi. À peine installé à cette nouvelle adresse, il est notamment visé par des plaintes pour tapage nocturne. Lorsque Delphine travaille, il lui arrive de faire la fête ou de jouer au foot dans la rue en pleine nuit sans se soucier le moins du monde des voisins. Un jour, on l'aurait même aperçu en train d'essuyer ses mains pleines de cambouis sur le mur fraîchement repeint en blanc de la maison d'une vieille dame. Qui n'est autre que la mère du maire d'Arthès, avec lequel Cédric est en conflit. Entre le jeune homme et sa compagne, le ton monte parfois. L'été, quand les fenêtres restent ouvertes, il arrive que des cris et des insultes s'échappent de leur pavillon et parviennent jusqu'aux oreilles des voisins. Pourtant, bon an mal an, le couple semble résister aux tempêtes et se projeter vers de nouveaux horizons. Âgée de 24 ans elle aussi, Delphine commence à ressentir un désir d'enfant. Cédric, quant à lui, aimerait faire construire une maison. Mais autant procéder dans l'ordre. Le 23 décembre 2011, six ans jour pour jour après le début de leur histoire dans la moiteur du Bakardy, Cédric demande Delphine en mariage dans un restaurant d'Albi. Pour le dessert, le jeune homme a commandé un gâteau orné d'une petite plaque en chocolat sur laquelle il a fait inscrire en lettres blanches « Veux-tu m'épouser ? ». C'est un succès ! Le soir même, Delphine mentionne l'événement « Fiançailles » sur son mur Facebook et écrit :

« je t'aime mon cœur ». Seules trois personnes se manifestent pour la féliciter… « Franchement, j'espérais que leur relation n'irait pas jusqu'au mariage », reconnaît Chloé, l'amie de « Delph » depuis les années collège.

Leur projet de vie commence à prendre forme. Après quelques mois de prospection, Cédric et Delphine ont jeté leur dévolu sur un terrain à bâtir d'environ six cents mètres carrés dans un lotissement neuf de Cagnac-les-Mines, une commune édifiée sur une arête en surplomb d'Albi. Ils font partie des premiers acheteurs. La campagne est vallonnée et les forêts alentour laissent entrevoir de belles possibilités de randonnées. Certes, le terrain n'est pas très vaste et risque de se retrouver un peu enclavé quand de futurs voisins viendront s'installer, mais à 46 000 euros, le jeune couple a le sentiment de faire une bonne affaire. Étrangement, sur l'acte notarié daté du 11 octobre 2012, Cédric Jubillar apparaît comme seul propriétaire du terrain. Il a souscrit à son nom un prêt d'un montant global de 57 000 euros remboursables en vingt-trois ans sous forme de mensualités d'environ 300 euros. Pour la construction de la maison en revanche, Cédric et Delphine sont coemprunteurs. Ils ont obtenu un crédit de 130 000 euros à rembourser en vingt-cinq ans. Petite curiosité là encore, le paiement des mensualités (entre 500 et 600 euros par mois) se fera à partir du compte personnel de Delphine. Sans attendre leur installation à leur nouvelle adresse, le foyer s'agrandit avec l'arrivée de Gnocchi, le shar-peï dont Delphine rêvait depuis longtemps. Elle l'a baptisé ainsi en clin d'œil à son pelage tout plissé. Un an plus tard, le samedi 22 juin 2013, Gnocchi a déjà bien grandi lorsque le mariage de ses maîtres est célébré. Affublé d'un large nœud papillon en tulle blanc, le chien pose fièrement sur l'une des photos officielles du mariage. Delphine est ravissante dans sa robe bustier blanche, rehaussée d'un collier de perles. Ses cheveux châtain clair ont été dégagés et retombent joliment en boucles sur ses épaules nues. Un bandeau vert pâle ceint son front et retient une fleur d'arum rose. Le sourire est discret, photogénique. Cédric, costume trois-pièces gris clair et blanc, fleur d'arum à la boutonnière, serre les lèvres mais ses yeux verts brillent de fierté. Rasé de près, il a laissé une fine ligne de barbe lui fendre le menton.

À la mairie de Cagnac-les-Mines, en début d'après-midi, le marié a marqué les esprits en arrivant dans une Ferrari grise. Les invités l'ignorent mais il n'a pas déboursé un centime. Comme souvent, Cédric a trouvé un bon plan grâce à un copain dont le père, patron d'un bar à Albi, a accepté de le conduire avec sa prestigieuse cylindrée. Delphine, de son côté, s'est occupée de louer une vieille traction, plus en phase avec le thème « mariage champêtre » retenu pour leurs noces. Après le passage à la mairie, les jeunes mariés offrent un vin d'honneur à leur cinquantaine d'invités. Puis les festivités se poursuivent, en comité restreint. Seules les familles rapprochées et les témoins ont été conviés. Les nombreux cousins et cousines de Delphine, dont elle est pourtant restée proche, ne sont pas de la fête. Au bout du compte, ils ne sont plus qu'une vingtaine à se présenter en début de soirée à la salle de l'Orangerie, une propriété privée située sur la commune de Terssac, à une vingtaine de kilomètres de Cagnac. Le ciel est nuageux, la température un peu fraîche pour la saison mais le cadre est charmant, arboré et fleuri. Le jardin donne directement sur la rive gauche du Tarn. De l'autre côté de la rivière, en surplomb, les ruines du château de Castelnau-de-Lévis et sa tour du guet, datant du XIIIe siècle, confèrent au lieu un cachet singulier. C'est l'endroit idéal pour réaliser les photos de mariage, boire une coupe de champagne et déguster les glaces au foie gras servies au buffet. Trois tables ont été dressées dans la salle de réception : celle des mariés, avec leurs témoins et quelques collègues de travail, dont l'employeur de Cédric ; celle des Aussaguel, où sont installés la maman de Delphine, ses frères, sa sœur et leurs conjoints respectifs ; et enfin, celle réservée à la famille de Cédric. À cette troisième table, un couple de retraités a pris place. Il s'agit de Danielle et Louis, le couple chez qui Cédric a été envoyé par les services sociaux de 2 à 5 ans. Pour le marié, qui leur est resté très attaché, leur présence à la noce signifie beaucoup. Huit ans plus tard, Danielle se souvient d'un mariage « où il y avait beaucoup d'amour, entre les mariés bien sûr, mais aussi entre Cédric et sa maman », souligne-t-elle[1]. À cette époque, Nadine et Olivier ont quitté la région d'Albi pour s'installer à Limoges avec leurs deux enfants. Pour filer la métaphore « champêtre », la salle a été décorée avec des bottes de paille que Cédric a obtenues gracieusement auprès d'un agriculteur. Juste avant le début du dîner, le marié fait son entrée en poussant une brouette dans laquelle est installée Delphine. L'image fait sourire certains convives. D'autres, du côté de la mariée, grincent un peu. Au fil

1. Entretien avec l'auteur, le 18 septembre 2021.

du repas, l'ambiance peine à se réchauffer. « Chacun restait dans son coin et les deux familles ne se mélangeaient pas, se souvient l'un des invités. Un peu par timidité et aussi parce que ce mariage n'était pas vu d'un bon œil par les proches de Delphine. » Arrivé en retard, un guitariste tente bien de mettre une touche de gaieté, mais il peine à galvaniser l'assistance. Cette fête de mariage un peu trop sage s'achève toutefois par un joli lâcher de lanternes volantes. Petit moment de poésie. Les mariés et leurs invités regardent ces points lumineux, saturés d'air chaud, s'éloigner irrémédiablement dans le ciel du Tarn.

Mais Cédric, décidément, cultive l'art du contrepied. Au cours de la soirée, il prend à part un membre de la famille de Delphine, sur lequel il a l'habitude de tester ses plaisanteries les plus douteuses. Ce soir-là ne fait pas exception. « Maintenant que je suis marié, je vais avoir un peu de temps devant moi… pour faire mes petites affaires et m'amuser un peu », lui dit-il. Il est bien question ici de sa conception de la fidélité, ou plutôt de l'infidélité. Comme si le mariage, désormais scellé, lui donnait un blanc-seing. Son interlocuteur peine à masquer sa gêne. « Ce n'était peut-être qu'une plaisanterie ou une provocation, mais dire cela le jour de son mariage, c'est très tordu… » estime-t-il avec le recul[1]. Selon une confidence que m'a glissée Cédric[2], la nuit de noces est aussi chaste que la soirée a été calme : « On était tellement crevés que l'on s'est endormis d'un coup… » Le lendemain, sur Facebook, cela

1. Entretien avec l'auteur, le 22 septembre 2021.

2. Entretien avec l'auteur, le 8 avril 2021.

ne l'empêche pas de commenter avec enthousiasme les photos du mariage qui viennent d'être mises en ligne : « Et dire que c'est avec moi qu'elle s'est mariée ! Quelle chance ! »

Quelques mois plus tard, M. et Mme Jubillar s'offrent une lune de miel mémorable. Ni l'un ni l'autre n'a encore jamais eu l'occasion de voyager bien au-delà des frontières de l'Hexagone. Alors pas question de mégoter. « Delphine s'est présentée dans une agence de voyages avec un budget d'environ 10 000 euros, me raconte Cédric. Elle a choisi les Maldives avec escale de trois jours à Dubaï… » Deux destinations de luxe en rupture avec leur mode de vie plutôt simple. Deux destinations qui suscitent aussi quelques critiques dans leurs entourages respectifs. Les finances du jeune couple les empêchent de réaliser rapidement les travaux qui s'imposent dans leur nouvelle maison. Et les voilà qui se mettent à flamber leurs maigres économies dans un voyage ! Quand ils s'envolent vers le soleil dans le courant de l'hiver 2014, Delphine est déjà enceinte de Louis, son premier enfant.

Les mois de grossesse qui suivent sont de purs moments de bonheur pour Delphine. Elle qui rêvait de donner la vie depuis l'enfance embrasse ses nouvelles rondeurs avec plaisir. Pour immortaliser cette période bénie, elle n'hésite pas à solliciter un photographe professionnel basé à Castres. Sur l'une des photos qu'elle publie sur Facebook, Delphine apparaît au bord du Tarn, les pieds dans l'eau, simplement vêtue d'un long voile rose qui enveloppe son ventre arrondi et dissimule sa poitrine. La lumière rasante de fin de journée donne une douceur particulière au cliché. Delphine accouche à Albi le 8 septembre 2014. C'est un garçon. Il s'appelle Louis. Cédric est tellement fier de devenir papa qu'il se fait tatouer le prénom de son fils sur le cou.

Chapitre 7
Les brèches

« Patiente », « disponible », « perfectionniste » et « réservée ». Ainsi se décrit Delphine sur un CV adressé à la clinique Claude-Bernard après l'obtention de son diplôme d'infirmière. Des mots fidèles à l'image que ses proches, amies et collègues de travail se font d'elle, si l'on en croit les témoignages que les gendarmes accumuleront au début de l'année 2021, après sa disparition. Patiente, Delphine l'est assurément.

Après son congé maternité, elle reprend son travail de nuit au service pneumologie de la clinique. La famille Jubillar a emménagé à Cagnac au cours du printemps 2014 et la nouvelle maison est encore en travaux. La cuisine n'étant pas installée, Delphine doit faire la vaisselle dans une bassine posée sur une planche et des tréteaux. Un problème parmi d'autres dont elle s'accommode, préférant se concentrer sur les aspects positifs de leur nouveau statut de propriétaires. Cédric, lui, semble avoir mis ses activités professionnelles entre parenthèses. Selon le registre des déclarations enregistrées auprès de l'Urssaf, il réalise deux années blanches en 2014 et 2015. Travaille-t-il au noir ? Ou consacre-t-il tout son temps aux travaux de la nouvelle maison de Cagnac ? Son ex-employeur, que Cédric surnomme « Mouss », avance peut-être une partie de l'explication : « Je l'ai pris avec moi pendant plusieurs années à partir de 2011[1]. Il était peintre et c'est moi qui l'ai formé au placo. Il était vaillant, ça c'est sûr. Le problème, c'est qu'il péchait toujours dans les finitions. Ce n'était pas du travail soigné. Avec la clientèle, il ne se comportait pas toujours très bien. Cédric ne pouvait pas s'empêcher de fumer sur le chantier et si quelqu'un lui faisait une remarque, il répondait… » Au bout d'un moment, le patron décide de se séparer de son unique employé. « Ce n'était pas une sanction, nuance-t-il. C'est juste que l'activité n'était pas suffisante pour que je puisse le garder. Alors je lui ai demandé de s'installer en tant qu'auto-entrepreneur, avec la promesse que j'allais le faire travailler régulièrement. C'est ce qui s'est passé, mais je me suis rendu compte qu'il laissait des cartes de visite dans mon dos aux clients. Voyant ça, j'ai préféré arrêter de travailler avec lui… » Pour Delphine, la douce euphorie qui suit l'arrivée à Cagnac et la naissance de Louis est de courte durée. La maladie neurodégénérative dont sa maman, Marie-Thérèse, souffre depuis plusieurs années gagne dangereusement du terrain. En perte d'autonomie, l'ex-assistante maternelle ne peut plus faire face aux tâches du quotidien. Elle est admise dans une structure médicalisée adaptée. Delphine va régulièrement lui rendre visite. Habituée à côtoyer des patients en fin de vie, l'infirmière souffre de voir

1. Entretien avec l'auteur, le 20 septembre 2021.

sa propre mère perdre progressivement contact avec la réalité, enveloppée par ce voile noir qui l'emporte irrémédiablement à la marge du monde des vivants. La jeune femme montre dans cette épreuve une force de caractère qui suscite l'admiration de tous. « Delphine a vécu de très près la maladie de sa maman, confie l'une de ses proches. Elle s'est montrée très présente et lui a tenu la main jusqu'au dernier souffle. » C'est elle aussi qui parle au personnel médical et leur enjoint de ne pas s'acharner au-delà du raisonnable. Marie-Thérèse Cavaillès décède le 7 octobre 2016, à l'âge de 60 ans. Elle est inhumée dans le caveau familial du cimetière de Técou, à quelques kilomètres de Gaillac. Au cours de la cérémonie, un témoin se souvient d'un comportement « décalé » de Cédric : « Il rigolait, semblait euphorique », indiquera-t-il aux enquêteurs.

Orpheline à 28 ans, Delphine aurait pu plonger dans la tristesse et la dépression. Mais non, elle s'accroche à la vie, à son jeune fils, à son mari aussi. À la maison, les travaux avancent toujours à pas lents, pièce après pièce. Les rares visiteurs commencent à s'interroger. Le jeune couple aurait-il vu trop grand par rapport à son budget ? « Cédric veut tout faire tout seul », se désole Delphine lorsqu'on lui pose la question. Pour le père de famille, ce n'est pas seulement une question de principe : ses finances ne lui permettent pas de solliciter l'aide d'artisans qualifiés, hormis pour le gros œuvre et l'électricité. Sa situation professionnelle est précaire et il se rend compte que le budget prévisionnel est loin de couvrir les dépenses nécessaires. Selon ses estimations, il manquerait environ 30 000 euros pour réaliser les travaux indispensables. Sans parler des fantaisies et de cette piscine qu'il rêvait de faire construire à l'origine. Signes de la relative précarité financière dans laquelle se retrouvent plongés Cédric et Delphine, les saisies sur salaire se multiplient. Il s'agit souvent de simples amendes impayées ou de dettes fiscales, mais cela se chiffre en milliers d'euros sur la période allant de 2015 à 2019. À chaque fois, l'argent est prélevé sur le compte personnel de Delphine. Désormais livré à lui-même, Cédric crée sa propre structure baptisée « Jubillar & Co » au cours de l'année 2016. Mais le carnet de commandes peine à se remplir. Un an plus tard, il se remet sur le marché des agences d'intérim. La seule solution pour gagner sa vie.

À Cagnac-les-Mines, comme à Arthès quelques années plus tôt, le jeune homme a des mots avec le voisinage, notamment au sujet de ses chiens. Oprah, une « fille » de Gnocchi, le vieux mâle, vient en effet de rejoindre la famille Jubillar. Comme il n'y a ni portail à l'entrée de la propriété, ni véritable enclos, les deux shar-peïs s'échappent régulièrement en cours de journée. Or, Gnocchi n'a pas été castré et il sème le trouble chez les femelles des environs. « Il baroude », relativise Cédric. Dès que son maître revient, le changement d'attitude est total. Gnocchi semble lui obéir au doigt et à l'œil. « Cédric a éduqué son chien très durement, confirme un intime de la famille. La méthode est discutable mais le résultat est assez impressionnant. Quand il est là, Gnocchi ne bouge pas d'une oreille. Si Cédric rentre à la Poste par exemple, il attend bien sagement sur le trottoir. Et quand il ressort, le chien ne bouge que s'il a donné l'ordre. » Pour les relations humaines, en revanche, les rouages s'avèrent plus complexes.

À partir de la rentrée scolaire 2018, qui correspond à l'entrée en moyenne section de son fils, Louis, Cédric s'investit dans le cadre de l'association des parents d'élèves (APE). Il est même l'un des six membres du bureau. Là encore, le père de famille ne laisse personne indifférent. « Il était compliqué à gérer, il voulait toujours faire les choses à sa manière et parfois cela avait du bon », estime un ex-membre du bureau. Bourré d'énergie, animé par l'envie de bien faire, il bat notamment un record lors d'une vente de tickets de tombola. À raison de 3 euros le ticket, son travail de porte à porte mené en compagnie de son fils lui permet d'atteindre la barre des 500 euros de recettes. Une performance saluée par tous les autres membres de l'APE. Mais dans le même temps, quelques personnes âgées se plaignent auprès de la mairie des méthodes très « rentre-dedans » de ce vendeur hors pair. « Il s'est montré agressif, presque menaçant », font savoir certaines personnes, peut-être plus impressionnables que la moyenne. Malgré les critiques, Cédric et Louis remportent le bon d'achat de 40 euros chez King Jouet réservé au meilleur vendeur. Au cours du traditionnel vide-greniers de l'APE organisé en juin 2019, Cédric Jubillar fait une nouvelle fois parler de lui. Préposé au stand saucisses-merguez-frites, il est chargé de la cuisson de la charcuterie. Un rôle important puisque des dizaines de personnes comptent se restaurer sur place à la mi-journée. Cédric fait probablement de son mieux, mais le joint qu'il fume tout en manipulant la nourriture et sa nonchalance apparente crispent les clients qui patientent, de plus en plus nombreux. Après avoir essuyé quelques remarques négatives, le jeune homme sort de ses gonds. « Si vous n'avez pas le temps, allez voir ailleurs », fulmine-t-il à très haute voix. Son coup de sang refroidit l'ambiance.

Un autre jour, c'est la facette du joueur opportuniste, voire tricheur, qu'il laisse apparaître. Toujours dans le but de récolter des fonds pour l'association des parents d'élèves, un jeu du panier garni est organisé. Le principe est simple : il s'agit de soulever un panier contenant un jambon à l'os et d'estimer au plus près la masse de l'ensemble. Profitant d'un moment d'inattention du meneur de jeu, Cédric a aperçu le papier sur lequel est inscrite la bonne réponse. Le trentenaire s'empresse alors de donner la masse exacte, au gramme près. « C'est trop précis pour être honnête », réagit l'une des organisatrices, qui décide de ne pas donner la victoire à Cédric. Le jeune homme plaide sa bonne foi, sans succès. Face aux critiques que suscitent régulièrement son comportement exubérant et sa personnalité conflictuelle, Cédric sait aussi baisser la garde et reconnaître ses torts. Mais il s'en sort généralement par une pirouette. « Je sais, je suis un connard », dit-il souvent. Visiblement, il ne peut pas faire autrement, et surtout, il n'a aucune envie de changer. Le problème, c'est que Delphine a fini par se lasser.

Dans le courant de l'année 2018, elle confie à au moins deux de ses intimes son envie de se séparer. « Elle en avait vraiment marre de Cédric, déjà à ce moment-là, confirme Chloé[1], l'amie d'enfance. Sentimentalement, il n'y avait plus grand-chose entre

1. Entretien avec l'auteur, le 20 septembre 2021.

eux et financièrement, c'était la galère, à cause d'une taxe d'aménagement de plusieurs milliers d'euros qui les a plombés. » Pourtant, Delphine ne passe pas à l'action. « Elle se souvenait de la séparation de ses propres parents lorsqu'elle était encore enfant et ne voulait pas faire vivre la même chose à Louis, croit savoir Mélanie[1], l'une de ses cousines. C'est ce qui l'empêchait d'aller plus loin. » Delphine se contente de changer de service à la clinique Claude-Bernard. La pneumologie fermant ses portes, elle rejoint la gériatrie, pas forcément son envie première. Côté vie privée, son désir d'avoir un deuxième enfant supplante son envie latente de divorce. Alors qu'elle songeait à envoyer tout valser quelques mois plus tôt, la jeune femme tombe enceinte pendant l'été. Elle attend une petite fille. « Delphine était tellement fière de porter un enfant en elle, de porter la vie », se souvient Emy, l'une de ses meilleures copines de Cagnac. D'ailleurs, elle immortalise cette période en posant pour une photographe d'Albi qui magnifie ses rondeurs et la met en scène dans des tenues glamours. Mais l'attentisme de Cédric ne disparaît pas du jour au lendemain. La troisième chambre de la maison, celle qui est déjà réservée au futur bébé, a encore l'allure d'un débarras. Rien n'est fait. Ni la peinture, ni les placards, et le papa ne semble pas s'en soucier plus que ça. Une désinvolture qui agace profondément son épouse. Quelques semaines avant la naissance, il se bouge enfin… pour demander de l'aide autour de lui et du mobilier pour enfant en bas âge. C'est ainsi que Cédric fonctionne : la

1. Entretien avec l'auteur, le 17 septembre 2021.

débrouille, le troc, l'échange de services. Avec réussite parfois.

Elyah naît à Albi le 11 mai 2019, deux semaines avant terme. Pour fêter le retour à la maison et le début de cette nouvelle vie à quatre, les amies de Cagnac ont organisé une « baby shower », hommage à la maman et au bébé et ont confectionné une fausse pièce montée avec des couches. Elle est surmontée du message « Little Princess ». L'arrivée d'Elyah marquerait-elle la renaissance du couple ? Chez les Jubillar, tout le monde a envie d'y croire. Pour la postérité, Delphine s'offre une nouvelle séance photo en studio avec son mari et leurs deux enfants. Collier de barbe et tee-shirt blanc, le visage apaisé, Cédric apparaît légèrement en contre-jour, en père de famille épanoui. Le petit Louis, au centre du cliché, pose la main droite sur le cou de son papa et la gauche sur l'épaule de sa maman, comme un trait d'union entre ses parents. « Je suis une maman comblée », écrit Delphine sur Facebook. « Que c'est beau l'amour, gardez cette flamme qui est en vous car le temps passe, des vents et des courants d'air peuvent l'éteindre… » commente Didier, l'oncle de Delphine.

*

Il suffit parfois d'un simple accrochage pour écorner l'image du bonheur. En août 2019, Elyah vient d'avoir 3 mois. Les Jubillar sont en vacances au Cap d'Agde, une de leurs destinations favorites, à trois heures de route d'Albi. Ils ont reçu la visite de Lolita, l'une des plus proches cousines de Delphine, et de son conjoint, eux-mêmes en vacances dans l'Hérault. Les deux hommes ont passé une partie de la journée à la pêche. Le soir, ils proposent de dîner tous ensemble dans un restaurant installé à bord d'un bateau à quai. Pendant le dîner, ils boivent plus que de raison ; il est donc convenu que Lolita prendra le volant au retour. Au dernier moment, son mari refuse de céder sa place de conducteur. Sans doute animé d'une bonne intention, Cédric tente de le raisonner. Mais la situation dégénère. Les deux hommes en viennent aux mains et échangent de violents coups de poing. Cédric, nettement moins grand que l'époux de Lolita, réussit pourtant à lui faire mordre la poussière. La scène se déroule en extérieur, à proximité immédiate de la voiture du couple, qui était prête à démarrer. Alertés par le bruit de la bagarre, les voisins appellent les gendarmes. Le compagnon de Lolita a un hématome au visage mais c'est lui qui est placé en cellule de dégrisement, pas Cédric. Les deux femmes ont assisté à la scène, impuissantes et tétanisées par l'accès de violence de leurs maris. Dans l'histoire, Cédric n'avait pas le mauvais rôle, bien au contraire. Il voulait empêcher un proche de conduire en état d'ivresse. Mais l'impulsivité qu'il a manifestée et la force de ses coups ont mis Delphine très mal à l'aise. Par fierté probablement, les deux hommes n'ont jamais voulu se réconcilier, ni même se revoir. Les cousines en sont réduites à se donner des nouvelles par téléphone. Encore une proche qui s'éloigne…

Heureusement, Delphine peut compter sur la présence réconfortante de ses nouvelles copines de Cagnac-les-Mines. Ce cercle de mamans s'est constitué dans le courant de l'année scolaire 2017-2018, aux portes de l'école maternelle puis autour de cafés matinaux organisés chez l'une ou chez l'autre. Emy est vendeuse dans un magasin de vêtements. Anne a été vendeuse, elle aussi, dans une enseigne de matériel hi-fi, avant d'être contrainte à un arrêt maladie de longue durée. La discrète Amélie travaille dans une boulangerie. Elles sont toutes trois séparées du père de leurs enfants. Delphine est le dernier membre de ce quatuor. « Attachante », « taquine » et « d'humeur égale », elle se distingue par son empathie naturelle, cette façon d'écouter ses interlocutrices sans les interrompre et en parlant finalement très peu d'elle. Ses nouvelles copines racontent leurs vies morcelées, les difficultés du quotidien, les relations chaotiques avec leurs ex-conjoints, l'espoir de retrouver un nouvel équilibre sentimental. L'infirmière préfère taire les pensées qui la traversent mais se nourrit des expériences de ces femmes indépendantes. Aura-t-elle le cran, un jour, de les imiter et de prendre son destin en main ? En attendant, une certaine idée de la liberté se diffuse au gré de ces rencontres matinales. L'un des multiples groupes Messenger qui les réunit n'a-t-il pas été baptisé « Girls Power » ? Vient le temps des soirées entre copines, un peu plus débridées, l'occasion pour Delphine d'oublier sa réserve habituelle. Après quelques vodkas-pomme, elle adore pousser la chansonnette. À son répertoire, les derniers succès de Soprano, le rappeur marseillais, les textes de Grand Corps Malade, le slameur à la voix de stentor, et bien sûr les tubes des Toulousains Émile & Images, « Les démons de minuit » et « Capitaine abandonné ». De l'aveu de toutes, elle ne chante pas très juste, mais qui lui en voudrait ? Son humour, sa simplicité et son intelligence la rendent si attachante. Les soirs où Delphine sort, Cédric reste à la maison pour garder les enfants. De toute façon, il n'est pas le bienvenu. Les copines le trouvent toujours aussi « pénible ».

Il semble pourtant subsister un lien amoureux dans l'intimité du couple. C'est en tout cas l'impression des gendarmes de la section de recherches de Toulouse lorsqu'ils exploreront, pour les besoins de l'enquête, les limbes du téléphone de Cédric. Lors de la soirée du Nouvel An 2020, Cédric est rentré de bonne heure avec les enfants tandis que Delphine a décidé de prolonger un peu le plaisir de la fête organisée chez Anne, l'une de ses amies les plus proches. Quelques minutes après minuit, son mari lui adresse ce message très personnel : « Parce que c'est toi et uniquement toi… Bonne année ma chérie d'amour je t'aime fort. » Réponse de l'intéressée : « Bonne année mon amour !! Je nous souhaite tout plein de bonheur, d'amour et des orgasmes à n'en plus finir. »

Malheureusement, l'équilibre entre les sphères intime, familiale, professionnelle et amicale reste fragile. Chez les Jubillar, comme dans de nombreuses familles françaises, il est perturbé par le développement brutal de la pandémie de Covid-19 et le confinement général imposé par le gouvernement. Au départ, Cédric se moque allègrement du climat anxiogène qui saisit la France et son village. Deux jours plus tôt, le 15 mars 2020, lors du premier tour des élections municipales qui a vu la victoire à Cagnac du nouveau maire Patrice Norkowski, il a tenté de dérider l'atmosphère en se présentant au bureau de vote vêtu de la combinaison rouge portée par les braqueurs de la série *La Casa de papel*, le visage recouvert d'un masque à gaz. « Juste un délire », s'est-il esclaffé devant les assesseurs sidérés. Cédric adore se déguiser. Cette tenue rouge, il la portait déjà lors de la parade du carnaval d'Albi quelques semaines plus tôt. Au travail, Delphine, elle, a moins envie de rire ; toujours infirmière de nuit, elle est catapultée dans le service Covid sans qu'on lui demande vraiment son avis. Elle fait partie de la première ligne, ceux qui luttent au plus près de la maladie, au contact de ce coronavirus que la France et le monde apprennent à connaître. Sur l'une des photos envoyées à ses proches, elle apparaît dans un couloir de la clinique Claude-Bernard avec sa tenue de « combat » : une double épaisseur de blouses chirurgicales, un masque FFP2 sur le nez et la bouche, et un masque de plongée qui recouvre les yeux. Ses mains sont gantées, le pouce levé pour signifier que tout va bien pour elle. En réaction, sa famille et les amis lui témoignent leur affection. « Courage ma chérie… et protège-toi bien… fais très attention… gros bisous », lui écrit sa tante Élisabeth. Même si Albi et le Tarn ne clignotent pas en rouge sur les radars de Santé publique France, l'infirmière et ses collègues voient des patients entrer en réanimation et ne pas en sortir vivants.

Lorsqu'il évoquait avec moi cette période si singulière, Cédric voulait en retenir le côté positif : « Nous nous sommes retrouvés tous les quatre à la maison et franchement, on a passé des très bons moments. Il faisait beau, on allait se balader dans le village, franchement c'était bien[1]. » Après un intérim de deux mois chez Soltechnic, une société spécialisée dans les travaux de fondation, Cédric est en arrêt pendant tout le mois d'avril. Profitant de ce temps suspendu du confinement, le couple et leurs deux enfants semblent resserrer les liens. Du moins en apparence. Delphine se prend de passion pour les émissions de Cyril Lignac sur M6 dont elle tente, avec un certain succès, de reproduire les recettes de cuisine et surtout de pâtisserie. Mais en dehors de ce petit plaisir, la jeune maman surveille sa ligne. Depuis quelques mois, elle a décidé de retrouver sa silhouette d'avant les deux grossesses. Elle contrôle son alimentation de manière drastique et se met à la course à pied. Au 19, rue Yves-Montand, le moral de la famille Jubillar semble au beau fixe. Les rares visiteurs, toujours priés de se déchausser à leur arrivée pour ne pas salir l'intérieur, en sont témoins. Pourtant, une crise de couple couve à bas bruit. Entre début avril et début juillet, Cédric installe sur son smartphone pas moins de six applications de rencontres : Once, Tinder, Mignonne, MyDates, Meetic… et Gleeden, « le premier site de rencontres extraconjugales pensé pour les femmes ». Entre-temps, la France s'est déconfinée. Le 29 mai 2020, huit jours après son inscription sur Gleeden, son profil baptisé « Jubillon » est visité par « Nurse81600 » – 81600 comme le code postal de Gaillac. Il s'agit du pseudonyme de Delphine ! Les gendarmes estiment que l'inscription de Delphine a probablement précédé celle de Cédric. Le mari cherchait-il à espionner sa femme

1. Entretien avec l'auteur, le 8 avril 2021.

ou est-ce une pure coïncidence ? Le 22 juin, Cédric écrit à Delphine pour leur anniversaire de mariage. L'ambiance paraît apaisée, si l'on en croit les échanges des époux sur Messenger, découverts plus tard par les enquêteurs : « Coucou ma belle. Voilà, aujourd'hui, cela fait sept ans que tu m'as dit oui. Sache que je suis un homme comblé grâce à toi. Je ne te remercierai jamais assez… Pour tout. J'espère que tu as bien dormi. Gros bisous, je t'aime fort. » La réponse de Delphine est un peu moins exaltée : « Bonjour mon cœur. Oui, sept ans aujourd'hui. J'espère que tu passes une bonne journée. Moi j'ai bien dormi. Bisous je t'aime. »

Sur le plan professionnel, les choses s'améliorent. Cédric a signé début mai un CDI chez Soltechnic avant d'être placé aussitôt en arrêt maladie à cause d'une entorse à la cheville. Il reprend le travail début juin, employé comme simple manœuvre. Les horaires sont élastiques avec des temps de transport parfois importants pour rejoindre les chantiers. Mais ce contrat est la promesse d'une stabilité nouvelle, à condition de réussir la période d'essai qui s'achève fin juillet. Delphine se prend à rêver d'une vie meilleure. « Nous toujours dans les travaux, mais bon Cédric vient de signer un CDI, on va enfin pouvoir avancer !!! Et vivre avec deux salaires décents, pas que le mien… » confie-t-elle à une amie le 2 juillet par SMS. Pourtant, au-delà du nouvel équilibre financier qui se dessine, l'intimité du couple se dégrade. Delphine semble avoir la tête ailleurs. Elle est devenue plus expéditive avec son mari, moins patiente, moins conciliante. Cédric l'a bien senti, mais il peine encore à décrypter ce changement d'attitude. Le 9 juillet, il lui adresse ce message : « Je voudrais vraiment savoir si tu veux que notre mariage continue… ou si au contraire tu veux vraiment que notre histoire s'arrête… car je fais des efforts… et surtout je fais en sorte de ne pas te prendre la tête… Mais tu démarres directement… on ne peut pas discuter… je sais que je suis le boulet dans l'histoire, la merde… qui te gâche la vie… Tu me rends malheureux… Et tu t'en moques… Enfin merci… Moi je t'aime. » Delphine ne tente pas de rassurer son mari. Bien au contraire, elle laisse affleurer ses doutes : « J'en suis désolée de te rendre malheureux, je ne suis pas heureuse non plus… Franchement je sais pas ce que je veux… Que des embrouilles et j'en ai vraiment marre… Je peux essayer de faire des efforts, mais il faut que cela soit dans les deux sens… » La tension monte de plusieurs crans le 15 juillet. Ce jour-là, Delphine passe un week-end au bord de la Méditerranée avec Chloé, son amie de vingt ans, et les enfants. Cédric vient encore de lui demander de l'argent. Quelques semaines plus tôt, elle a déjà versé des fonds pour qu'il fasse réparer sa Peugeot 307, aussitôt retombée en panne. « J'ai pas envie de te voir de toute façon, prévient Delphine. Puis si c'est pour encore s'embrouiller, c'est pas la peine. Tu es dans TA galère, tu me mets dans TA galère et je dois rien dire ??? » Elle ajoute : « Je suis pas TON boulet que je sache, MOI. » Acculé, Cédric finit par répondre : « Je te demande de l'aide car tu es ma femme, nous sommes mariés… » Pour combien de temps encore ?

Fin juillet, c'est la tuile. La période d'essai de Cédric chez Soltechnic touche à sa fin et le CDI lui échappe. Cédric explique à Delphine que son chef d'équipe le juge « pas assez rapide » et donc « pas assez rentable ». Il ne dit pas un mot évidemment des reproches liés à son profil de fumeur de joints compulsif y compris pendant son temps de travail. C'est un échec pour le jeune homme. Et une terrible désillusion pour son épouse.

Chapitre 8

Tempête sous un crâne

C'est un matin d'été, le soleil darde ses rayons sur les briques orange de la maison des Jubillar. Les vacanciers sont partis se rafraîchir au bord du Tarn ou à la base nautique de Cap Découverte, à Blaye-les-Mines. Après une nuit passée à la clinique, Delphine vient de s'endormir, elle a déposé ses enfants à la crèche et au centre aéré un peu plus tôt. Vers 11 heures, elle est réveillée en sursaut par des coups frappés sans ménagement à la porte. Ce sont deux gendarmes de la brigade de Cagnac-les-Mines. Rien de grave, mais la Peugeot 307 blanche de Cédric est retombée en panne et elle stationne depuis plusieurs jours à côté de la mairie, sur une place réservée. Cela devient gênant. Somnolente et profondément agacée, la jeune femme promet de passer le message à son mari. Elle déteste être réveillée au début de sa nuit. A fortiori par une visite inopinée des forces de l'ordre. À peine les gendarmes ont-ils tourné les talons que Delphine fulmine, elle d'ordinaire si posée. Ce jeudi 6 août 2020, elle explose comme si le couvercle de la marmite sautait enfin. L'échange de messages avec son mari, via l'application Messenger, est sans équivoque :

« Les gendarmes viennent de passer. Une fois de plus MERCI !!! Je vais VRAIMENT me barrer et te laisser dans TA MERDE plutôt que de prendre pour toi. Ta 307 de merde gêne. Si tu fais rien rapidement, c'est la fourrière. C'est pas comme si je t'avais pas prévenu. Bref, fais ce que tu veux. Tu en auras pour plus de 500 boules si tu fais rien.

— Tu veux vraiment partir ?

— Oui, je vais partir quelque temps. Ce n'est plus la vie que je veux.

— Je me demande qu'est-ce que j'ai vraiment fait.

— Maison bidochon, voiture bidochon… Je vais pas te REDIRE mes raisons.

— Car je me démène… mais OK tu verras… je ferai encore plus. »

À court terme, il va d'abord devoir pousser sa Peugeot 307 dans les rues de Cagnac jusqu'à chez lui. Delphine, quant à elle, semble surtout avoir besoin de prendre le large. Après cette conversation lourde de sens, elle passe une première fois à l'action. Dans la nuit du 9 au 10 août, à rebours de toutes ses habitudes, elle quitte le domicile pendant une ou deux heures. Cédric s'en aperçoit vers 0 h 40. Il tente de la joindre au téléphone. Visiblement, elle est déjà en ligne. Mais avec qui ? Vérification faite, ce n'est pas avec Anne, l'une de ses meilleures amies, puisque cette dernière répond. Cédric est en train de bouillir. Il adresse trois messages consécutifs à Delphine.

« Tu es avec qui au téléphone ??? »

« Tu as vu l'heure ? »

« Je remercie ta fille de m'avoir réveillé… Pour voir ça… »

Vers 1 heure du matin, la jeune femme reparaît. Elle n'était pas partie bien loin, explique-t-elle, juste en contrebas de la rue Yves-Montand. Voulant profiter de la nuit des Étoiles, elle s'est allongée dans l'herbe pour observer la Voie lactée et a fini par s'endormir. Cédric n'est pas convaincu par ces explications, mais il préfère en rester là. Pour le moment. Désormais, le jeune homme est à l'affût. Le week-end suivant, lors d'un rassemblement familial à Brens, près de Gaillac, chez l'oncle et la tante de Delphine, il se montre sous son plus mauvais jour : « odieux », « envahissant », « pénible », selon plusieurs convives. Il passe ses nerfs sur son fils pour des prétextes futiles. Selon plusieurs témoins, il l'aurait puni pendant trois quarts d'heure sous prétexte que Louis aurait eu le tort de vouloir aller chercher lui-même des jouets à l'étage. Un peu plus tard, alors que Delphine discute avec l'une de ses cousines un peu à l'écart du groupe, il s'immisce dans la conversation. Comme s'il voulait intercepter la moindre confidence. En présence de ses proches, la jeune femme contrôle ses nerfs et tente de faire abstraction du comportement de son mari. En fin d'après-midi, au moment du départ, les Jubillar rassemblent leurs affaires et commencent à saluer leurs hôtes. La petite Elyah, seulement âgée de 15 mois, tape le visage d'une cousine qui voulait la prendre dans ses bras. « Regarde ce qu'elle fait, ton handicapée de fille ! » persifle Cédric en direction de sa femme. Soucieuse d'éviter un esclandre, Delphine baisse le regard et feint de n'avoir rien entendu. Comme souvent.

En ce mois d'août sous haute tension, l'artisan a retrouvé du travail, un intérim de quelques semaines, le temps de repeindre une façade. Cela ne suffit pas à lui faire oublier les tourments de sa vie de couple. Au retour de la fête de la Saint-Privat à Carmaux, il profite d'un trajet en voiture avec Anne pour lui soumettre une requête inattendue : « Je sais que Delphine a un amant, je te demande juste de me prévenir le jour où elle te le dira. » Prêche-t-il le faux pour savoir le vrai ? Il a en tout cas les larmes aux yeux. Mais Anne n'est au courant de rien. Rongé par le doute, Cédric commence à surveiller les horaires de sa femme. Il l'inonde de messages quotidiens pour lui dire qu'il l'aime… et réclamer des nouvelles au passage. Le 27 août, Delphine lui demande en douceur de relâcher la pression : « Essaie de me laisser respirer stp, j'ai l'impression d'étouffer, lui écrit-elle. Je vais essayer de prendre sur moi aussi et de faire des efforts, du mieux que je peux… »

À partir du 1er septembre, l'infirmière retravaille à temps plein au service gériatrie de la clinique Claude-Bernard après une année aux quatre cinquièmes pour accompagner au mieux les premiers mois de sa fille. Louis vient de faire sa rentrée en CP, Elyah est désormais inscrite à la crèche et Valérie, la nounou, assure la jonction entre les parents le matin et parfois l'après-midi. Cédric, lui, s'est vu offrir un CDD d'un mois. Il part chaque matin de bonne heure pour rejoindre ses chantiers, en bus ou en vélo selon la météo. Son permis de conduire est en effet suspendu à cause d'un contrôle positif aux stupéfiants. De toute façon, sa voiture est hors service. Il peut seulement emprunter de temps en temps la Peugeot 207 de Delphine. Le fil des échanges téléphoniques entre les époux laisse deviner le degré de nervosité qui règne à la maison. La question d'une séparation est désormais clairement évoquée.

« Le bonheur des enfants, c'est ce qui m'importe le plus, amorce Delphine dans un message daté de début septembre.

— C'est sûr que le divorce, c'est bien pour eux, grince Cédric.

— Mieux que de vivre dans ces conditions. Je suis une fille de parents divorcés, je n'en suis pas morte », réplique Delphine.

Le pire pour Cédric, c'est qu'il a le sentiment de faire des efforts. Il vient par exemple de bricoler un escalier avec quelques parpaings enfoncés dans la terre en guise de marches pour accéder plus facilement à la maison. Il s'est aussi lancé dans des travaux de peinture dans la pièce principale. En revanche, il ne comprend pas pourquoi sa femme a autant changé depuis le déconfinement du mois de mai. Physiquement d'abord. Delphine s'est délestée d'environ treize kilos entre le printemps et la fin de l'été. Elle a retrouvé sa silhouette de jeune mariée. Et puis elle se maquille davantage. Le 13 septembre, elle change sa photo de profil Facebook. On l'y découvre les pommettes plus saillantes rehaussées d'un soupçon de blush, le regard légèrement de biais. À la fois séduisante, sûre d'elle et mystérieuse. « Wahou tu es trop belle », commente une collègue sur le réseau social. « Magnifique », renchérit une cousine. Cédric repère aussi de la lingerie neuve dans le dressing. Delphine s'est acheté des bodys en dentelle et des strings. Toujours vers la fin de l'été, la jeune femme change le code de sécurité de son téléphone, comme si elle voulait dresser une barricade à l'entrée de son jardin secret.

Le 25 septembre, Cédric franchit un cap supplémentaire en tentant de géolocaliser le téléphone de son épouse. Le procédé est d'une simplicité angélique. Après avoir téléchargé une application gratuite, il suffit de fournir le numéro de la ligne téléphonique que l'on veut suivre à la trace pour récupérer les données en temps réel. Le jeune homme ne veut pas s'en occuper lui-même, craignant probablement d'être démasqué. Alors, prétextant que l'opération ne fonctionne pas sur son propre téléphone, il demande à Nadine, sa mère, de s'en charger. Cette dernière obtempère. Mais Delphine est aussitôt prévenue que sa ligne fait l'objet d'une demande de géolocalisation. C'est le principe de ces applications gratuites, d'ordinaire destinées aux parents désireux de surveiller leurs enfants. Pas dupe, la jeune femme réagit immédiatement : « C'est toi qui demandes un partage de géolocalisation ? » écrit-elle à son mari. La tentative de surveillance technologique tourne au fiasco, mais pas question d'assumer. Cédric préfère rejeter la faute sur sa mère qui, loin de se défausser, accepte d'endosser le rôle peu reluisant de la belle-mère espionne. Elle va jusqu'à écrire un message à Delphine pour justifier la démarche : « Tout d'abord, je voulais te dire que je ne voulais absolument pas te nuire… simplement, je vois Cédric malheureux de la situation… rongé par le doute que tu puisses le tromper et le quitter… alors oui, j'ai réagi… oui j'ai voulu te géolocaliser pour lui prouver qu'il se trompe et que tu n'es pas capable d'avoir un amant.» Delphine ne donne pas suite à ce message et décide de couper les ponts avec elle. Sentant le piège se refermer sur lui, Cédric tente de rattraper le coup deux jours plus tard. «Sache que je t'aime fort, je ferai le nécessaire, je suis désolé, lui écrit-il. Je veux te montrer que tu peux me donner une seconde chance... Et puis tu le sais ma mère ne fait jamais les choses intelligemment... J'en suis désolé qu'elle veuille me venir en aide... Alors que moi j'ai besoin de toi...» Delphine coupe court. Elle est comme un torrent enfin libéré de son lit de pierres. «Je suis au boulot, prévient-elle au début de sa garde de nuit. Fous-moi la paix. Demain, j'appelle un avocat. C'est mort plus de retour en arrière.» Cédric réplique: «J'en suis désolé stp... Je t'aime.» Réponse définitive de l'infirmière: «Je m'en branle de ton amour.»

Mais le jeune homme n'est pas du genre à abandonner facilement. Pour faire oublier cet épisode lamentable, il promet de couper les ponts avec la prétendue responsable: «Je vais tirer un trait sur ma mère, annonce-t-il, comme si Nadine était devenue le principal problème. Car c'est de toi que j'ai besoin. J'ai vraiment donné beaucoup pour te montrer que j'étais là et que je m'étais perdu...» Alors que Delphine, quelques semaines plus tôt, lui exprimait sa sensation d'étouffement, Cédric, ironie de la situation, utilise des mots qui disent tout l'inverse: «Tu es tout pour moi, tu es mon oxygène, ma joie de vivre...» poursuit-il encore dans l'un des messages écrits que les gendarmes découvriront lors de la perquisition de son téléphone.

Fin octobre, le lundi 26 exactement, la rupture semble irréversible. Delphine a pris sa décision : elle veut divorcer. Elle en informe son mari en des termes très clairs. Pour Cédric, un monde s'effondre. Il menace même de se pendre si elle ne change pas d'avis. Chantage affectif ou réelle pensée suicidaire ? Réagissant comme un enfant sur le point d'être abandonné ou juste comme un mari encore amoureux, Cédric multiplie les déclarations désespérées. « Reviens-moi... tu es l'amour de ma vie... je t'aime fort fort fort... » insiste-t-il le 28 octobre sur Messenger. Peu après, il tente d'organiser un anniversaire surprise pour célébrer les 33 ans de Delphine. Ce n'est pas dans ses habitudes, mais il veut la reconquérir. Le 15 novembre tombe un dimanche. Compte tenu du nouveau confinement, Cédric pense ne convier que quatre copines de Cagnac. « Coucou à toutes, Delf fête son anniv ce mois-ci, annonce-t-il sur un groupe Messenger créé pour l'occasion. Au vu de la situation, je le ferai le dimanche 15 midi... Je voulais donc savoir si vous seriez disponibles et si vous aviez des idées de thèmes... » Peine perdue. Connaissant les sérieuses difficultés que traverse le couple Jubillar, l'une d'entre elles vend la mèche à Delphine. Le projet d'anniversaire tombe à l'eau.

Pétri de paradoxes, Cédric est capable d'exprimer avec force ses sentiments pour elle tout en se présentant, à la même époque, sur un site de rencontres comme un homme récemment divorcé « père de deux petits monstres ». « Après un divorce, très déçu. Recherche quelqu'un de sérieux avec qui partager la vie tout simplement », écrit-il sur son profil Badoo.

Il se décrit comme un fumeur d'un mètre soixante-six, à la silhouette normale. Ses centres d'intérêt ? Il cite plusieurs mots-clés : « aventure », « café », « rire », « barbecues », « cuisine », « repas entre amis ». « Cédric, 30 ans, Albi », s'affiche aussi sur Meetic, rajeuni de trois ans, torse nu et casquette sur la tête, sourire en coin. Honnête, il admet fumer régulièrement, être d'un niveau scolaire « lycée et inférieur » et avoir des enfants. Il pèse cinquante-neuf kilos et ne souhaite pas se prononcer sur son physique. « Ce n'est pas à moi de le dire », se justifie-t-il. Le plus attrayant chez lui ? Ses yeux, les traits de son visage ou sa musculature ? « Le plus beau n'est pas dans la liste », élude-t-il non sans humour. Il estime aussi être maladroit, sans préciser si c'est avec les gens qui l'entourent ou avec les objets qu'il manipule. Il dit encore aimer les balades, les jeux de cartes, les jeux de société, la pêche. Ses films préférés ? « Action, horreur, science-fiction, fantastique, policiers et mangas ». Enfin, il recherche une femme de « 20 à 37 ans » qui ne veut pas d'enfants. Une copine de Delphine, habitante de Cagnac, est elle-même inscrite sur Meetic. Elle ne tarde pas à découvrir le profil de Cédric. Après quelques hésitations, elle choisit d'en parler à la principale intéressée. Nous sommes fin octobre. « C'est bien la peine qu'il s'énerve et qu'il me prenne la tête… » réagit Delphine, presque soulagée de constater que son mari est peut-être lui aussi en train de faire le deuil de leur vie de couple.

Mais la réalité est plus complexe et plus sombre. Cédric bouillonne intérieurement, agité par la frustration et la colère. La scène se déroule un matin, début novembre, à proximité d'un supermarché discount où sa mère est employée. De passage à proximité avec sa fille, Cédric l'appelle au téléphone. Il souhaite la voir, ne serait-ce que quelques minutes. Nadine réussit à s'arranger avec ses collègues pour faire une pause. Mère et fils discutent de tout et de rien avant d'aborder la question du projet de séparation qui se précise. Cédric réinstalle Elyah dans son siège-auto puis il vide son sac. Sans aucun filtre. «J'en ai marre de Delphine, je vais la tuer, je vais l'enterrer et personne ne la retrouvera[1] », lâche-t-il d'un trait. Sans plus d'explications, il reprend le volant et quitte les lieux, laissant sa mère interdite. C'est la première fois que Nadine entend des propos d'une telle violence. Sur le moment, elle est stupéfaite. Puis, l'émotion retombée, elle préfère relativiser cette menace de mort indirecte et la mettre sur le compte d'une immense frustration.

La frustration est sans doute encore la chose la mieux partagée entre les deux époux. D'un naturel secret, Delphine commence tout juste à s'épancher auprès de ses intimes. Elle confie son extrême lassitude, son exaspération aussi. Son mari la harcèle pour vérifier à chaque instant où elle est. Il lui a encore écrit quelques jours plus tôt un mot pour l'exhorter à lui donner «une dernière chance». Pourtant, dans le cocon nocturne de la clinique Claude-Bernard, l'infirmière montre un tout autre visage à ses collègues. Complètement absorbée par son téléphone qu'elle

1. Propos rapportés par Nadine Jubillar à plusieurs proches puis confirmés lors de sa garde à vue en juin 2021. Ils ne sont que partiellement admis par Cédric Jubillar.

consulte à chaque pause, Delphine semble particulièrement joyeuse, euphorique même. « Tu as un amant ou quoi ? » finit par lui demander Michelle, sa binôme. Delphine esquisse un sourire et laisse la question en suspens.

Cédric, lui, est à bout de nerfs. Face à Anne, une des rares amies de Delphine avec lesquelles il s'entend, le jeune homme pleure et se livre. La scène se déroule le 20 novembre, à la sortie de l'école, sur le parking situé derrière la mairie de Cagnac. Cédric est venu chercher son fils à pied, Anne a récupéré ses deux garçons en voiture. Les trois enfants jouent à l'intérieur du véhicule pendant que les parents discutent. Cédric dit à Anne qu'il aime sa femme et qu'il n'imagine pas la vie sans elle. Il ne comprend pas pourquoi, selon lui, elle ne fait plus rien à la maison, ne s'occupe « ni du ménage ni des enfants ». De fait, leur domicile est réellement en train de partir à vau-l'eau, gagné par le désordre et la saleté. Delphine n'a jamais été très à cheval sur le ménage, mais elle semble désormais en roue libre. Comme si cette maison de la rue Yves-Montand n'était déjà plus tout à fait la sienne. Delphine traverse peut-être « une dépression masquée », suggère Anne[1]. Une mélancolie qui ne dirait pas son nom, cachée par d'autres symptômes tels que la fatigue intense. Cédric sèche alors ses larmes et lance à son interlocutrice : « Si elle a un amant, je vais la lui faire à l'envers… » Trois mois plus tôt, dans la voiture au retour de Carmaux, il nourrissait déjà des soupçons. Cela a viré à l'obsession.

1. Entretien avec l'auteur, le 21 septembre 2021.

Et cette petite phrase résonne comme la promesse d'un divorce très conflictuel.

*

Précisément à cette époque, un mois à peine avant la disparition de Delphine, le projet de divorce a pris une tournure très concrète. Les époux se sont tous les deux attaché les services d'un avocat. Mariés sous le régime de la communauté, Cédric et Delphine s'orientent vers un divorce à l'amiable. Le principe d'une garde partagée des enfants, une semaine sur deux, fait consensus, mais la liquidation du patrimoine commun semble poser problème. Cédric est plombé par une dette beaucoup plus importante que celle de son épouse. Le jeune homme a essayé de trouver une solution. Il a même proposé à ses parents de venir habiter chez lui contre le versement d'un petit loyer, chose que Nadine et Olivier ont refusée net. Auprès de son avocate, Delphine s'est montrée discrète, voire secrète, préférant ne pas s'étendre sur les raisons qui la poussent à demander le divorce.

Début décembre, Cédric Jubillar continue d'épier les faits et gestes de son épouse. Connaissant le code de la carte bleue de Delphine, il profite de son sommeil pour la subtiliser et aller consulter l'historique de ses dernières dépenses à un guichet automatique. Il répète l'opération à deux reprises, le mercredi 2 décembre sur un automate de Lescure-d'Albigeois et le dimanche 6 décembre à Carmaux. Cédric repère plusieurs paiements qui lui semblent suspects : le premier sur un site de lingerie, un deuxième pour une location de voiture et un troisième sur un site de réservation de chambres d'hôtel. Trois indices qui esquissent la possibilité d'une double vie. En état d'alerte maximale, Cédric recherche dans le même temps sur Internet « un détective privé à Albi ». Se sentant traquée, Delphine exprime à son mari l'état d'épuisement psychologique dans lequel elle se trouve. Le message est daté du 3 décembre : « C'est pas possible tu as vu comment tu es !!!!???? Invivable. Je me sens persécuté harcelée [...] Tu peux pas savoir comment tu me fais vivre un enfer. Bref, je vais partir et vite. » Dans les jours qui précèdent sa disparition, elle consulte des annonces pour un petit appartement à Albi et se renseigne pour acheter du mobilier. Le projet d'une nouvelle vie s'accélère.

CHAPITRE 9

Humour noir

Mercredi 6 janvier 2021. Une fine pellicule de neige a recouvert la campagne tarnaise et le toit des maisons. Depuis le début de la matinée, les accès à la rue Yves-Montand sont contrôlés et réservés seulement aux riverains, afin de tenir les curieux et les journalistes à distance. Trois semaines après la disparition de Delphine, une équipe de cinq experts de l'Institut de recherche criminelle de la Gendarmerie nationale (IRCGN) est dépêchée à Cagnac-les-Mines. Membres du département « Signal Image Parole », ces gendarmes hyperspécialisés ont pour objectifs de « fixer l'état des lieux » et de réaliser une fouille approfondie du domicile des Jubillar. Tout cela sous les yeux de Cédric, dont la présence est requise pendant la durée des opérations. Domicilié chez ses parents depuis la mi-décembre, le jeune homme n'est pas revenu chez lui depuis la mise sous scellés de son domicile. Stressé à certains moments, plutôt décontracté le reste du temps selon les gendarmes qui l'observent du coin de l'œil, il doit patienter de 9 heures du matin à 20 heures.

Cette journée de recherches est sous-tendue par un

scénario glaçant qui n'a échappé à personne. Puisque aucun voisin ne semble avoir observé de déplacement suspect dans le quartier au cours de la nuit de la disparition, les enquêteurs de la section de recherches de Toulouse sont obligés d'envisager l'hypothèse selon laquelle le corps de Delphine serait enterré dans le jardin ou dissimulé à l'intérieur de la maison. Les terribles souvenirs de l'affaire Dupont de Ligonnès sont encore vivaces. En avril 2011, après l'ouverture à Nantes d'une enquête pour disparition inquiétante d'une famille entière, les corps de la mère et de ses quatre enfants avaient été découverts sous la terrasse de la maison, enveloppés dans des sacs de jute recouverts de chaux vive. Le père, Xavier Dupont de Ligonnès, n'a à ce jour pas été retrouvé. Au-delà de ce précédent historique, les gendarmes toulousains ont une raison supplémentaire de s'intéresser de très près à la cave des Jubillar. Parmi la soixantaine de témoins entendus au cours de la première semaine d'enquête, une ancienne connaissance de Cédric a révélé un détail intrigant. Au moment des travaux de la maison, entre 2013 et 2014, le jeune homme, plaquiste de métier, lui avait indiqué qu'il projetait d'aménager une pièce secrète au sous-sol, sans préciser dans quel but. Le témoin se souvient juste que Cédric lui faisait vraiment peur à l'époque : « Je le trouvais bizarre, ce mec. »

Sous les yeux du propriétaire des lieux, les experts commencent par établir une cartographie 3D de la maison grâce à un scanner laser. Une première façon d'explorer la propriété dans ses moindres recoins et de détecter une éventuelle cavité. Pour cela, les gendarmes mettent d'abord un peu d'ordre dans le vaste garage qui s'est transformé au fil des ans en lugubre dépotoir, encombré de pots de peinture à moitié vides, d'outils et de parpaings. Puis, à l'aide d'un géoradar (qui émet des ondes électromagnétiques et capte leur réflexion), le rez-de-chaussée et le sous-sol sont inspectés à la recherche d'une trappe suspecte ou d'une irrégularité dans la dalle de béton. Cela ne donne rien. Les abords de la maison, l'allée et le jardin, font également l'objet d'une analyse approfondie. Mais l'usage du géoradar s'avère impossible. Le terrain, très caillouteux et recouvert de remblai dans sa couche supérieure, est jonché de ferraille, de tôles, de palettes de bois et de jouets abandonnés. Les experts de l'IRCGN constatent seulement qu'aucune zone suspecte d'enfouissement récent ne saute aux yeux. Pour résoudre l'énigme de la disparition de Delphine, il faudra chercher ailleurs.

Toutefois, les gendarmes ne repartent pas les mains vides. Au cours de la perquisition organisée dans l'après-midi, ils ont saisi plusieurs vêtements et objets, dont le haut de pyjama panda que Cédric portait le 16 décembre au matin et un combishort que Delphine a peut-être endossé dans la soirée du 15 décembre. Enfin, la branche d'une paire de lunettes est découverte derrière le canapé. Semblable à celle de la monture que portait la jeune femme le soir de sa disparition.

*

Le mois de janvier 2021 est interminable. Les jours rallongent, mais l'espoir de retrouver Delphine vivante s'amenuise. Cédric broie du noir. La cohabitation avec enfants et parents dans l'appartement de Carmaux ne peut plus durer. La promiscuité joue pour beaucoup, et la désinvolture du jeune homme n'arrange rien. Ses parents lui reprochent de ne participer à aucune tâche ménagère et de ne proposer que très rarement de contribuer aux frais. À sa décharge, l'artisan ne roule vraiment pas sur l'or. Le 18 janvier, il a pourtant débuté un CDI à 1 800 euros nets par mois. Une aubaine pour lui. Hélas, quelques jours plus tard, les gendarmes se sont présentés sur son chantier. Le client n'aurait pas apprécié et l'employeuse a décidé de couper court, bien avant la fin de la période d'essai.

Désormais sans emploi, Cédric Jubillar s'inquiète pour son avenir professionnel et financier. Son patronyme, déjà célèbre, risque de lui fermer beaucoup de portes. Retrouvera-t-il un emploi dans la région ? Et comment va-t-il payer les factures d'eau, de crèche et de cantine qui arrivent dans la boîte aux lettres ? Elles sont toutes adressées à son épouse et il ne compte pas se précipiter pour les régler à sa place. Cédric n'a pas un sou de côté. Depuis des années, quand le versement de son salaire (entre 1500 euros et 1700 euros au cours de l'année 2020) ne suffit pas à régler ses dépenses personnelles, il prélève de l'argent sur le compte de son épouse ou sur les livrets des enfants pour combler le trou lors des fins de mois difficiles. Le mois suivant, il tente de rembourser les sommes « empruntées », et ainsi de suite… Cette gestion façon « système D », au mois par mois, s'est enrayée dès septembre 2020 lorsque Delphine a décidé de lui retirer la procuration qu'il avait sur ses comptes. Ce qui n'a pas empêché Cédric d'utiliser sa carte bleue à son insu. Y compris dans les semaines qui suivent sa disparition. Les enquêteurs ont ainsi remarqué plusieurs retraits et dépenses entre le 16 décembre et le 1er mars 2021, pour un montant total de 2 187 euros, jusqu'au jour où le compte courant de son épouse a viré au rouge.

Seule bonne nouvelle en ce début d'année 2021, Cédric récupère les clés de sa maison peu après la mi-janvier, ainsi que ses deux chiens. Les perquisitions successives et les analyses n'ont en effet mis en évidence ni scène de crime ni trace suspecte à l'intérieur du domicile. Le temps de faire le ménage avec l'aide d'une copine, le père de famille rentre à Cagnac avec ses enfants la dernière semaine de janvier. La vie se réorganise. Il faut faire les courses, préparer les repas, donner le bain à Elyah, superviser les devoirs de Louis, assurer les trajets entre la crèche et l'école… Épaulé par sa mère, qui multiplie les allers-retours, Cédric fait de son mieux pour assumer des responsabilités assez nouvelles pour lui. Jusqu'à présent, c'était Delphine qui assurait l'essentiel des tâches quotidiennes. Pour le reste, il tâtonne aussi. Elyah demande beaucoup de câlins, et elle a du mal à s'endormir. C'est évident, sa maman lui manque, mais à 20 mois, elle ne peut encore rien verbaliser. Louis ne pose pas de questions, et de toute façon, son père ne saurait que lui répondre. Alors, un non-dit s'installe, épais comme un brouillard.

L'ombre de Delphine reste omniprésente. Parfois, son fantôme semble s'agiter. Dans la soirée du 9 février 2021, les gendarmes réalisent les perquisitions en ligne de ses comptes Gmail, Instagram, Skype et Facebook. Le profil Messenger de la disparue est ainsi réactivé pendant quelques heures. Certains internautes, qui s'en aperçoivent, imaginent que l'infirmière tente de redonner signe de vie. Alerté par une de ses cousines, Cédric, apparemment très excité, semble y croire lui aussi. Il s'empresse d'appeler Olivier, son beau-père, pour le prévenir. « Delphine est connectée, son téléphone sonne, papa ! [...] Papa, papa, papa, quand, quand on raccroche ensemble, appelle Delphine s'il te plaît, lui dit-il. Parce que là papa, là papa, je suis, je suis en train de devenir psychopathe[1] !! » Les groupes Facebook s'agitent, la presse s'interroge, mais les très proches de Delphine, eux, sont rapidement informés par les gendarmes. Pas question de les laisser nourrir de faux espoirs. La vie sans Delphine reprend son cours, avec la douleur de l'absence et le poids du mystère.

Sur le plan professionnel, Cédric entrevoit le bout du tunnel. En déambulant dans les rues de Carmaux, l'artisan est en effet tombé sur Laurent[2], un ancien collègue devenu peintre en bâtiment à son compte. Sur le ton de la plaisanterie (pas forcément de bon goût), ce dernier a demandé à Cédric où il avait caché sa femme. Cédric a d'abord souri, à peine gêné par le culot de son interlocuteur, puis lui a demandé s'il n'aurait pas, à tout hasard, du travail à lui confier. Quelques jours plus tard, l'affaire est réglée. Le copain peintre n'aime pas faire du « placo ». Or, c'est justement la spécialité de Cédric. Le 15 février, les deux hommes signent un premier contrat d'un mois, payé 1 600 euros nets.

1. Extrait d'une écoute téléphonique.
2. Le prénom a été modifié.

Les débuts sont prometteurs. Cédric est compétent et fait rapidement ses preuves. « Il a le coup d'œil pour évaluer les quantités de matériel nécessaires sur un chantier, apprécie Laurent[1] avec le recul. Il ne se trompe pas beaucoup à ce niveau-là. Bon après, il pourrait faire mieux au niveau des finitions et de la propreté de son travail. » Pour ne rien gâcher, le nouvel employé est toujours à l'heure, voire en avance parfois. « Je sentais bien qu'il voulait décrocher un CDI au bout… » souffle Laurent. Au fil des semaines cependant, la personnalité de Cédric déconcerte. Sur les chantiers où il croise d'autres artisans, il ne peut s'empêcher de faire allusion à la disparition de son épouse. « Fallait toujours qu'il raconte à tout le monde qu'il était Jubillar, le mari de Dephine Jubillar, se souvient son patron. Je lui disais : "Ferme un peu ta gueule"… Mais c'était plus fort que lui. » Les plaisantins s'en donnent à cœur joie. Un jour, voyant Cédric poncer les barreaux d'un escalier, un collègue lui lance : « Alors, tu t'entraînes pour la prison ? » Fou rire général. Lorsque Cédric renoue le fil de sa vie d'avant et croise copains et connaissances, certains préfèrent lui parler de la pluie et du beau temps. D'autres, plus frondeurs, osent lui demander si c'est lui qui a tué sa femme. « Bah oui, c'est moi… évidemment que c'est moi ! » répond-il alors, pour que son interlocuteur comprenne exactement l'inverse. Du Cédric Jubillar pur jus, aussi joueur que provocateur, adepte du second degré (quand ce n'est pas le dixième !).

1. Entretien avec l'auteur, le 20 septembre 2021.

« Le crime attire toujours », l'avait prévenu son beau-père dès les premières semaines qui ont suivi la disparition de Delphine. Caustique et visionnaire. En cet hiver 2021, Cédric découvre en effet les vertiges de la célébrité et semble commencer à y prendre goût. En tout cas, il ne la fuit pas complètement. « L'époux de l'infirmière d'Albi » aurait pu, par exemple, modifier le nom de son profil sur Facebook et se choisir un pseudonyme. Mais non, il le conserve tel quel. Par ce biais, Cédric est régulièrement contacté par les médias qu'il repousse poliment ou congédie sèchement, selon son humeur. Constatant que des noms prestigieux de la presse écrite ou de la télévision, comme *Paris-Match* ou TF1, s'intéressent à lui, il tente de négocier un cachet pour accorder une interview ou ouvrir son album de famille. Sans suite, évidemment.

Sur Facebook aussi, l'affaire Jubillar fait grand bruit. Les échanges s'organisent en groupes de discussions qui réunissent des milliers d'internautes. Lesquels, dans leur immense majorité, ne connaissent ni Cédric ni Delphine. De bonne qualité et de bonne tenue bien souvent, les conversations s'enveniment parfois autour d'opinions divergentes qui ont pris racine sur des bouts de phrases extraites d'un article de presse ou sur une simple opinion présentée comme « une analyse ». Dans ce brouhaha numérique, la présomption d'innocence dont le mari de Delphine devrait bénéficier est régulièrement bafouée. Plus grave encore, Cédric Jubillar fait l'objet d'une menace de mort. Un soir, il reçoit sur son téléphone la photo d'une arme accompagnée d'un message dans lequel l'auteur prétend effectuer des repérages devant sa maison de la rue Yves-Montand.

Avec Justine[1], en revanche, la relation est beaucoup plus paisible. Toujours par le biais de Messenger, cette jeune femme pas encore trentenaire, domiciliée dans un département voisin, a commencé par lui proposer une aide financière. « Au départ, je considère Cédric comme une victime, un mari qui a perdu sa femme et qui se retrouve avec des enfants à élever dans une certaine précarité, à en juger l'état extérieur de la maison[2] », m'explique-t-elle quelques mois plus tard. Mais Cédric repousse son offre. « Je ne demande jamais de l'aide à personne, je me suis toujours débrouillé tout seul, lui écrit-il. Ne m'envoyez pas d'argent. » Néanmoins, le jeune homme semble apprécier la tonalité des messages et l'empathie de Justine. « Il se montre très attachant avec moi, m'écrit tous les jours, m'envoie des photos de son quotidien, au boulot, au supermarché, à la maison, se souvient-elle. Je me rappelle d'une photo en particulier où il se montrait en train de préparer une pizza avec son fils. » Après trois semaines d'échanges écrits intenses où le vouvoiement reste de rigueur, Cédric et Justine passent aux discussions « en visio ». La séduction semble opérer. Justine est tombée sous son charme et elle finirait presque par oublier le contexte de leur rencontre virtuelle. Le samedi soir, les deux correspondants passent la nuit entière à converser, parfois jusqu'au petit matin. « De toute façon, je n'ai besoin que de quatre ou cinq heures de sommeil », lui assure-t-il. Au cours de ces échanges interminables, Cédric et Justine finissent par

1. Le prénom a été modifié.

2. Entretien avec l'auteur, le 23 octobre 2021.

se dévoiler physiquement. La jeune femme lui offre une vue de sa poitrine. Sans la prévenir semble-t-il, lui se met à nu, entièrement. Il est aussi question d'organiser enfin un rendez-vous «pour de vrai». Mais Justine, qui habite à deux heures de route d'Albi, appréhende de se retrouver dans la maison des Jubillar. Elle se dérobe une fois, deux fois, trois fois. La quatrième, Cédric comprend qu'elle ne finira jamais dans son lit. «On aurait pu faire un petit bout de chemin ensemble», regrette-t-il.

Le lien ne se rompt pas immédiatement. Au fil de leur correspondance, qui s'étire de début février à mi-avril, Cédric Jubillar laisse percer un caractère «fleur bleue», toujours en quête de tendresse et de mots doux. Même s'il lui arrive aussi, à de rares occasions, de s'emporter verbalement contre Justine. «Ferme ta gueule!» éructe-t-il alors que la jeune femme se permet un jour de lui donner un conseil au sujet de l'éducation de ses enfants. Puis il se calme. Justine passe l'éponge. De manière plus troublante, il évoque parfois sa femme disparue en termes très négatifs. «Elle ne sait pas faire à manger, elle ne s'occupe pas des enfants», confie-t-il à plusieurs reprises. Il ne lui épargne pas non plus les détails, réels ou fantasmés, des derniers mois de leur vie sexuelle. Auprès de cette confidente patiente et attentive, il revisite aussi, à sa manière, le divorce qui se profilait: «Comment veux-tu sauver ton couple quand ta femme a un amant et qu'elle s'invente des nuits de travail pour le retrouver?» l'interroge-t-il sans attendre de réponse.

De son expérience avec Delphine, Cédric semble avoir tiré quelques leçons un peu amères sur la vie familiale et conjugale. Dans le flot de leurs conversations, diurnes ou nocturnes, certaines phrases s'impriment dans la mémoire de Justine. Un vendredi après-midi de mars par exemple, Cédric s'apprête à partir en week-end avec ses enfants à la montagne, histoire de changer d'air. À son entourage comme à ses nouveaux « amis » Facebook, il dit s'éclipser dans une petite station de l'Aveyron. En réalité, il file vers son repaire secret de Belcaire, dans les Pyrénées audoises. Sa première famille d'accueil y est toujours propriétaire d'une résidence secondaire et il y est encore le bienvenu. Juste avant de prendre la route, il adresse un dernier message à Justine : « Je charge les êtres vivants dans la voiture », écrit-il. Étrange façon de désigner ses deux enfants et ses deux chiens. Il y aura d'autres moments de flottement : « Ce n'est pas moi le vrai coupable », lâche-t-il un jour sans donner plus d'explications, alors que Justine ne lui a rien demandé. Ou encore, à propos de son épouse : « Si elle y est passée, j'espère qu'elle n'a pas souffert… »

Au-delà des mots qui ne prouvent rien, ni sa culpabilité ni son innocence, c'est la tonalité très détachée du mari de Delphine qui impressionne Justine. « Il lui arrivait de rigoler en parlant de choses terribles », me confie-t-elle. « Une fois, il m'a dit être allé faire des recherches dans un cimetière avec des copines de Delphine et avoir soulevé des pierres tombales… Il a ajouté : "J'ai eu peur… Imagine, si jamais je trouve Delphine dedans…" Et ça le faisait rire… »

La relation épistolaire et par « visio » interposée avec Justine s'étiole à l'arrivée du printemps. Ou plus exactement vers la mi-avril, lorsque Séverine entre dans la vie de Cédric. Cette femme de 44 ans, mère célibataire de deux grands enfants, habite une commune voisine de Cagnac-les-Mines. À l'inverse de Justine, elle n'a pas eu peur de franchir le seuil de la maison du couple Jubillar. Elle s'y est même installée à raison de quelques nuits par semaine, et désormais elle n'a aucunement l'intention de partager Cédric avec une autre femme. Après avoir identifié le profil Facebook de Justine, Séverine lui aurait adressé un message peu amène afin qu'elle cesse tout contact avec Cédric. Prudente, Justine n'a pas insisté. Elle disparaît, au moins provisoirement, du quotidien de Cédric Jubillar.

Chapitre 10

Fausses pistes

Depuis la grande battue du 23 décembre 2020 qui a mobilisé un millier de volontaires et suscité l'intérêt de la presse nationale, la disparition de Delphine est devenue « l'affaire Jubillar ». TF1 et France 2 lui ont consacré un sujet au journal de 20 heures. *Le Parisien* est revenu aussi sur cette journée de recherches avec une pleine page dans ses éditions du 24 décembre tandis que *La Dépêche du Midi*, le quotidien régional, couvre l'affaire depuis déjà plusieurs jours. Il faut croire qu'en cette veille de Noël, la disparition d'une maman de deux jeunes enfants, âgée de 33 ans, infirmière de nuit engagée dans la lutte contre le Covid, ne laisse personne insensible. Largement diffusé sur les réseaux sociaux, le portrait de Delphine dégage une douceur et un charme évidents qui participent à l'empathie générale.

Après une semaine d'enquête, les gendarmes considèrent Cédric Jubillar comme un suspect potentiel. Mais la médiatisation grandissante de l'affaire favorise l'émergence d'autres pistes, plus ou moins sérieuses. Les enquêteurs de la section de recherches de Toulouse, appuyés par leurs homologues de la brigade de recherches d'Albi, se doivent de toutes les vérifier. Le matin de Noël, une femme de 39 ans se présente à la brigade de Cagnac-les-Mines pour montrer les messages que son ex-compagnon vient de lui adresser. L'homme s'accuse, ni plus ni moins, du meurtre de Delphine Jubillar. Son premier SMS date du 25 décembre à 6h27. « J'ai bien tué Delphine. Car elle était en couple et qu'elle a pas voulu quitter son mari et ses enfants pour moi. On s'est vu, on s'est disputé, je suis sorti de mes gonds, je me suis pas reconnu, je l'ai frappée frappée frappée. Elle est morte, je l'ai enterrée dans le travers[1]... » Un peu plus tard dans la matinée, il réitère et adresse un deuxième message. « J'ai tué une femme... je m'en veux... C'est dur à porter... Elle travaillait à CCB (*clinique Claude-Bernard d'Albi*)... de nuit... Elle a pas voulu quitter son mari pour moi... je l'ai tuée... » Puis un troisième : « Je suis pas fier... je vais mettre des fleurs sur son corps... et basta. »

Entendu trois jours plus tard à Toulouse, ce jeune homme de 32 ans n'en mène pas large. Penaud, il explique que ces messages ont été envoyés sous le coup de la déception amoureuse créée par la rupture avec son ex-compagne. « J'ai dit cela pour attirer son attention et pouvoir lui gâcher son réveillon puisqu'elle m'a gâché ma vie, avance-t-il. Je suis toujours amoureux d'elle. Je suis à découvert tous les mois à cause d'elle. Je tiens à dire que c'est idiot de ma part. Je n'ai jamais tué

1. Un travers désigne la partie pentue d'un champ ou d'une friche.

de femme [...] Je me suis servi d'Internet pour avoir ces éléments. Le vendredi 25 décembre, j'ai consulté *Le Parisien* au sujet de la disparition de Delphine. » Son emploi du temps dans la nuit du 15 au 16 décembre n'est pourtant pas très clair. Il affirme avoir dormi chez une copine dans le quartier de Cantepau à Albi ou chez « une amie du boulot », il ne sait plus très bien. Mais l'exploitation de sa ligne téléphonique semble le mettre hors de cause. Ce jeune homme a envoyé des SMS jusque tard dans la soirée depuis un téléphone qui borne dans le centre-ville d'Albi et se serait réveillé au même endroit quelques heures plus tard. Jugée trop inconsistante par les gendarmes, cette piste n'est pas creusée davantage.

Au fil des auditions qui se succèdent, les enquêteurs prennent connaissance d'une autre hypothèse, fragile mais prometteuse. Selon un témoin de premier plan, Delphine se serait plainte ces derniers mois d'un ex-voisin qui lui aurait fait des avances un peu trop insistantes lors d'une soirée d'anniversaire. La personne qui leur transmet cette information n'est pas le premier venu. Il s'agit de Jean[1], l'amant de Delphine, l'homme dont elle est tombée follement amoureuse au cours de l'été 2020. Il s'est lui-même retrouvé au cœur de l'enquête dès les premières heures qui ont suivi la disparition de l'infirmière. Ce père de famille de 39 ans, en cours de séparation, a été entendu dès le 16 décembre par les gendarmes. Son domicile, situé à Montauban dans le Tarn-et-Garonne, à une heure de

1. Le prénom a été modifié.

route de Cagnac-les-Mines, a été perquisitionné, sans résultat, et sa version de la nuit du 15 au 16 décembre a été vérifiée. Lui comme sa compagne ont affirmé s'être couchés ensemble vers 23 heures. Le matin, il est parti au travail un peu avant 6 heures, elle s'est levée pour accompagner leur petit garçon à l'école. Leurs deux téléphones sont restés allumés toute la nuit et n'ont jamais cessé de « borner » à Montauban. Ils semblent, l'un comme l'autre, au-dessus de tout soupçon. Par prudence, ils sont tout de même placés sur écoute et doivent se soumettre à un prélèvement d'ADN. Leurs factures téléphoniques détaillées sont épluchées à la recherche d'un éventuel correspondant suspect. Mais les enquêteurs ne remarquent strictement rien d'anormal.

Auditionné une seconde fois par les gendarmes le 29 décembre, Jean raconte : « Il y a deux mois, Delphine a fait une soirée d'anniversaire chez la nounou de ses enfants, elle a rencontré un certain Simon[1] qui était lourd avec elle toute la soirée. Delphine me l'a dit. Simon voulait son numéro de téléphone, la nounou n'a pas voulu le donner. » Courant janvier, les enquêteurs décident de s'intéresser de plus près à ce fameux Simon, père de deux enfants en bas âge, séparé de ses ex-compagnes et désormais célibataire. Il a 33 ans, comme Cédric et Delphine. Jusqu'à la fin 2019, il vivait dans une résidence HLM située à une centaine de mètres de la maison des Jubillar, dans le quartier de la Maurélié. Il y a fait la connaissance d'une voisine, copine de Delphine. De fil en aiguille, le jeune

1. Le prénom a été modifié.

homme a sympathisé avec le groupe des mamans de l'école Jean-Jaurès. Simon est plutôt beau garçon. Sourire charmeur, regard ténébreux et pectoraux bien dessinés, il sait parler aux femmes, les écouter aussi. Depuis un an, il s'est installé dans une commune voisine mais a gardé des attaches à Cagnac. En ce mois de décembre 2020, il fait toujours partie du groupe Messenger « Ici on tchape… con ! », qui rassemble une quinzaine de parents d'élèves, dont Delphine Jubillar. Comme tous les membres du groupe, Simon a été entendu par les gendarmes aux premiers jours de l'enquête, sans qu'on lui pose de questions sur ses liens réels ou supposés avec l'infirmière d'Albi. Le mardi 8 février, huit semaines après la disparition de Delphine, les enquêteurs de la section de recherches de Toulouse veulent tout de même en avoir le cœur net. Une liaison méconnue du microcosme cagnacois aurait-elle pu se nouer entre Delphine et Simon, puis dégénérer de manière accidentelle ? Une hypothèse ténue, mais renforcée par le fait que le jeune homme est « défavorablement connu des services de police ». Il a notamment été impliqué, en mai 2020, dans une sombre affaire de menace de crime et de dégradation de biens. Complètement ivre, il s'était mis à taper à coups de batte de base-ball avec l'un de ses amis sur plusieurs voitures dont une Peugeot 106, laquelle, pur hasard, était la propriété de Delphine Jubillar.

Ce 8 février, les gendarmes entendent profiter de l'effet de surprise. Ils se présentent sans prévenir sur le lieu de travail de Simon en fin de matinée. Il suit alors une formation en peinture industrielle. Les militaires demandent d'abord à inspecter son véhicule, une

BMW blanche. Étrangement, la voiture, stationnée sur le parking de l'entreprise, est recouverte d'une bâche et posée sur des cales. Simon leur explique que sa BM est immobilisée depuis plusieurs mois à cause de jantes abîmées qu'il n'a pas eu les moyens de remplacer. Sous le coup d'une suspension de permis, il ne se déplace depuis qu'avec l'aide de voisins ou de copains. Ses réponses sont crédibles, mais insuffisantes. L'inspection de la voiture débute et Simon est entendu dans les locaux de la gendarmerie d'Albi. Il ne s'agit pas d'une garde à vue, seulement d'une audition comme témoin. La tonalité des échanges ressemble pourtant à un interrogatoire. On le questionne notamment sur le déroulement de la soirée d'anniversaire chez la nounou, Valérie, début octobre. « Je n'ai pas dragué Delphine, c'est totalement faux, se défend Simon. En plus, lors de cette soirée, je n'ai pas eu de contacts avec Delphine, sauf au moment de se servir nos assiettes. Nous étions assis sur le même banc et je donnais à manger à mon fils. Après, elle était à l'opposé de moi durant la soirée. »

Les enquêteurs n'en restent pas là. Une analyse complète de sa voiture est réalisée au cours des semaines suivantes. Plusieurs cheveux sont retrouvés dans la BMW mais aucun ne correspond au profil génétique de Delphine Jubillar. La perquisition du téléphone de Simon n'apporte qu'une confirmation : comme l'affirme l'intéressé, il ne possède pas le numéro de téléphone de la disparue et aucun appel ni échange de SMS entre eux ne sont exhumés. Pour la nuit du 15 au 16 décembre 2020, ce papa célibataire ne dispose d'aucun alibi. Il dormait seul, n'avait pas la garde de son fils cette semaine-là, et explique avoir regardé Netflix avant de se coucher vers 23 h 30. Mais son téléphone n'a jamais « borné » sur le relais couvrant Cagnac-les-Mines. La piste qui menait à Simon se referme progressivement.

Avant de la classer définitivement dans la catégorie des fausses pistes, les gendarmes s'intéressent au profil d'un collègue de travail de Simon. Inscrit au fichier des auteurs d'infractions sexuelles ou violentes (FIJAIS), cet homme d'une cinquantaine d'années a été condamné à une lourde peine pour des faits de viol avec torture qui remontent au milieu des années 90. À sa sortie de prison, il a élu domicile à Cagnac-les-Mines, entre 2012 et 2014, dans une maison en face du lac. Puis il a déménagé à une dizaine de kilomètres, dans une caravane. Il est alcoolique et sujet à des crises d'angoisse. Aucun lien n'est établi avec le couple Jubillar, les inspections de sa voiture comme de sa caravane ne donnent rien et son téléphone ne borne à aucun moment sur le relais de Cagnac au cours de la nuit où Delphine a disparu. Interrogé par les gendarmes, ce profil atypique, « connaisseur du côté obscur » comme il le dit lui-même, pense avoir décelé des incohérences dans l'attitude de son collègue Simon. Des insinuations infondées, selon les enquêteurs.

Un autre homme sera brièvement dans le collimateur de la gendarmerie. Dénoncé au cours d'une audition, cet habitant de Cagnac aurait eu le tort d'importuner Delphine au cours de soirées bien arrosées. « C'est vrai qu'il m'est arrivé plusieurs fois de complimenter Delphine, pour lui faire comprendre que je la draguais, reconnaît-il devant les enquêteurs, mi-janvier. J'étais célibataire à ce moment-là [...] Je ne saurais vous dire ce que je lui ai dit exactement en la draguant. Mais je ne lui ai jamais proposé quelque chose, comme une relation sexuelle. » Étrangement, il a changé la carte SIM de son téléphone le 15 décembre et aucune activité n'a été enregistrée au cours de la nuit suivante. Mais l'exploitation de son appareil ne révèle aucune information compromettante et sa compagne est en mesure de lui fournir un alibi. Sa voiture est également passée au peigne fin. Là encore, aucune trace de Delphine.

*

Parmi le flux d'informations qui leur parvient chaque jour, les gendarmes doivent filtrer les éléments intéressants et rejeter les messages parasites, consommateurs de temps et d'énergie. Il leur arrive ainsi d'être sollicités par des témoins qui pensent avoir croisé le chemin de Delphine Jubillar, même à l'autre bout de la France. Si leurs récits présentent des incohérences flagrantes, les militaires ne donnent pas suite. Mais dans le cas inverse, il faut bien procéder aux premières vérifications et creuser la piste le cas échéant. Ce cas de figure, très minoritaire, se présente mi-janvier 2021 avec le témoignage d'un homme d'une cinquantaine d'années domicilié en Loire-Atlantique, à près de sept cents kilomètres d'Albi. Il en est presque certain : le samedi 16 janvier, en début d'après-midi, il pense avoir reconnu Delphine à l'arrière d'une Audi noire sur le parking du Super U d'Ancenis. « Lorsque je me suis stationné j'ai regardé sur ma gauche et j'ai aperçu le visage de la femme qui se trouvait à l'arrière de la voiture stationnée à côté de moi. Ce visage me paraissait familier. Je n'y aurais pas vraiment prêté d'importance si le conducteur n'avait pas fait des gestes à cette femme. Comme s'il voulait qu'elle se cache sur la banquette. La femme ne paraissait pas catastrophée. [...] J'y ai beaucoup pensé et environ trente minutes après je me suis demandé si ce n'était pas l'infirmière qui avait disparu dans le Tarn. J'ai donc vérifié sur Internet et j'ai reconnu le visage. » Ce signalement, rapporté à la SR de Toulouse, est pris au sérieux. Grâce aux caméras du Super U, le propriétaire de l'Audi est identifié. Une surveillance discrète est même organisée à proximité de son domicile. Une jeune fille d'une vingtaine d'années, correspondant au descriptif du témoin, est alors aperçue au volant d'une autre voiture. Elle semble tout à fait décontractée et ne présente que peu de points communs avec Delphine Jubillar. La fausse piste est aussitôt abandonnée.

Il y a les personnes qui pensent avoir vu Delphine et celles qui croient avoir ressenti des choses. Comme souvent dans les affaires de disparition, de nombreux voyants autoproclamés se manifestent auprès de la gendarmerie pour partager leur « science ». C'est le cas notamment de deux sœurs originaires du Gers. Un jour de février, après avoir lu un article de *La Dépêche du Midi* consacré à l'affaire Jubillar, elles se disent habitées par une puissante intuition. L'une des deux visualise une cabane en bois dans la forêt où Delphine pourrait bien être séquestrée. Elles prennent alors la route du Tarn, sans carte ni GPS, seulement guidées par leurs sensations. En passant devant une grande maison blanche perdue dans les bois sur la commune de Viviers-lès-Montagnes, l'une des deux femmes est parcourue par un frisson intense. Elle devine la présence de Delphine, recroquevillée sur elle-même, pieds et mains attachés avec un adhésif sur la bouche. L'infirmière d'Albi serait bien vivante « mais avec une sensation de suffocation », nuance-t-elle. Prudentes, les deux sœurs décident alors d'alerter la gendarmerie. Cette « information » n'est pas prise à la légère. Le propriétaire de la maison est contacté et des vérifications sont effectuées sur place. En vain.

*

Les enquêteurs sont obligés de considérer toutes les hypothèses, même les plus farfelues, pour ne pas affaiblir l'accusation si un éventuel suspect devait être appréhendé. Ils doivent donc patiemment « fermer toutes les portes », l'une après l'autre. Un travail de fourmi, de patience, d'humilité qui n'est rendu possible que par la mobilisation de l'ensemble des services de gendarmerie. La piste du djihad en est une autre illustration. Au cours d'une réunion familiale, fin décembre, Cédric Jubillar a évoqué l'hypothèse d'une radicalisation secrète de son épouse, qui aurait pu déboucher sur un départ vers l'étranger. Cette hypothèse ne repose sur aucun élément matériel et se heurte à une double réalité : Delphine a laissé derrière elle l'ensemble de ses papiers d'identité et n'a jamais montré la moindre inclination ni pour l'islam, ni pour toute autre religion. Son appartenance à un réseau clandestin capable de l'exfiltrer en zone irako-syrienne semble donc très peu plausible. Sollicité par les enquêteurs, le bureau de lutte anti-terroriste de la Gendarmerie nationale réalise tout de même un criblage de « Delphine Aussaguel, épouse Jubillar ». Mais aucune information ne remonte. Pour les services de renseignement, Delphine reste une parfaite inconnue.

Les magistrats instructeurs et les gendarmes explorent aussi la piste d'un rôdeur solitaire venu de loin qui aurait croisé, tout à fait par hasard, la route de Delphine Jubillar dans la soirée ou la nuit du 15 décembre. C'est le scénario de la mauvaise rencontre, le plus difficile à appréhender pour les services d'enquête. Le plus fastidieux aussi, mais pas question de reculer devant l'immensité de la tâche. Il est ainsi décidé de recenser l'ensemble des appareils téléphoniques qui ont « borné » sur le relais de Cagnac-les-Mines dans la nuit du 15 au 16 décembre et dont les utilisateurs officiels sont connus à une adresse éloignée de Cagnac et des communes limitrophes. Une façon de détecter les personnes de passage dans la région. Des réquisitions sont lancées à tous les opérateurs téléphoniques, des plus connus, comme Orange, Bouygues Telecom ou SFR, aux plus confidentiels. Au total, deux cent seize utilisateurs « suspects » sont identifiés et tous interrogés, de visu ou par téléphone, entre la fin mars et la mi-avril 2021. Dans le lot, il y a même des collégiens ou des lycéens qui utilisent des lignes enregistrées au nom de parents qui ne vivent pas dans la région albigeoise. Cette opération tentaculaire vise à détecter une incohérence entre l'activité téléphonique des témoins et leurs déclarations, un éventuel comportement suspect au moment de l'audition, voire un lien avec la disparue ou son conjoint. Elle ne donne rien de probant.

Il arrive qu'une enquête criminelle longue et tortueuse se dénoue en quelques minutes, le temps d'un coup de fil inattendu. Ce miracle aurait pu se produire le 11 juin 2021, lorsque les gendarmes de la section de recherches de Toulouse apprennent par un appel des autorités espagnoles qu'une certaine Delphine Aussaguel vivrait en Catalogne, non loin de Gérone. Aussaguel, comme le nom de jeune fille de Delphine Jubillar. Cette Française installée de l'autre côté des Pyrénées est née dans le Tarn. Mais un instant d'émotion et quelques vérifications plus tard, il apparaît que les points communs avec l'infirmière d'Albi s'arrêtent là. Delphine n'est en réalité que le deuxième prénom de cette jeune femme née en 1986, un an plus tôt que la disparue. Elle est connue en France par l'administration fiscale et par plusieurs ex-employeurs. L'incroyable espoir n'aura vécu que quelques heures.

Dans ce large éventail de fausses pistes, l'une d'elles aura tenu en haleine gendarmes et magistrats instructeurs pendant de longs mois. Tout commence par l'exploitation des images enregistrées par une caméra de vidéosurveillance positionnée dans l'avenue Jean-Jaurès, à Cagnac-les-Mines. Le 15 décembre 2020 à 23 h 12 et 40 secondes, une voiture apparaît furtivement dans le champ de la caméra. Les images sont de piètre qualité et le véhicule semble rouler à vive allure. Après première analyse, il ressemble à une Peugeot de couleur sombre. Pourrait-il s'agir de la Peugeot 207 bleu marine de Delphine ? Un expert automobile, rattaché au département « Véhicules » de l'Institut de recherche criminelle de la Gendarmerie nationale, est alors nommé pour tenter de faire la lumière. Au mois de mai, la conclusion de ses travaux tombe. Cette voiture serait bien une Peugeot, mais un modèle 308 II Berline. Sans trop y croire, les enquêteurs caressaient l'espoir d'obtenir enfin la preuve matérielle que la voiture de Delphine avait été déplacée au cours de la nuit. Il leur faut encore chercher ailleurs.

Chapitre 11
« Le mec le plus connu du Tarn »

Deux mois après la disparition de Delphine, les investigations semblent marquer le pas. En dépit des moyens de recherche considérables déployés sur le terrain comme dans le cyberespace, les gendarmes n'ont réalisé aucune découverte décisive et n'ont procédé à aucune interpellation. Le mystère reste donc entier et aucune information ne filtre sur l'enquête en cours. Les médias nationaux, lassés par cette attente, commencent à se désintéresser de l'affaire. D'autant que deux autres disparitions de femmes occupent une place importante dans la rubrique faits divers en cette fin d'hiver 2021. Il y a d'abord Aurélie Vaquier, vendeuse de produits bio, portée disparue depuis le 28 janvier près de Béziers, dans l'Hérault. Son compagnon n'a signalé sa disparition que le 23 février. Son corps sera retrouvé le 7 avril, enseveli à son domicile dans un sarcophage bétonné, recouvert par plusieurs couches de moquette et de parquet. Son conjoint est mis en examen pour meurtre aggravé. Un an plus tard, il nie toujours les faits.

Le nom et le visage de Magali Blandin, éducatrice

spécialisée de la région rennaise, émergent aussi à cette époque dans la sombre chronique judiciaire. Cette mère de quatre enfants, en instance de divorce, a disparu le 11 février. Cinq semaines plus tard, son mari passe aux aveux et conduit les gendarmes jusqu'à l'endroit où il a creusé sa tombe, en lisière d'une forêt. Dans cette affaire extrêmement singulière, le suspect a d'abord sollicité des Géorgiens afin qu'ils suppriment son épouse avant d'impliquer ses propres parents pour l'aider à brouiller les pistes. Jérôme Gaillard s'est suicidé en prison début novembre 2021. Les dénouements terribles et spectaculaires de ces deux féminicides ont pour effet de concentrer un peu plus les soupçons sur Cédric Jubillar. Pas forcément dans l'esprit des enquêteurs, qui n'ont nul besoin d'établir des parallèles hasardeux. Mais plutôt chez les « suiveurs » de l'affaire Jubillar dont la parole se déverse sur les pages des groupes Facebook.

C'est au cours de cette période que je parviens progressivement à entrer en contact avec Cédric. Il a lu ma première enquête sur l'histoire de son couple parue le 3 mars 2021 dans *Le Parisien*. Nous n'avons encore jamais échangé directement, mais il semble apprécier que je m'intéresse à lui, à son parcours, à sa personnalité. Dès le lendemain de la publication de l'article, il répond à l'un de mes messages via Messenger. Visiblement, il est contrarié. « Merci de votre travail et de votre article… qui malheureusement est passé vite aux oubliettes… vous avez presque travaillé pour rien », écrit-il d'un trait. Cédric fait référence au témoignage diffusé le même jour, le

3 mars, sur France Bleu Occitanie. Un témoignage explosif et anonyme qui le vise personnellement. « Plusieurs fois avant la disparition, vu les tensions et tout, on l'a entendu dire à sa mère : "Je vais la tuer, je vais l'enterrer, personne ne va la retrouver" », raconte ce témoin présenté par la radio locale comme « un membre de la famille Jubillar ». « Donc déjà, il savait qu'il allait tout perdre, il savait qu'il allait devoir recommencer de tout le début, poursuit cette gorge profonde dont la voix a été modifiée. Pour lui, Delphine c'était elle le pilier, c'était elle qui faisait tout. Il avait tout grâce à elle. Donc du jour au lendemain se voir perdre tout, ça peut rendre fou un homme… »

Je relance Cédric sur Messenger.

« Ce témoignage a dû vous faire très mal.

— Mal non, surtout quand on sait de qui ça vient… Je dirais que c'est plutôt bas comme coup […] Je pense à une cousine de Delphine qui est dislecique (*sic*)… d'où les quelques mots mangés… Nous étions en mauvais termes suite à une soirée au Cap d'Agde pendant les vacances… En vrai, c'est avec son mari que je me suis embrouillé… et il a un pouvoir sur elle… »

Cédric se trompe-t-il de bonne foi en m'orientant vers un membre de la famille de Delphine ? Ou veut-il me mettre sur la piste d'un contentieux personnel qui relativiserait la sincérité et la valeur de ces déclarations ? En réalité (mais je ne l'apprendrai que bien plus tard), la personne qui s'est confiée à France Bleu Occitanie est bien un membre de la famille de Cédric, une cousine qu'il ne voit presque jamais. C'est Nadine, la mère de Cédric, qui a répété à sa propre sœur cette phrase choc, celle-ci se chargeant ensuite de la diffuser auprès de ses filles…

Le dimanche 7 mars, je suis l'invité de l'émission « Affaire suivante » sur BFM TV, en présence de Dominique Rizet, le consultant police-justice de la chaîne. Une heure avant le début de l'émission, je demande à Cédric s'il a un message à faire passer. Manière de sonder son état d'esprit. Pour toute réponse, il m'adresse une citation de Sacha Guitry : « Si ceux qui disent du mal de moi savaient exactement ce que je pense d'eux, ils en diraient davantage. » Le même jour, vers 23 heures, je tâte le terrain auprès de lui en vue d'une possible interview.

« Vous pensez toujours avoir intérêt à vous taire ? Ou vous commencez à avoir un doute ?

— En tout cas, je suis devenu un sujet qui fait vendre… je suis une bête de foire… En vrai, je dirais que, aujourd'hui, quoi que je fasse, ce sera mal perçu… Je pense qu'une fois l'audition devant le juge et le fait que je ne sois pas emprisonné… mais bien établi comme partie civile… Il sera plus facile d'être pris au sérieux… donc… compliqué… »

Deux jours plus tard, le 9 mars, je réitère ma demande. Pas pour une interview, seulement pour faire connaissance. « Aujourd'hui, je suis devenu une "pute à clic", réplique-t-il… Je fais vendre… Je suis une célébrité… malgré moi… Mais pour l'instant, le silence est la meilleure solution… plus tard peut-être. »

Je l'ignore alors, mais à cette époque, Cédric s'est

lancé dans un combat très personnel pour faire taire toutes les personnes qui auraient le mauvais goût de s'exprimer par voie de presse ou sur les réseaux pour dire du mal de lui. Dans son viseur, Lolita, une cousine de Delphine, coupable à ses yeux de s'être épanchée à la radio, ce qui est faux, et de répandre sur Facebook des accusations à peine voilées. « C'est à cause d'elle si aujourd'hui je suis considéré comme le Daval 2 pour 95 % de la populace, c'est à cause d'elle ! » se plaint-il auprès de Stéphanie, la sœur de Delphine[1]. La comparaison avec Jonathann Daval, condamné pour le meurtre de son épouse Alexia en novembre 2020, semble l'obséder depuis le premier jour. « Lolita elle est pas neutre, Lolita m'accuse et m'accable. Donc maintenant, j'en ai marre, et beh elle veut jouer son discours de violons, moi je vais jouer de la trompette !! » poursuit-il. Au cours de cette conversation téléphonique du 11 mars 2021, Cédric exige très clairement que Stéphanie réduise Lolita au silence. Faute de quoi, il ne confiera plus Louis et Elyah ni à Stéphanie, sa belle-sœur, ni à Sébastien, son beau-frère : « C'est con, ça s'appelle du chantage, c'est dégueulasse, je suis d'accord avec toi ! Maintenant, j'abats mes cartes ! Voilà ! j'en suis désolé ! » En agitant cette menace, Cédric met aussi la pression sur les autres membres de la famille de Delphine pour qu'ils ne fassent aucune déclaration publique susceptible de lui causer du tort. Une consigne qui sera longtemps respectée à la lettre. Dans le même temps, le jeune homme répète à qui

1. Écoute téléphonique du 11 mars 2021.

veut l'entendre qu'il est innocent. « Je suis peut-être pas le mari parfait, je suis peut-être pas le mec idéal, j'ai mes défauts, mais à votre sœur, je ne lui ai rien fait », assure-t-il à Stéphanie ce 11 mars.

*

Au cours des semaines suivantes, le projet de rencontre avec Cédric fait lentement son chemin. J'entretiens le contact sans trop d'insistance, guettant le moment favorable. Avril 2021 : la France est de nouveau confinée. Je pars m'isoler pendant deux semaines dans le Luberon, près d'Avignon, avec une arrière-pensée : Albi est à moins de quatre heures de route. Si Cédric donne son feu vert, je peux répondre présent en une demi-journée, ma carte de presse servant de laissez-passer en cas de contrôle. C'est exactement ce qui finit par se produire. En cette première semaine d'avril, Cédric travaille la journée et se retrouve seul le soir. Les enfants sont en vacances chez leur tante Stéphanie. C'est le moment idéal. Nous convenons d'un rendez-vous le 8 avril à son domicile, pour un apéro dînatoire. Arrivé à Albi en milieu d'après-midi, je pose d'abord mes affaires à l'hôtel, dans le centre-ville. Puis je m'offre une promenade dans le centre historique jusqu'aux abords de la cathédrale Sainte-Cécile, un quartier classé patrimoine mondial de l'humanité par l'Unesco. Albi la rouge et son architecture me plaisent, ses habitants aussi. Avec mes yeux de « Breton de Paris » passé par Marseille, je retrouve en eux la simplicité et la discrétion des gens de l'Ouest, enrichies du métissage méditerranéen. J'aime leur façon de répondre au moindre remerciement par des « avec plaisir… », deux mots prononcés de manière automatique et charmante qui me donnent à chaque fois le sourire. En marchant dans Albi, je pense aussi à Delphine. Elle a dû les arpenter plus d'une fois, ces rues piétonnes, depuis ses années de lycée… Elle aussi devait souffler régulièrement des « avec plaisir » à ses patients de la clinique. Que lui est-il vraiment arrivé ? Quatre mois plus tard, personne ne le sait. Lorsque mes confrères ou mes proches me demandent une opinion, la question me gêne. Je n'en sais rien et je ne sais rien. Voilà la vérité. C'est aussi pour cela que j'ai tellement envie de rencontrer Cédric. Peut-être que lui sait quelque chose. Et même s'il ne sait rien, l'expérience extrême qu'il traverse m'intéresse. En tant que journaliste d'abord, en tant qu'homme aussi.

L'heure du rendez-vous approche. J'appréhende un peu. C'est la première fois que je rencontre une personne à la fois témoin n° 1 dans une affaire criminelle et suspect potentiel. Ma famille et le chef du service Police-Justice du *Parisien*, Damien Delseny, savent que je me rends chez Cédric ce soir-là. De quoi allons-nous parler ? Je n'ai prévu aucune question. Il s'agira surtout de bien écouter, de bien regarder. Je m'interdis par avance de l'interroger directement sur la nuit du 15 au 16 décembre, sauf s'il aborde lui-même le sujet. L'affaire est trop grave, trop sensible pour que je me substitue aux enquêteurs. Cagnac-les-Mines n'est qu'à cinq ou six kilomètres de la sortie d'Albi, mais c'est déjà un autre monde. Le parcours est une petite ascension, la route s'élève, en lacets d'abord puis en grandes courbes. Comme convenu, j'arrive sur place à

19 heures. Je préfère me garer à bonne distance de la maison des Jubillar et finir à pied pour ne pas attirer l'attention. Peine perdue. Deux voisines m'ont déjà repéré, je l'apprendrai plus tard.

Arrivé devant l'entrée, au 19 de la rue Yves-Montand, je m'arrête un instant pour observer la désormais célèbre façade orange, couleur des briques, dépourvue de crépi. On l'a tellement vue à la télévision et dans les journaux ! C'est comme si elle était tombée dans le domaine public. Quelques semaines plus tôt, suite à l'intrusion d'une équipe de télévision, Cédric a dressé à l'entrée du terrain deux hautes rangées de parpaings censées figurer une barricade… ou un portail. Mais les blocs de béton posés à la hâte sont de guingois. L'un d'eux est tombé et a détruit dans sa chute le pare-brise de la Peugeot 307 de Cédric.

Il fait encore jour. Un talus d'environ trois mètres de haut dissimule l'entrée de la maison. Morceaux de ferraille, palettes en bois, tuyaux, pots de peinture usagés et jouets abandonnés traînent en vrac près de l'entrée du sous-sol. L'extérieur de la maison ressemble effectivement au terrain vague décrit par les médias. Mais qui suis-je pour juger, et de quoi est-ce vraiment le nom ? Je ne suis pas venu pour ça. Ce qui m'intéresse, ce sont les premiers mots, les premiers gestes de Cédric. Pour le rejoindre, je dois encore gravir le talus. Quelques mètres et il apparaît, assis sur une chaise de jardin, juste à côté de la terrasse. Il guettait mon arrivée. Dans mon souvenir, il fume, mais je n'en suis plus tout à fait certain. Il porte un jean avec quelques taches de peinture, une veste de survêtement et des chaussons aux pieds. Comme à la maison. Quand il se lève pour m'accueillir, il ne cherche pas à se grandir, et reste légèrement voûté. Il semble timide et content de me voir, un sourire éclaire son visage. Pour lui aussi, le moment est important. C'est la première fois qu'il rencontre un journaliste. Cela fait plusieurs semaines que nous nous parlons au téléphone, une certaine familiarité s'est installée, mais le vouvoiement est toujours de mise. On se serre la main. Pour meubler un peu, je le remercie de son accueil et lui raconte le petit périple qui m'a mené du Luberon jusqu'à Cagnac.

D'emblée, Cédric me propose de faire le tour du propriétaire. La meilleure façon de briser la glace. Il me demande juste de me déchausser. Nous n'avons pas eu besoin d'en parler, c'est implicite : il n'est pas question que je prenne la moindre photo ce soir, ni de lui ni de sa maison. Je tente donc d'engranger le maximum de détails, la vision d'ensemble, la disposition des pièces, comme si je devais un jour en dessiner le plan. Comme les deux premiers gendarmes arrivés sur place le 16 décembre à 4 h 50, Cédric me fait entrer par la porte qui sépare la terrasse de la cuisine. Je ne prête pas attention à la machine à laver, juste à gauche à l'entrée. À cette époque, début avril 2021, personne n'a encore évoqué la couette ou la housse de couette que Cédric aurait glissée dans le lave-linge juste avant l'arrivée des gendarmes. Non, ma première image, c'est celle de ce frigo américain équipé d'une fontaine à eau et d'un distributeur de glaçons. Un proche de la famille me l'avait décrit comme le symbole des « goûts de luxe » que Cédric et Delphine avaient parfois. Il est couvert de magnets et de quelques photos. Mon regard est attiré par le faire-part de mariage du couple Jubillar, fixé sur la porte droite du frigo, seule trace visible de Delphine à ce stade. La pièce principale fait environ cinquante mètres carrés et regroupe d'un seul tenant la cuisine, la salle à manger et le salon. Les murs sont nus, peints en blanc ou en rouge.

Cédric me fait rapidement traverser le séjour pour me conduire dans le couloir qui mène aux chambres. On commence par la sienne, ou plutôt celle qu'il partageait avec sa femme. C'est la première porte à droite. D'entrée, un détail m'arrache un sourire. La housse de couette du lit conjugal est aux couleurs de l'Olympique de Marseille, bleu et blanc, avec le slogan du club en lettres dorées : « Droit au but ». Cédric n'est jamais allé au stade Vélodrome, mais l'OM est son club de cœur depuis qu'il est môme, me dit-il. Au-delà de cette fantaisie adolescente, je remarque le soin apporté à la décoration de la chambre. C'est Cédric qui s'est occupé du faux plafond, qu'il a habillé de quelques spots. Lui aussi qui a aménagé ce coffrage peint en rouge avec une niche intégrée au-dessus de la tête de lit. J'y remarque un dessin au crayon dans un cadre, une caricature représentant Cédric et Delphine. La ressemblance n'est pas frappante. De l'autre côté de la cloison, il a conçu un dressing et semble plutôt fier de me le montrer. Les piles de vêtements de son épouse sont toujours là. J'aimerais les observer de plus près, mais c'est impossible. Je laisse le maître des lieux mener la visite à son rythme. La chambre communique avec la salle de bains, équipée d'un meuble à double vasque et d'une grande baignoire type « balnéo ». Quelques jouets sont posés sur le rebord. C'est là que

Louis et Elyah prennent leur bain. Un détail me frappe cependant : le décalage entre ce modèle de baignoire plutôt haut de gamme et l'état général de la pièce, dont le sol bétonné n'est pas encore carrelé et dont les murs ne disposent, dans mon souvenir, d'aucun miroir.

Cédric m'invite à jeter un bref coup d'œil aux chambres des enfants. Leur construction est achevée, mais elles manquent un peu de gaieté, surtout celle d'Elyah dont les murs blancs ne sont pas décorés. Je n'aperçois ni jouet ni peluche, peut-être ont-ils été emportés pour les vacances. Au fond du couloir à gauche, dans la chambre de Louis, le lit est protégé par une barrière pour éviter les chutes nocturnes. Le papier peint jaune pâle est tout juste rehaussé d'un petit poster et de quelques gribouillages qui doivent déjà dater de plusieurs années. Entre la chambre d'Elyah et celle de Louis, je remarque une pièce étroite qui pourrait ressembler à une salle de douche. Les travaux sont à peine commencés et la pièce s'est visiblement transformée en un débarras, encombré de matériel de chantier et de pots de peinture. Petite étrangeté, il manque une poignée sur la porte des toilettes. Pas très pratique. Je n'ose demander pourquoi à mon guide.

De retour dans la pièce principale, je lui fais remarquer une porte qu'il n'a pas ouverte. « C'est pour descendre au sous-sol », dit-il sans m'en montrer davantage. Je n'insiste pas. Peut-être n'a-t-il pas envie que je découvre le capharnaüm accumulé au fil du temps dans cette vaste cave. Cédric préfère ouvrir la baie vitrée qui donne sur l'arrière du jardin, où les chiens Gnocchi et Oprah terminent leur repas. Ils ne me prêtent aucune attention. Tant mieux, je n'ai jamais été très à l'aise avec les canidés. Nous nous dirigeons vers le coin salon pour débuter l'apéro. Difficile de s'asseoir sur le canapé d'angle un peu fatigué sans une pensée pour Delphine. Je m'installe sur la partie la plus courte, face au grand écran plat, dos à la cuisine. C'est là que la jeune maman et son fils ont passé leur dernière soirée télé, le 15 décembre. Je ne suis pas très à l'aise, mais Cédric Jubillar a le don pour rendre la conversation légère et fluide. Son accent chantant du Tarn, sa prévenance, son sens de l'humour et sa vivacité en font un hôte très agréable. On en oublierait presque qu'une affaire criminelle est en cours.

Il commence par me servir un Ricard et se prépare un perroquet, mélange de pastis et de sirop de menthe, son apéritif de prédilection. Le gel s'est abattu quelques jours plus tôt sur une grande partie de la France et il fait encore très froid le soir. Ça n'empêche pas Cédric d'ouvrir en grand la fenêtre coulissante qui donne sur la rue pour évacuer l'odeur des joints qu'il se met à fumer en solo. Pour le dîner, il me propose de commander des burgers au foie gras, avec frites et panna cotta en dessert. Un menu roboratif qui me convient très bien. Nous convenons de partager les frais du repas. En donnant son nom à son copain restaurateur, il précise: « Jubillar, le mec le plus connu du Tarn. » Avant d'éclater de rire puis de réprimer une quinte de toux en frappant sa poitrine, le poing serré.

C'est ma première rencontre avec Cédric, il sait que je suis journaliste mais je ne veux pas le brusquer ni lui poser de questions trop précises. On évoque ses projets. Il me parle du Defqon.1, un festival de musique électronique axé sur le « hardstyle » et la techno « hardcore » qui doit avoir lieu aux Pays-Bas dans le courant du mois de juin. Il s'est inscrit, seul, sur la liste d'attente, mais s'attend à ce que l'événement soit annulé à cause de la pandémie de Covid-19. J'avoue ne pas connaître la techno hardstyle et hardcore. Cédric allume alors le large écran plat qui trône dans le salon, se connecte à YouTube et choisit une rétrospective du festival. La foule des spectateurs en transe oscille au rythme des mélodies synthétisées, des basses puissantes et du rythme à 150, 160 voire 180 pulsations par minute. Ce sera la bande-son de notre soirée. Nous parlons aussi de son avenir professionnel. Son CDD se termine fin juillet. Ensuite, il aimerait prendre un mois de vacances avant de démarrer un nouveau job en septembre, mais il n'est pas sûr de pouvoir s'offrir quatre semaines de congé.

Prévoyant, Cédric Jubillar a posé sa journée du lendemain au cas où notre rencontre s'éterniserait. Il évoque Delphine de temps en temps. Une fois pour se souvenir de l'image qu'il a gardée de leurs premières rencontres à l'automne 2005. Une autre fois pour saluer le courage dont elle a fait preuve pour accompagner sa mère dans les derniers mois de sa vie. Mais le reste du temps, il casse du sucre sur son dos. Il critique le fait qu'elle n'ait jamais su « se lâcher » en soirée. « Je ne l'ai jamais vue vomir… » ajoute-t-il, comme si cela prouvait quelque chose.

Avec le recul, Cédric estime aussi qu'elle ne s'est jamais vraiment intéressée à lui. « Avec Delphine, il n'y a jamais eu beaucoup de paroles, me confie-t-il.

Elle n'a jamais été très expressive. Elle ne racontait pas grand-chose et ne me posait pas beaucoup de questions non plus. » Dans les mois qui précèdent sa disparition, il estime que sa femme aurait fait passer ses intérêts personnels avant tout le reste. Il me donne un premier exemple censé appuyer son propos : « À la rentrée, Louis voulait s'inscrire au judo mais il y a deux entraînements par semaine. Pour Delphine, c'était trop contraignant. Donc, il a fallu que Louis renonce et trouve autre chose. C'est normal, ça ? » Finalement, ils l'ont inscrit à l'école de rugby de Cagnac-les-Mines. Mais cet exemple n'est qu'une broutille en comparaison du sujet qui a bouleversé l'équilibre de son couple.

Je ne savais comment l'aborder, Cédric en parle de lui-même. Ce sujet, c'est la fidélité, ou plutôt l'infidélité supposée de son épouse. Des mois plus tard, la question le taraude encore. Son regard se fige et sa voix chantante devient soudain presque menaçante. Il me décrit une scène de ménage qui l'aurait opposé à Delphine à l'automne 2020. Pour donner de la force à son propos, il se lève du canapé. « Delphine, si jamais je trouve la preuve que tu as un amant et que tu couches ailleurs… » amorce-t-il, imitant le ton agressif qu'il aurait employé à son égard. Une seconde se passe, peut-être deux. J'ai le temps de me demander si Cédric n'est pas en train de formuler un début d'aveu. « … Je m'en servirai pour le divorce et je demanderai la garde exclusive des enfants », conclut-il avant de se rasseoir, comme s'il venait de purger un reste de colère. Troublé par la violence verbale qu'il a fugacement laissée paraître, je reste muet et marque un temps d'arrêt. De son côté, la pression est retombée. Cédric précise ensuite qu'il n'a jamais obtenu cette preuve qui aurait pu servir ses intérêts.

La nuit est tombée depuis longtemps. Plus un bruit au-dehors. La température est glaciale. À intervalles réguliers, Cédric place une bûche dans l'insert de la cheminée. Il aime ce geste. Toutefois, je ne comprends pas pourquoi il laisse la fenêtre entrouverte, même lorsqu'il ne fume pas. J'aborde enfin le sujet de la disparition de Delphine, mais seulement sous l'angle des hypothèses qui pourraient être les siennes. Pour lui, l'implication de Simon constitue la piste la plus probable, même s'il n'a aucune certitude. Je lui demande sur quoi se fondent ses soupçons. Cédric évoque une scène furtive qui se serait déroulée l'été précédent, autour d'une piscine. Il aurait surpris ce jour-là un regard « lubrique » de Simon sur Delphine, alors en maillot de bain. Le signe selon lui que cet homme réputé séducteur avait des vues sur son épouse. Cédric me rappelle aussi que Simon, lorsqu'il a trop bu, peut se montrer agressif, voire violent. Un peu court pour étayer de réels soupçons, me semble-t-il, mais je ne m'autorise pas à lui donner mon avis. Et le sujet s'épuise de lui-même, car il n'a pas d'autre piste.

Je lui propose alors de me parler de sa jeunesse, de son enfance. Je sais par un proche de Delphine que Cédric est passé de foyers en familles d'accueil, mais sans en connaître la raison. Cédric n'est pas très disert. Je le trouve même fuyant. Il me dira seulement avoir découvert très tôt un monde fait « de haine, de mensonge et de violence ». Une formule qui semble venir de loin et dont je me souviendrai longtemps.

Je l'encourage à expliciter son propos. Il se dérobe et préfère parler du dernier éducateur qu'il a croisé avant l'âge adulte. Un homme droit qui l'aurait « remis en place ».

Il est plus de 1 heure du matin et je sens que c'est le moment de rentrer. Cédric me propose de rester dormir chez lui, je décline poliment. Nous nous saluons sur la terrasse et convenons de nous revoir dès que possible. En rejoignant ma voiture, garée une centaine de mètres plus haut, chemin de Drignac, je suis assailli par des sentiments contradictoires. Cédric Jubillar vient de me montrer un visage sympathique, sociable et même attachant, si j'ose l'écrire. Il est vif, rapide et s'exprime de façon tellement décomplexée que le soupçon qui pèse sur ses frêles épaules finirait presque par s'évanouir. À l'inverse, ses propos critiques voire agressifs à l'égard de Delphine m'ont semblé le reflet d'une personnalité exubérante, centrée sur elle-même, dénuée d'empathie et de tristesse. Sur la route sinueuse qui plonge de Cagnac vers Albi, je spécule à voix haute sur sa culpabilité ou son innocence. « Ça ne peut pas être lui, ce n'est pas possible, je l'ai observé pendant cinq heures… et puis le simple fait qu'il m'ait reçu et qu'il m'ait fait visiter sa maison montre bien qu'il n'a rien à cacher… Mais si c'est lui, alors c'est un très grand manipulateur, très fort mentalement, très solide… » Cette pensée me donne le vertige.

En arrivant à mon hôtel, je lui écris un message. « Bien rentré à Albi !! Merci encore !! Bonne nuit. » Il est 1 h 37. « Super parfait bonne nuit et merci à vous aussi », me répond-il aussitôt. Après cette soirée du

8 avril, je rencontrerai Cédric chez lui à deux autres reprises, le 16 mai et le 12 juin 2021, mais plus jamais en tête à tête. Pour une raison qui m'échappe, certaines personnes de son entourage feront courir la rumeur selon laquelle je serais resté dormir chez lui en raison d'un prétendu état d'ivresse. L'envie de me nuire peut-être.

Chapitre 12

Stupeur et tremblements

Une semaine après notre première rencontre, je renoue le contact avec Cédric. Les assistantes sociales sont repassées chez lui. « Le deuxième rendez-vous à la maison en présence de mon avocat leur a bien déplu, m'écrit-il, en ponctuant sa première phrase par l'émoticône d'un visage riant aux larmes. J'en ai profité pour mettre les points sur les *i* avec elles... Elles n'ont pas bronché, elles sont reparties très très frustrées. J'en pouvais plus... Je me suis senti pousser des ailes. Bon par contre, j'ai un autre rendez-vous à leur bureau sans mon avocat... Elles vont vouloir remettre ça je pense. Mais je suis en possession d'un dictaphone je vais encore la leur mettre... » Cédric semble décidé à les enregistrer à leur insu, mais dans quel but ? Au-delà de la trivialité de la formule, une peur affleure chez lui que je tente de comprendre.

« Quel est l'enjeu des échanges avec ces assistantes sociales ? C'est clairement pour faire un point sur la garde des enfants ou c'est plus flou ?

— Je ne sais pas mais j'ai l'impression qu'elles sont là pour me les prendre... ou du moins c'est ce que je ressens… Mais en présence de maître Alary, elles l'ont moins ramené… elles ont compris… que je savais jouer moi aussi… vendredi j'ai justement vu l'un des médecins… elle était mignonne et mielleuse, elle avait compris la leçon… je dirai qu'avec les assistantes sociales, il y a 1 à 1 et balle au centre… »

Avec Audrey Assemat, vice-présidente chargée de l'instruction, et Coralyne Chartier, juge d'instruction, le « match » n'a pas encore officiellement commencé. Du moins jusqu'au vendredi 30 avril. Après quatre mois d'attente, Cédric Jubillar est enfin convoqué par les deux magistrates. Prévu initialement le 16 avril, le rendez-vous a été repoussé de deux semaines, en raison semble-t-il de la crise sanitaire et du nouveau confinement en vigueur depuis début avril. Cédric Jubillar et maître Jean-Baptiste Alary ont fait la route ensemble depuis Albi et se présentent en toute discrétion au tribunal judiciaire de Toulouse. Situé en centre-ville, à deux cents mètres des rives de la Garonne, ce bâtiment aux façades orangées est une fourmilière de béton, de verre et d'acier où s'activent chaque jour plus de trois cents magistrats et fonctionnaires de la justice.

Audrey Assemat, ex-juge des enfants au tribunal de grande instance de Toulouse, et Coralyne Chartier, ex-substitute du procureur de la République de Bastia, ont débuté dans leurs nouvelles fonctions de juges d'instruction courant août 2020. L'affaire Jubillar est leur premier dossier avec une telle résonance médiatique. Depuis le premier jour, elles avancent patiemment, sans précipitation, tentant de ne négliger aucune piste pour retrouver le corps de Delphine et approcher la vérité. Elles savent que leur rencontre avec Cédric Jubillar n'est sans doute pas la dernière. Les enquêteurs de la section de recherches de Toulouse estiment avoir épuisé toutes les hypothèses, et plusieurs indices semblent converger vers celle d'un féminicide commis par un mari sur le point d'être quitté. Mais une hypothèse ne fait pas une culpabilité. Pour l'heure, les magistrates ont décidé d'auditionner leur principal suspect comme s'il s'agissait d'une partie civile, autrement dit une victime. Une stratégie qui leur permettra d'observer, dans les semaines à venir, un éventuel changement de comportement de Cédric et une possible erreur de sa part, sait-on jamais…

Il est exactement 10 heures lorsque débute cette première audition de partie civile. Cédric commence par donner des nouvelles assez lénifiantes de lui-même et de ses enfants. « Il y a des hauts et des bas, des interrogations… Louis ne me parle pas trop de sa maman. Il va chez la psychologue tous les quinze jours. La psychologue ne m'en dit pas grand-chose. Je fais tout pour qu'il n'ait pas à pleurer. » Le père de famille s'inquiète surtout de l'impact à long terme de la médiatisation de l'affaire. « Concernant la médiatisation, je suis perdu, comment faire pour arrêter la machine, je n'ai rien fait, rien demandé. Là ils sont petits mais comment ils vont réagir plus tard ? C'est compliqué. Je me dis qu'avec ce statut de partie civile, j'aurais des réponses à leur donner. »

Les magistrates souhaitent l'entendre sur le divorce

qui se profilait. Comment le vivait-il ? « Pour moi c'était tout beau tout rose, et je suis tombé des nues[1]. [...] Pour le divorce, on a parlé de la maison, des enfants pour que tout se passe bien. On était sur du 50-50. Soit on arrivait à vendre la maison et on était tranquilles, soit on faisait de la colocation pour faire avancer les travaux et vendre la maison. » Audrey Assemat et Coralyne Chartier cherchent aussi à savoir s'il avait connaissance d'une relation extraconjugale de sa femme. « J'avais des doutes mais je n'avais pas de preuve réelle, réplique Cédric. J'avais vu qu'elle avait changé d'attitude. Elle prenait soin d'elle, elle se pomponnait, elle se faisait jolie. Quand j'arrivais en avance du travail, elle rentrait elle était belle, et je lui disais qu'elle était allée voir quelqu'un, elle me disait non... » Pour autant, Cédric affirme n'avoir mené aucune recherche pour retrouver cet éventuel amant. Le seul prétendant possible qu'il pense avoir identifié n'est autre que Simon, un homme qui a d'ailleurs intéressé les enquêteurs. « Peut-être qu'il a été un amant, je me dis ça vu que c'était un Don Juan », souffle-t-il.

À propos des heures qui précèdent la disparition de sa femme, Cédric parle d'une soirée « convenable, cool ». Il se couche entre 22 h 30 et 23 heures et se réveille vers 4 heures du matin car sa petite fille pleure. Delphine est introuvable. Il constate que les chiens sont dehors sur la terrasse alors qu'en principe sa femme les rentre au sous-sol en hiver. Il appelle ensuite Delphine et ses copines. Il fait le tour de la maison,

---

1. Quand Delphine a demandé le divorce.

constate que la voiture est toujours là. Dans le secret du cabinet des juges d'instruction, Cédric Jubillar explique qu'il n'est pas dans les habitudes de sa femme de partir de cette façon. Certes, cela s'est déjà produit pendant quelques heures l'été précédent, mais cette fois-ci, il fait froid, c'est l'hiver. Raison pour laquelle il s'est immédiatement inquiété et a appelé les copines de Delphine, puis la gendarmerie. Quatre mois plus tard, ne reste pour lui qu'un énorme point d'interrogation. «J'y réfléchis tous les jours je ne sais plus quoi penser, entre ce que j'ai entendu, vu et lu. C'est pour moi une grande énigme. J'espère au fond de moi qu'elle a pété un plomb, qu'elle est partie et qu'elle attend que tout ça se tasse pour revenir. Avec l'accès au dossier, j'espère avoir des réponses pour les enfants.» En attendant, il se dit incapable d'échafauder une explication rationnelle. «Je n'ai pas plus d'idées que ça, avance-t-il prudemment. Je n'espère pas qu'on la retrouve décédée. Je ne souhaite pas entendre qu'on la retrouve morte pour l'instant. Je ne suis pas pressé de cet appel. J'essaye de relativiser et j'espère son retour, pour les enfants. Ce n'est pas pour revenir avec moi, c'est pas moi qui en ai besoin, ce sont les enfants avant tout, c'est la mère des enfants.» Son discours semble un peu mécanique, dénué d'affect. Mais cela ne prouve absolument rien. Peut-être déploie-t-il d'intenses efforts pour contenir ses émotions.

À la fin de l'audition, les magistrates lui proposent de poser toutes les questions qu'il souhaite. Imaginent-elles que le mari de la disparue, à peine reconnu comme partie civile, va leur demander des informations sur l'instruction en cours, les différentes hypothèses évaluées, les derniers actes d'enquête ou les expertises déjà réalisées ? Pas du tout. Cédric Jubillar préfère leur parler de ses inquiétudes pour l'avenir et de ses problèmes financiers. Il gagne à peine plus de 1500 euros par mois et ne peut faire face, seul, à l'échéance mensuelle de 900 euros du prêt immobilier contracté par le couple auprès du Crédit Agricole en 2013, pour financer l'achat du terrain et la construction de la maison. Certes, la banque a provisoirement suspendu l'obligation de rembourser. Mais qu'en sera-t-il demain ? Audrey Assemat et Coralyne Chartier n'en ont pas la moindre idée.

En quittant le tribunal de Toulouse, Jean-Baptiste Alary, l'avocat de Cédric, n'est pas serein. Cette audition s'est presque trop bien passée à son goût. Quelques jours avant, il a pu consulter la partie du dossier d'instruction correspondant à l'enquête de flagrance. Les documents réunis en un tome rassemblent tous les actes d'enquête et les auditions réalisées au cours de la première semaine qui a suivi la disparition de Delphine. Plusieurs témoignages à charge contre Cédric y figurent et font état de sa personnalité irascible et indolente, de sa violence verbale ou encore de son addiction au cannabis. Autant d'aspects sur lesquels les magistrates auraient pu interroger Cédric Jubillar. Elles ont visiblement décidé de faire l'impasse. En pénaliste averti, maître Alary se méfie mais n'en parle pas ouvertement à son client, qui semble savourer le moment et apprécier de voir son statut de victime reconnu par la Justice.

La tenue de cette audition, restée secrète jusqu'au bout, ne tarde pas à filtrer dans la presse. En milieu d'après-midi, à quelques minutes d'intervalle, *La Dépêche du Midi* et *Le Parisien* révèlent que le mari de Delphine Jubillar a été entendu par les juges et qu'il doit désormais être considéré comme une partie civile. « Cette audition ne scelle pas son statut dans la procédure de manière définitive, prévient toutefois *Le Parisien*. Si de nouveaux éléments apparaissent dans l'enquête, les magistrats peuvent à tout moment décider d'une mesure de garde à vue suivie ou pas d'une mise en examen. »

Dans la soirée du 30 avril, Cédric me répond enfin. J'espérais qu'il me dise un mot sur le contenu de l'audition, mais visiblement, il est contrarié et m'en veut d'avoir publié l'information. « On ne voulait pas le dire de sitôt, écrit-il. Donc quand j'ai dit que je le ferais en premier… tu m'as devancé… donc ça fait ch… maintenant week-end de merde… Même maître Alary est harcelé… on veut la paix… être tranquille… Je prendrai la parole le moment voulu… » Ce moment arrive quelques minutes plus tard. Pour la première fois depuis le début de l'affaire, Cédric s'exprime publiquement via son compte Facebook :

« Bonsoir à vous, je tiens à remercier tous ceux qui m'ont envoyé des messages auxquels je n'ai pas répondu… Effectivement j'ai bien été auditionné… Donc maintenant… Les curieux… Vous savez quoi… Allez faire votre vie fictive ailleurs et laisser moi tranquille… merci… »

Si magistrats et enquêteurs espéraient un changement d'attitude de leur principal suspect suite à la reconnaissance de son statut de victime, ils sont servis.

Dans la soirée du 16 mai, l'écoute téléphonique de la ligne de la petite sœur de Cédric révèle une conversation très ambiguë. Celle-ci discute avec son frère dans l'appartement familial de Carmaux. Elle ignore qu'elle n'a pas correctement raccroché son téléphone après un coup de fil passé à son petit ami. Les enquêteurs interceptent la conversation qui se déroule en tête à tête.

« Oublie pas… de toi à moi, je suis le meurtrier parfait pour l'instant. N'oublie pas, j'ai commis le crime parfait. Si tu as besoin de conseils parce qu'il y en a au bahut qui t'emmerdent, tu me le dis je vais le régler.

— Au pire, je dis : "Il y a un meurtrier dans la famille", et puis voilà…

— Tu le regardes et tu lui dis : "Tu sais qui c'est mon frère ? C'est Jubillar !" »

Lorsque je rencontre la sœur de Cédric courant décembre 2021, BFM TV vient de révéler une partie de cette conversation. Sans se prononcer sur l'innocence ou la culpabilité de son aîné, la jeune fille relativise complètement la portée de ces paroles. Il n'y avait là rien de sérieux, m'explique-t-elle. Ce n'était qu'une plaisanterie, une provocation de plus. Du point de vue des gendarmes, la perception est sensiblement différente. Ils y voient le signe d'un sentiment de toute-puissance qui commence à affleurer chez leur principal suspect. La veille déjà, le samedi 15 mai, profitant d'un week-end où les enfants sont gardés chez leurs grands-parents, Cédric est sorti faire la fête avec Séverine, sa nouvelle petite amie. Leur parcours nocturne s'est achevé à la gendarmerie après avoir tenté de se soustraire à un contrôle routier. Imbibés d'alcool, Séverine et Cédric ont même quitté leur voiture en courant. Rattrapés par les militaires, ils ont été interrogés. Qui donc était au volant ? Séverine s'est dénoncée pour éviter à Cédric des ennuis supplémentaires. Le jeune homme est en effet visé depuis plus d'un an par une suspension de permis à la suite d'un contrôle positif aux stupéfiants. Séverine se verra infliger une suspension de quatre mois.

Le dimanche en début d'après-midi, après quelques heures de sommeil, le nouveau duo de choc se présente au rendez-vous fixé par les copines et voisines de Delphine sur le parking du stade de Cagnac-les-Mines. Cinq mois jour pour jour après la disparition de l'infirmière, une opération de recherches est organisée dans une zone boisée, derrière le cimetière de Saint-Dalmaze. Une soixantaine de volontaires et une dizaine de médias, locaux et nationaux, ont répondu à l'appel. Casquette noire sur la tête et petite sacoche en bandoulière, Cédric reste à bonne distance des organisatrices qui se succèdent au micro pour saluer la mémoire de leur amie disparue. Le mari de Delphine ne dit rien, mais c'est vers lui que tous les regards et tous les objectifs se tournent. Aidé par Séverine, qui se camoufle dans sa doudoune, il éconduit les journalistes un par un et accorde même des bons points à ceux qui n'insistent pas. La battue débute sous la pluie et dans la boue du terrain de motocross de Cagnac. Cédric et Séverine, que personne n'a encore identifiée comme sa nouvelle petite amie, y participent, puis rebroussent chemin au bout d'une demi-heure.

« Cela ne sert à rien de venir ici, cela a déjà été fait cent fois… » m'explique Cédric avant de quitter discrètement les lieux.

Je le retrouve le soir même à son domicile, où je fais la connaissance de Séverine. Leur nuit mouvementée a laissé quelques stigmates, ils ont les traits tirés. Cédric semble lassé de ce mauvais rôle qui lui colle à peau. « Pourquoi les médias focalisent tout sur moi ? » me demande-t-il sans attendre de réponse, avant de renverser la charge. « Pourquoi l'amant de Delphine n'était-il pas là ? Pourquoi les frères et sœur de Delphine n'ont-ils pas participé aux recherches ? Personne ne semble se poser la question. » Concernant l'amant, je n'ai pas la présence d'esprit de lui demander comment il peut savoir qu'il n'était pas là. Quant aux frères et à la sœur, c'est probablement le chagrin qui leur a ôté la force de se joindre à ce rassemblement de bonnes volontés. Comment leur en vouloir ?

Le lendemain, changement de ton, changement de registre. Cédric Jubillar a visiblement envie de solder ses comptes avec l'une des amies de Delphine les plus impliquées dans les opérations de recherche. Dans des échanges écrits que j'ai pu consulter, il se montre critique, moqueur et très méprisant. « Ce qui m'a fait rire, c'est votre façon de parler, de rire ou de pleurer avec vos tee-shirts et banderoles, vous êtes pathétiques », persifle-t-il. Un peu plus loin, il met tout le groupe des copines de Cagnac dans le même sac : « Vous n'êtes qu'une bande de dindes gloussant devant les caméras. Ce n'est pas moi le premier à le dire… mais les commentaires sur Internet… Vous faites pitié.» Puis, toujours aussi sûr de lui, il assène avec ce second degré un peu grinçant: «Continuez vos battues au cimetière, ça fait trois mois qu'on a fouillé à cet endroit. Je te dis bravo pour votre initiative. Vous avez réussi à faire venir un peu de monde et à faire parler de vous… mais pour le reste.» Jamais il n'écrit le prénom de sa femme ou n'évoque son souvenir. Ou alors seulement pour dissuader son interlocutrice de poursuivre les recherches. «Sache que si elle s'est barrée de son propre plein gré, elle ne reviendra pas tant qu'il y aura autant de bruit sur l'affaire… Nous sommes tous discrets. Tu as vu la vraie famille à Delf faire un discours?» Puis il porte l'estocade: «Pour moi, vous entravez l'enquête en ne cherchant que là[1]. J'ai même l'impression que c'est le but… comme si vous saviez et qu'en cherchant là, vous êtes sûres de ne rien trouver. Voilà mon ressenti…» Emy, la destinataire de cette prose, garde son calme et réplique sobrement: «Excuse-moi de vouloir faire au mieux pour retrouver ma copine.»

Le 4 juin, c'est la stupeur sur les réseaux sociaux. Cédric Jubillar publie sur son compte Facebook la photo de son nouveau couple. Le cliché est filtré, baigné d'une lumière ocre artificielle qui ajoute à l'incongruité de la scène. Vêtu d'une chemise blanche, Cédric apparaît la tête inclinée, appuyée tendrement contre le front de Séverine, jolie blonde décolorée aux pommettes saillantes. Les deux esquissent le même

1. Autour du cimetière de Saint-Dalmaze.

sourire discret, empreint de sérénité. La photo fait naturellement scandale. Je contacte Cédric pour lui demander une explication. « Cette photo, c'est pour la remercier de me soutenir et surtout d'être là comme une amie… » me répond-il. Puis, dressant un parallèle entre sa situation et la relation extraconjugale probablement vécue par Delphine plusieurs mois plus tôt, il réplique : « Avant de s'indigner devant une pseudo-idée, comment accepter qu'une femme loue des chambres d'hôtel et autres Airbnb pour aller tromper son mari… C'est mieux ça ?? Donc, qu'ils me foutent la paix. » Je le relance une dernière fois pour tenter de comprendre la logique de cette publication. « Comme ça… Une envie… Comme ceux qui veulent des fraises… » conclut-il dans un message ponctué de deux émoticônes rigolards…

Une semaine plus tard, je retrouve Cédric à l'occasion de la marche blanche organisée par les collègues infirmières de Delphine. Dissimulé derrière une banderole en hommage à sa maman disparue, le petit Louis tient deux roses blanches à bout de bras. Il demande à Michelle, l'ex-binôme de Delphine, si elles seront bien visibles sur les clichés des photographes qui accompagnent la progression du cortège dans les rues d'Albi. Quelques rangs derrière, Cédric Jubillar observe la scène. Lui aussi tient une rose à la main. En chemise bleue, tongs et bermuda, le visage dissimulé sous un masque chirurgical, une paire de lunettes de soleil aux couleurs du drapeau américain et une casquette noire, il marche en direction de la clinique Claude-Bernard aux côtés de Stéphanie et

Sébastien, la sœur aînée et le frère cadet de Delphine. Ils s'adressent à peine la parole. Fidèle à son tempérament, Cédric peste contre la présence de la dizaine d'objectifs et de caméras qui tentent de lui tirer le portrait. C'est sa dernière apparition publique avant un long moment.

Chapitre 13

Garde à vue

Mercredi 16 juin. Cela fait six mois, jour pour jour, que Delphine n'a pas donné le moindre signe de vie. La matinée est tiède et ensoleillée, Cédric est en route pour son travail. En ce triste anniversaire, pense-t-il encore à sa femme ? Ou rumine-t-il plutôt la dispute qui l'a opposé la veille au soir à Séverine, sa nouvelle petite amie ? Jalouse de ses contacts supposés avec d'autres femmes, elle l'a copieusement insulté avant de lui annoncer son intention de rompre. La scène s'est déroulée chez elle. Cédric est immédiatement rentré à Cagnac, et les deux amants ne se sont pas parlé depuis. Côté boulot, c'est plutôt tranquille : il doit poser une couche de peinture dans la cage d'escalier d'une maison de l'avenue Dembourg, juste à côté de la gare d'Albi. Puis, en début d'après-midi, il a rendez-vous au cabinet de son avocat, maître Alary, dans le centre-ville. Pour la première fois, Cédric va pouvoir consulter le dossier d'instruction. Du moins ce que les juges ont bien voulu transmettre, c'est-à-dire l'enquête de flagrance réalisée au cours de la première semaine après la disparition. Ce n'est peut-être qu'un dixième du dossier global. Mais pour lui, c'est déjà beaucoup. Il va pouvoir enfin lire ce que la centaine de témoins interrogés ont déclaré à son sujet. Notamment son fils et sa mère.

Peu avant 13 heures, Cédric quitte son chantier et s'assoit à bord de la Peugeot 307 prêtée par un ami concessionnaire automobile. Il n'a toujours pas récupéré son permis mais pense pouvoir compter sur la mansuétude de la gendarmerie. Il n'est quand même pas n'importe qui... Avant de démarrer, il appelle son patron pour faire le point sur l'avancée des travaux. À cet instant précis, plusieurs gendarmes encerclent la voiture. En civil et en uniforme, les enquêteurs de la section de recherches de Toulouse sont à la manœuvre, appuyés par des militaires du peloton de surveillance et d'intervention de la gendarmerie d'Albi. Ce dispositif ne semble pas impressionner le jeune homme plus que ça : « Vous ne voyez pas que je suis au téléphone ? Je suis en ligne avec mon patron », lance-t-il aux gendarmes, comme un premier pied de nez. Puis il se ravise, raccroche et sort de la Peugeot. « C'est toujours le mari qui est suspecté... » lâche-t-il dans un étrange sourire avant qu'on lui passe les menottes. Il est 13 heures. Cédric Jubillar est placé en garde à vue pour une durée de vingt-quatre heures, renouvelable une fois. À l'intérieur de son sac à dos saisi dans la voiture, les gendarmes découvrent son téléphone Samsung, une petite dizaine d'euros, une boîte de pâté, des couverts en plastique... et un pistolet à billes Beretta de type Airsoft. Est-ce pour aller s'amuser après le travail ou pour donner l'illusion qu'il est armé ?

Environ vingt minutes plus tard, à une quinzaine de

kilomètres de là, c'est au tour de Nadine, la mère de Cédric, de recevoir la visite surprise des gendarmes. Elle aussi est placée en garde à vue. Louis et Elyah, qui passent la journée chez leur grand-mère, font alors l'objet d'une demande de placement provisoire chez leur tante Stéphanie, la sœur de Delphine. Une mesure décidée en urgence par le parquet d'Albi. Olivier, le mari de Nadine, est prié quant à lui d'interrompre sa tournée de chauffeur-livreur et de se rendre sur-le-champ à la gendarmerie de Gaillac, à une vingtaine de kilomètres à l'ouest d'Albi. C'est là que la section de recherches de Toulouse a décidé d'établir son QG le temps de cette triple garde à vue.

*

Il est 15 h 55 lorsque débute la première audition de Cédric Jubillar. Son avocat, Jean-Baptiste Alary, a dû interrompre son déjeuner d'affaires et a pu s'entretenir avec son client. Dehors, le soleil tape et la nouvelle de l'interpellation, révélée par *Le Parisien*, tourne déjà en boucle sur les chaînes d'information en continu. Un vrai coup de tonnerre après six mois d'une enquête extrêmement discrète. Invité par les gendarmes à livrer une déclaration spontanée, le jeune homme donne le ton en quelques mots : « Je suis surpris, mais c'est tout. » Comme toujours en pareille situation, les enquêteurs vont d'abord explorer son « parcours de vie ». Un round d'observation. Au cours de ces premières minutes, une relation humaine s'installe, la tension consécutive à l'arrestation baisse de quelques crans. C'est aussi le moment où la dialectique et les éventuels tics de langage se révèlent. Les premières failles aussi. Cédric, lui, ne cherche pas à enjoliver les choses. Il évoque notamment les difficultés professionnelles traversées entre 2017 et 2020, mais à sa façon, en rejetant la responsabilité sur les autres : « J'étais autoentrepreneur, explique-t-il. Le problème, c'est la sous-traitance et les artisans qui ne payent pas. J'ai aussi eu un chantier avec des clients qui n'ont pas payé, donc ça m'a mis dans la merde. »

Interrogé ensuite sur les moyens de communication dont il dispose, le jeune homme affirme avoir récemment supprimé son compte Facebook. « Je suis sorti des réseaux sociaux, glisse-t-il, [...] j'en ai eu marre d'être acculé, j'ai tout quitté et j'ai tout supprimé. » Mais il n'a renoncé ni à *Game of Thrones*, « un jeu de guerres et de conquêtes », dit-il, ni à la belote et au poker en ligne. « *Game of Thrones*, j'y jouais tous les jours, environ trente minutes. Je joue en ligne et en équipe et si on ne se connecte pas pendant vingt-quatre heures on se fait attaquer donc je mettais un bouclier pour pouvoir faire une pause. » Sur un registre plus intime, Cédric indique s'être inscrit sur Meetic en octobre 2020. « C'est le seul [site de rencontres] que j'ai payé et auquel j'ai vraiment participé, j'en ai essayé d'autres et quand j'ai vu que c'était payant j'ai lâché l'affaire [...] Comme je travaille tout le temps et que je sors pas des masses c'était une option pour essayer de faire des rencontres. » En revanche, il élude lorsqu'on lui demande s'il n'a pas déjà essayé Gleeden, le site de rencontres utilisé par sa femme. « Je ne pense pas, ça ne me parle pas », dit-il. Les enquêteurs savent qu'il a pourtant installé cette application sur son téléphone dès le 21 mai 2020.

Cédric Jubillar est questionné sur l'étendue de ses relations sociales. « Je ne fréquente pas grand monde en général, reconnaît-il. Deux ou trois collègues de pêche, des collègues d'anciens boulots mais pas plus. J'ai beaucoup de connaissances mais pas beaucoup d'amis. » Il évoque aussi sa nouvelle situation financière, qu'il juge compliquée : « J'ai le crédit de madame toujours et ensuite j'assume seul ce qu'on assumait à deux au départ, j'essaie de faire face. » Les gendarmes veulent aussi entendre le mari de Delphine sur sa consommation de cannabis. « Je fume sept, huit, neuf joints par jour, mais il y a aussi du CBD[1] », amorce-t-il. Pourquoi du CBD ? « Pour essayer d'être dans la légalité : on a le goût, le plaisir mais pas la défonce, il n'y a pas de psychotrope », détaille Cédric. Au doigt mouillé, il estime son budget mensuel « drogue » entre 300 et 400 euros.

Le premier interrogatoire rentre ensuite dans une phase plus personnelle, où il est question de l'enfance de Cédric. Il ne voit rien de particulier à raconter sur ses premières années de vie, avant qu'une juge des enfants d'Albi ne demande son placement « dans un foyer puis dans une famille d'accueil ». Le point de bascule, selon lui. « Je faisais des bêtises, c'était de ma faute, poursuit-il. J'ai trouvé très dur car en foyer c'est très compliqué. À 16 ans, j'ai trouvé une famille d'accueil en or qui m'a remis dans le droit chemin, je me suis accroché et j'ai repris goût à la vie. C'était Yves N., il est décédé y a pas longtemps. » Cédric développe

1. CBD ou cannabidiol, un dérivé du cannabis dont la commercialisation est légalisée en France.

peu la nature de ses « bêtises », ses réponses sont assez lapidaires. « J'étais en échec scolaire, je répondais aux professeurs, je fumais dans les établissements. J'étais le mauvais élève par excellence et mes parents n'arrivaient pas à me gérer [...] Je pense que c'était un refus d'autorité. Peut-être aussi les fréquentations. Je restais avec ceux qui n'étaient pas forcément sages en classe. » Les gendarmes tentent de comprendre son ressenti profond sur cette époque de sa vie.

« Comment est intervenu le placement en foyer ? demandent-ils.

— Je me dis que c'est peut-être le collège mais j'étais persuadé que c'étaient mes parents qui m'avaient jeté. Aujourd'hui, je pense que mes parents ont essayé mais ils n'ont pas réussi à canaliser le personnage que j'étais. »

Cédric évoque à demi-mot le premier placement dont il a fait l'objet, « vers 2 ou 3 ans ». « Cette fois, je pense que c'est ma mère qui a fait une bêtise », glisse-t-il avant de brosser rapidement les souvenirs heureux qu'il conserve de ces années au sein de sa famille d'accueil, entre Béziers au bord de la mer et Belcaire dans l'Aude. Il dit ensuite avoir été « renvoyé » chez ses parents à l'âge de 7 ans. Le début d'une période plus sombre. « J'ai subi quelques branlées de la part de mon beau-père, lâche-t-il. Il s'agissait de claques, de fessées. La dernière, je devais avoir 14 ou 15 ans quand j'ai pris une dérouillée comme ça. Une vingtaine de fessées, ça pique. » Mais Cédric n'a aucune envie de s'étendre sur le sujet. Olivier, ce beau-père qu'il appelle « papa », semble avoir traversé son existence comme une ombre. « Il était présent mais pas proche, reprend Cédric. Il ne s'intéressait pas vraiment à moi, mes envies, mes besoins. » Son géniteur, lui, n'a jamais été là. « Il n'a pas voulu m'assumer, un autre l'a fait à sa place », résume froidement le jeune homme. À rebours de ces deux personnalités absentes, n'émerge finalement qu'une seule figure masculine « positive », celle du grand-père maternel, Claude R. « Petit, quand je vivais chez mes parents, je passais tous mes week-ends chez lui, j'y faisais les quatre cents coups et j'étais pas grondé », apprécie-t-il. C'est la fin du premier acte, après deux heures d'échanges. En réveillant avec empathie les souvenirs d'enfance, le major G. et l'adjudant H. pensent avoir noué un premier contact avec l'homme qui leur fait face.

Au cours de cette garde à vue, ils suivent une trame de questions élaborée largement en amont mais doivent être capables d'en sortir à tout moment pour rebondir sur une réponse inattendue. Le duo est également assisté par des officiers de police judiciaire spécialistes des sciences du comportement qui, les yeux rivés sur leurs écrans, ne perdent pas une miette de ces échanges filmés et enregistrés. Les mots de Cédric Jubillar, la tonalité, les silences, les expressions du visage, la posture, les mouvements parasites des mains, des jambes, des pieds, tout les intéresse. Et tout peut avoir du sens.

*

Après une demi-heure de pause, la garde à vue reprend. Les échanges vont progressivement se resserrer autour de la vie de couple de Cédric.

« Parlez-nous de l'amour en général, proposent les gendarmes.

— C'est beau, c'est bien quand c'est partagé et ressenti, pour moi ça évoque la famille et le bien-être.

— Qu'est-ce qu'être amoureux pour vous ?

— Quand l'autre nous manque, penser tout le temps à l'autre, un sentiment de bien-être quand on est avec cette personne et dans ses bras. »

Dans la continuité, Cédric présente la naissance de Louis, son fils, comme « le fruit de notre amour entre Delphine et moi ». Il donne presque la même réponse au sujet de leur fille, Elyah, mais introduit un mot assez incongru : « Techniquement, la même chose, le fruit de notre amour avec une petite sœur à offrir au grand. » Ce n'est pas la première fois que le père de famille utilise ce « techniquement » en début de phrase. Il s'en est déjà servi le 16 décembre au petit matin, lors de son premier appel téléphonique à la gendarmerie. « Techniquement, si elle part chez son amant, elle a tout perdu au niveau du divorce donc je ne pense pas qu'elle ait fait ça », a-t-il glissé. Ce terme lui servirait-il de rempart inconscient lorsqu'il cherche à dissimuler le début d'un malaise ? Cédric raconte ensuite sa première rencontre avec Delphine. « C'était une soirée d'anniversaire au mois d'août, c'était il y a quinze ans, on a échangé quelques bisous et ça en est resté là [...] On s'est recroisés à une autre soirée. On a discuté et on a décidé de faire quelque chose ensemble de sérieux et ça a duré jusqu'à cette histoire, presque dix-sept ans, seize ans. » À l'écouter, les premiers problèmes du couple seraient apparus lorsqu'ils décident de se lancer dans le projet de construction de la maison de Cagnac. « C'est là que c'est devenu difficile notamment avec des difficultés financières de tout gérer et tout assumer, souffle-t-il. On a peut-être fait une maison un peu trop grande pour notre budget. » Plus récemment, au cours du premier semestre 2020, les deux époux se seraient insidieusement éloignés l'un de l'autre. Cédric avance deux explications : la dureté de la crise sanitaire du Covid qui aurait poussé Delphine à se replier sur elle-même, et ses propres horaires de travail. « De janvier à juillet 2020, je pars vers 4 heures du matin, je rentre vers 18 h 30 et je me couche vers 21 h 30 », détaille-t-il, oubliant les mois d'avril et de mai pendant lesquels il ne travaille pas. La bascule, selon son récit, survient un jour d'été : « Delphine m'a annoncé qu'elle voulait divorcer. La gendarmerie est venue chez nous pour dire que ma voiture gênait et ça a dû faire déborder le vase de madame. Elle me dit qu'elle en a marre, qu'elle veut me quitter et on essaie de recoller les morceaux. »

« Qu'est-ce qu'elle vous reproche exactement ? questionne un enquêteur.

— De ne pas avoir de CDI vu que je venais de le refuser, de ne pas avoir de rentrées d'argent, d'avoir un sale caractère, de crier, de ne plus être attentionné, de ne plus être mielleux avec elle, de ne plus prendre soin de moi, je me rasais plus comme elle voulait, tout ce genre de petits détails qui font qu'elle en a eu marre. »

Cédric décrit, à sa manière, le mécanisme désormais irréversible de la séparation. Un modus vivendi sans paroles, où l'on se passe le relais pour les enfants et c'est tout. Les emplois du temps morcelés de l'infirmière de nuit n'arrangent rien. Un mois et demi après la première annonce de son envie de divorcer, Delphine confirme son intention en dépit des efforts que Cédric dit avoir déployés. « Je ressens d'abord de la tristesse et de la déception [...] jusqu'à ce que je me rende compte que ça sert à rien et que je m'inscrive sur les sites de rencontres. » Le couple envisage une garde alternée des enfants, « du vendredi au vendredi », et se donne jusqu'en juillet 2021 pour finir les travaux de la maison et la mettre en vente. En décembre, la relation ne se détériore pas particulièrement selon Cédric. « Non, ça continue pareil, chacun fait sa vie, on mange ensemble, on dort ensemble, tout le monde revient le soir et le matin au domicile », poursuit-il. Les gendarmes disposent pourtant de nombreux témoignages qui racontent l'état de nervosité grandissant de Cédric Jubillar au cours de cette période, dans les deux ou trois semaines qui précèdent la disparition de sa femme. Mais pas question d'en faire état pour le moment. Le deuxième acte de la garde à vue de Cédric s'achève à 19h35, ce mercredi 16 juin.

Deux heures plus tard, la nuit n'est pas encore tombée sur Gaillac. Après deux premiers interrogatoires qui se sont déroulés sur un mode très bienveillant, les gendarmes décident de resserrer progressivement l'étau. C'est la fameuse technique de l'entonnoir. Partir de sujets très périphériques et assez inoffensifs pour arriver, petit à petit, aux questions les plus sensibles. Le troisième interrogatoire se concentre désormais sur le programme des journées qui précèdent la disparition, les horaires de chacun, l'organisation des repas. Puis les enquêteurs abordent dans le détail la journée du 15 décembre. Cédric doit raconter tout ce qu'il sait, depuis son réveil vers 6 heures du matin jusqu'au moment de son coucher. Cédric affirme notamment avoir sorti les chiens après le dîner, pendant « quinze ou vingt minutes ». Dans le même temps, il aurait joué sur son téléphone à *Game of Thrones* jusqu'à l'extinction de son appareil. « Je suis tombé en panne de batterie quand je sors pour sortir les chiens, précise-t-il. Le jeu a pris toute la batterie. Je le mets en charge dans la chambre en rentrant et voilà. Je vais à la douche et dodo. Je le rallume après la douche et après je vais au lit. » Les enquêteurs estiment que ce récit se heurte à un élément technique établi par l'expertise du téléphone. Lorsque son appareil est éteint ou placé en mode avion, à 22 h 08, le niveau de charge est en effet évalué à environ 40 %. Pourquoi Cédric dit-il que la batterie est à plat ? Là encore, il n'est pas question d'apporter de contradiction frontale. Pas encore. À partir du moment où il dit s'être endormi, Cédric n'aurait eu aucun contact avec ses proches.

« Entendez-vous Delphine venir se coucher ? teste l'un des gendarmes.

— Non, quand je dors, je dors, et puis chacun restait de son coin, donc... On ne se touchait pas du tout dans le lit.

— Vous vous endormez jusqu'à quelle heure ?

— 3 h 45, aux alentours de 4 heures Elyah hurle, elle pleure. Je récupère la sucette et je la recouche. C'est par la suite que j'ai vu que Delphine n'était plus à la maison en ayant fait le tour et en inspectant tout.

— Quel tour faites-vous ?

— Toute la maison : la partie habitable puis le sous-sol et après l'extérieur. Je ne peux pas faire le tour donc je descends au niveau des voitures, je remonte, je l'appelle. »

Mais il admet ne pas avoir eu la curiosité d'aller jeter un coup d'œil à l'intérieur de la Peugeot 207 de Delphine. Étrange. À cet instant crucial de l'interrogatoire, les enquêteurs feignent d'adhérer à sa version des faits. Ils lui demandent simplement quelle idée le traverse alors. Selon Cédric, Delphine a très bien pu sortir promener les chiens et faire une mauvaise rencontre. Une piste déjà évoquée lors de son audition du 24 décembre. Il avait alors affirmé que son épouse avait l'habitude de sortir Gnocchi et Oprah « vers 23 heures ou minuit ». Cet élément est pourtant contredit par plusieurs dizaines de témoignages. Mais Cédric appuie cette idée à l'aide d'une précision qu'il a déjà apportée aux premiers gendarmes arrivés chez lui le 16 décembre à 4 h 50. En sortant de son domicile, il aurait vu ses chiens sur la terrasse, juste devant la porte de la cuisine. « Ça me fait tilt car ils ne sont pas rentrés au sous-sol », avance-t-il. Cédric tente alors d'appeler à plusieurs reprises son épouse, puis contacte ses copines et alerte ensuite la gendarmerie.

« Que faites-vous en attendant la patrouille ? interrogent les militaires.

— Rien. J'attends, je continue d'appeler Delphine.

— Vous ne ressortez pas la chercher ?

— Si, je fume dehors sur la terrasse.

— Que ressentez-vous à ce moment-là ?

— De l'inquiétude, l'angoisse, la peur, je suis stressé, je me demande où elle est. »

Cédric raconte ensuite qu'à l'issue de la journée du 16 décembre, la confusion est totale. « Je suis perdu, je n'ai rien compris de ce qui s'est passé de la journée, je suis déboussolé [...] Je n'ai pas d'hypothèse, ça peut être n'importe quoi, elle a pu péter les plombs, partir pour la journée. Je me dis qu'elle a eu un ras-le-bol et qu'elle s'est barrée. » Les gendarmes donnent l'impression de desserrer l'étreinte et enchaînent sur la chronologie des jours suivants. « Le dimanche 20 décembre, j'essaie à partir de là de ne pas pleurer, de souffler, de ne pas penser à ça et essayer de changer les idées aux enfants et de relativiser », énonce le père de famille, doté décidément d'une force de caractère peu commune. Ce dernier mot fait toutefois tiquer les gendarmes.

« Que voulez-vous dire par "relativiser" ?

— Qu'il faut que j'arrête d'être en bas du trou, qu'il faut que je relève la tête pour les enfants et pour Delphine. »

Il est bientôt minuit. La première journée de garde à vue de Cédric Jubillar touche à sa fin. Les enquêteurs tentent alors de fissurer ce qui ressemble selon eux à une forteresse de dénégations. Leurs questions deviennent soudainement plus tranchantes.

« Le jour de la disparition, vous dites que vous cherchez partout dans la nuit. Savez-vous que votre téléphone est équipé d'un podomètre ?

— Non je ne sais pas mais je n'ai pas cherché Delphine avec mon téléphone dans la poche puisqu'il est dans la chambre. Je la cherche puis je reviens sur mon téléphone qui est posé sur le bar.

— Vous la harcelez au téléphone mais vous n'avez pas le téléphone en main ?

— Non, je ne l'appelle pas en marchant. »

Non seulement Cédric Jubillar semble avoir réponse à tout, mais son explication résiste en partie au crash-test. Il a pu effectivement rechercher son épouse dans la maison et à l'extérieur pendant quelques minutes, entre 3 h 45 et 3 h 53, avant de rallumer son téléphone, rester en position statique et appeler Delphine à de multiples reprises lors des minutes suivantes. Ceci expliquerait pourquoi le podomètre n'a enregistré que quarante-six pas entre 3 h 53 et 4 heures. En revanche, le nombre de pas enregistré au cours de l'heure suivante, deux cent cinquante-cinq entre 4 heures et 5 heures (soit moins de deux cents mètres parcourus en une heure), n'est pas exactement le reflet d'un homme qui se démène pour chercher sa femme.

À l'issue de l'audition, la juge d'instruction Audrey Assemat, présente à Gaillac, décide de prolonger toutes les gardes à vue de vingt-quatre heures. Celle de Cédric, bien sûr, mais aussi celles de ses parents. La journée du lendemain s'annonce brûlante et décisive.

Chapitre 14
« Dis-nous la vérité »

Après quelques heures de demi-sommeil, la seconde journée de garde à vue débute à 9 h 35. Face à Cédric Jubillar, le même duo de gendarmes. Cette fois, pas de round d'observation. Le personnage est coriace. Alors les militaires tentent d'emblée de le déstabiliser. Ils lui exposent les critiques et les doutes à son égard que Séverine, sa nouvelle petite amie, aurait exprimés au cours d'une audition qui s'est déroulée la veille. Après cette entrée en matière, il est ensuite longuement question de sa conception pour le moins agressive de l'éducation de son fils. « De temps en temps, il me fait péter un plomb, il n'écoute pas et il fait toujours les mêmes bêtises », se défend Cédric.

« Pensez-vous que vous reproduisez ce que vous avez vécu avec votre beau-père ? questionne un des gendarmes.

— J'essaie que non mais pour les beignes et les tirages d'oreille, oui, je reproduis. C'est le même procédé, ça reste de la violence physique.

— Pourquoi vous dites que vous essayez ?

— Parce que je ne le bats pas comme il me battait.

Ce n'est pas de la violence comme moi j'ai pu subir. Ça n'a rien à voir, ce n'est pas tous les jours. »

Le terrain est sensible. Cédric Jubillar pourrait-il se laisser fragiliser par les émotions en se remémorant des épisodes sans doute enfouis depuis l'enfance ? Il ne laisse rien transparaître. Les enquêteurs sondent alors sa connaissance réelle ou supposée du fait que sa femme avait un amant. Que savait-il précisément ? Sur les multiples variations à ce sujet et l'espionnage intensif auquel il se livre lors des mois précédant la disparition de son épouse, il trouve une justification : « Si elle me prend pour un con, je ne veux plus faire un divorce amical. » Cédric explique avoir alors besoin d'éléments factuels pour prouver l'existence d'un amant, en vue d'une procédure de divorce qu'il envisage désormais de manière conflictuelle.

Un autre point, plus tangible celui-là, semble déranger les gendarmes. « Pourquoi ce soir-là Delphine serait repartie promener les chiens ? » s'enquièrent-ils. « Parce que j'avais fait une mini-balade et donc je lui ai peut-être demandé d'aller promener les chiens à nouveau », hasarde Cédric. Il est encore une fois interrogé sur son programme de la soirée. « J'ai promené les chiens en face, je suis rentré, j'ai chargé mon téléphone, j'ai pris la douche, un petit câlin et dodo », avance-t-il. Les enquêteurs ont le sentiment qu'il récite une leçon apprise par cœur. Alors, ils ne relâchent pas la pression. Au contraire, ils enfoncent le clou et placent le jeune homme face à une somme de témoignages en contradiction, selon lesquels Delphine ne se promenait jamais seule avec les chiens le soir. Acculé, Cédric résiste. Encore et toujours. « Je suis désolé, mais c'est la vérité, c'est déjà arrivé, soutient-il. Les autres ne devaient pas la voir. » De la même manière, il balaie les témoignages de deux voisines qui disent avoir entendu les cris de détresse d'une femme ce soir-là pouvant provenir de chez lui, à une heure où Louis serait parti se coucher. Des cris accompagnés par les aboiements de deux chiens. Il conteste aussi la moindre dispute avec son épouse en cette soirée du 15 décembre et a même la présence d'esprit d'apporter un contre-argument.

« Louis dit qu'il entend des gros mots et "on va se séparer", rappelle un gendarme.

— Cette phrase-là prouve bien que c'est vieux puisqu'on est déjà dans la séparation donc je veux bien accepter qu'on se soit disputés, mais pas ce soir-là. »

Enfin, Cédric trouve matière à s'expliquer sur les deux premières constatations des gendarmes. S'il s'affairait autour de sa machine à laver au moment de leur arrivée, vers 4 h 50 du matin, c'est tout simplement parce qu'il était en train d'étendre du linge à l'issue d'un cycle de lavage probablement lancé la veille. « Je ne sais pas quoi faire à la maison alors j'essaie de faire des occupations », dit-il sérieusement au sujet du moment qui s'écoule entre son appel à la gendarmerie et l'arrivée des deux premiers militaires sur place. Toujours aussi déroutant, le jeune homme détaille la tenue vestimentaire qu'il porte au petit matin. « Je suis en pyjama, je me suis habillé pour faire le tour de la maison, j'ai mis un pyjama avec deux oreilles sur la tête et une queue. Un pyjama panda, c'est le seul chaud que j'ai. » Juste avant la fin de cet interrogatoire matinal qui aura duré trois heures, Jean-Baptiste Alary, l'avocat de Cédric Jubillar, fait préciser à son client qu'il n'a aucune certitude sur le fait que Delphine soit effectivement sortie promener les chiens. « C'est une supposition », abonde Cédric.

La pause déjeuner arrive au bon moment pour lui. Il va pouvoir reprendre ses esprits, se repasser le film des derniers échanges qui ont tourné au bras de fer et se préparer avant la douzaine d'heures de garde à vue qu'il lui reste. Doté d'une certaine intelligence situationnelle, il a compris que le plus dur était encore devant lui. Désormais, chaque question peut ressembler à un coup de poing. Certes, il s'est forgé depuis sa petite enfance une capacité sidérante à encaisser les coups. Mais de quels éléments disposent encore les gendarmes ? Possèdent-ils des cartes maîtresses qu'ils abattront au dernier moment ou sont-ils en train de bluffer ? Joueur de poker dans l'âme, Cédric est encore plongé dans ses réflexions lorsque les officiers de police judiciaire viennent le chercher dans sa cellule. Sur le chemin qui le mène à la salle d'interrogatoire, il croise sa mère, Nadine, elle-même placée en garde à vue depuis la veille. Cédric le comprend en la voyant. Évidemment, cette rencontre ne doit rien au hasard. Les gendarmes tentent d'activer tous les leviers psychologiques pour le pousser dans ses retranchements et lui faire perdre son étonnant sang-froid. D'ailleurs, ils ne tardent pas à évoquer Nadine.

« Lors de son audition, votre maman parle d'une phrase que vous lui avez dite : “J'en ai marre, je vais la tuer…”, amorce l'un des deux enquêteurs.

— … je vais l'enterrer.

— Qu'est-ce que vous en dites ?

— Je me souviens pas avoir dit ça.

— Je fais le début de la phrase, vous la continuez et vous ne vous en souvenez pas ?

— On l'a entendue partout, cette phrase. »

Quelques instants plus tard, Cédric reconnaît avoir prononcé ces mots mais seulement une fois. Ses contradicteurs lui soumettent alors un, puis deux, puis trois et enfin quatre témoignages faisant état de menaces équivalentes prononcées à deux autres moments. Peut-être pour cacher sa nervosité grandissante, Cédric Jubillar préfère en rire.

« Que penseriez-vous à la place des enquêteurs ? suggère alors le major G.

— Que je suis un menteur ou que j'ai une mémoire sélective et que j'ai commis l'acte. »

Le silence qui s'ensuit semble durer des heures. Puis les gendarmes exposent à Cédric la nature des échanges entre Delphine et son amoureux dans la journée du 15 décembre, ce projet de vie commune qui semble plus concret que jamais depuis que leur liaison clandestine a été découverte, quelques heures plus tôt, par la compagne de l'amant.

« Delphine, de son côté, ne serait pas venue vous voir pour vous en parler, de ce projet ? tente l'un des deux militaires.

— Pas du tout, elle ne m'a jamais dit quoi que ce soit à ce sujet-là », rétorque Cédric.

Conformément à la stratégie initialement prévue, les gendarmes tentent de fissurer l'armure du fils en utilisant la fragilité de la mère.

« Votre mère est à côté, en pleurs, car elle aussi a les éléments. Que se dit-elle ?

— Que c'est moi.
— Qu'est-ce que ça vous fait ?
— Ça me fait du mal de lui faire du mal, à ma mère. »

Ils noient ensuite Cédric sous une vague de témoignages à charge qui racontent tous les violences verbales qu'il était capable d'infliger à son épouse. Après ce travail de déstabilisation, ils reviennent sur les détails de la nuit du 15 au 16 décembre.

« La nuit de la disparition, vous allez à la chambre, que faites-vous du téléphone ?
— Je le mets en charge dans la chambre, je vais à la douche, je sors. Je leur dis [à sa femme et à son fils] que je vais au lit, je règle le réveil du téléphone qui est allumé. Il est allumé sinon il ne sonne pas. Il est allumé en mode avion. »

Cette précision, inédite, colle bien avec l'idée que se font les enquêteurs depuis le début : Cédric aurait volontairement désactivé son appareil. Ensuite, la nuit passe et le jeune homme explique qu'il découvre, à son réveil, la disparition de sa femme. À cet instant, il est « mort d'inquiétude », selon sa propre formule. Puis il saisit son téléphone. « Je sors le mode avion, poursuit Cédric. J'essaie en premier d'appeler Delphine et au bout de quelques minutes sans réponse je passe sur les copines connectées sur Messenger. » Mais il oublie un détail. « En fait, la première chose que vous faites avec votre téléphone, c'est de consulter Badoo », font remarquer les gendarmes.

« C'est un site de rencontres. J'avais peut-être une notification de Badoo, argue Cédric.
— Rempli d'inquiétude, vous consultez Badoo.

— Je ne me souviens pas y être allé.

— En étudiant votre téléphone, nous avons votre podomètre. Entre 4 et 5 heures du matin, vous faites deux cent cinquante pas.

— Je suis en attente à ce moment-là, je n'ai pas toujours le téléphone à la main. Mais je suis peut-être en train de fumer un joint à la cheminée en ayant posé le téléphone sur la cheminée.

— Votre femme disparaît, vous allez sur Badoo, vous fumez un joint et vous appelez les gendarmes. C'est un sketch ? » s'énerve l'un des militaires. Juste avant de conclure l'interrogatoire, les enquêteurs font remarquer à Cédric Jubillar que les gendarmes primo-intervenants l'ont vu mettre du linge à l'intérieur de la machine à laver au moment de leur arrivée à son domicile. Il prétendait, à l'inverse, être en train de l'étendre. « Vous êtes donc encore en train de mentir », grince le major G. « D'accord, oui », souffle Cédric. « À notre place, vous penseriez quoi ? » insiste le gendarme. Pour la toute première fois depuis le début de la garde à vue, il y a plus de vingt-quatre heures, le jeune homme ne trouve rien à répondre.

Après une interruption d'une bonne heure, les gendarmes reprennent le cours de leur interrogatoire. Ils ont désormais l'ascendant sur Cédric Jubillar, mais on est encore loin d'éventuels aveux, même partiels. Les questions sont alors axées sur l'utilisation supposée de la voiture de Delphine dans la nuit du 15 au 16 décembre. Les enquêteurs dévoilent à Cédric le fait que, selon les investigations, le sens de stationnement de la Peugeot 207 de son épouse a été inversé entre le 15 au soir et le 16 au matin. Comme à son habitude,

Delphine se serait donc garée dans le sens de la montée quelques heures avant sa disparition. Un point confirmé par au moins deux témoins. Mais Cédric a repris des forces. Il a le réflexe de contester cette idée d'un sens habituel et systématique. « Ça dépend du côté qu'on arrive, objecte-t-il [...] Selon si elle récupère la petite à la crèche. »

Au détour d'une réponse, Cédric ouvre ensuite, bien malgré lui, une petite brèche. Il indique que les clés de la voiture, en temps normal, sont systématiquement posées sur le bar, à côté de la cuisine. Or, ce 16 décembre au matin, lorsque les gendarmes lui demandent de leur remettre les clés du véhicule, Cédric se dirige vers un recoin de la salle à manger hors de la vue de ses visiteurs. « Vous savez les leur donner car vous savez où elles se trouvent à ce moment-là », pointe froidement l'un des enquêteurs. « Oui mais je me souviens pas où elles se trouvent », tente de riposter Cédric, au bord du KO. Dans la foulée, on lui fait remarquer un incident, le 16 décembre, au moment de l'expertise de son compte Gmail. Alors que les experts ont besoin de son mot de passe, Cédric les induit en erreur, volontairement ou pas. Une question de sécurité est ensuite posée : « Quel est le nom de votre meilleur ami ? ». Là encore, Cédric donne une mauvaise réponse, ce qui a pour effet de bloquer son compte Google. « Je ne m'en suis pas rappelé, j'ai peut-être changé de meilleur ami entre-temps », riposte l'homme qui a réponse à (presque) tout. Les gendarmes lui demandent enfin d'expliquer pourquoi il commence à jouer à *Game of Thrones* le mercredi matin à 7 h 12 alors que sa femme est censée avoir disparu quelques heures plus tôt. « C'est interdit de prendre un peu de bon temps ? » rétorque Cédric.

Il est 22 h 30 à Gaillac. La lumière rasante du soir caresse les murs encore chauds de la gendarmerie. La garde à vue de Cédric Jubillar entre dans sa dernière ligne droite. Les enquêteurs n'ont pas encore obtenu les aveux escomptés. La pression qui pèse sur leurs épaules est considérable. Alors, ils décident d'organiser une confrontation entre la mère et le fils, en présence de leurs avocats respectifs, maîtres Chefaroudi et Alary. Nadine et Cédric Jubillar dans la même pièce. Ces deux-là se connaissent par cœur et se ressemblent tellement. Leur enfance hachée par les placements en foyers. Cette énergie pour toujours rebondir et sortir de l'ornière. Et puis cette tendance commune à s'arranger avec la réalité et la vérité. Leurs liens filiaux ressemblent à un sac de nœuds. Face à ce fils insaisissable, la mère a lutté, mais elle s'est souvent échappée aussi. Ce jeudi soir, Nadine ne peut plus faire semblant. Les enquêteurs lui ont révélé progressivement tous les éléments à charge réunis depuis six mois. Elle en est ressortie complètement chavirée. Comme elle me l'expliquera quelques jours plus tard, elle commence à croire que son fils est peut-être coupable du meurtre de sa femme.

Nadine est d'abord encouragée à donner des exemples qui ont forgé ce sentiment. « Le fait que j'étais persuadée qu'il avait juste un doute pour l'amant alors qu'il savait déjà depuis décembre que Delphine louait des hôtels, le fait que les voisins aient entendu des cris ; le fait que Louis ait entendu des cris. Que la voiture ait changé de sens. La tenue dans laquelle il a reçu les gendarmes n'était pas cohérente avec la situation», énumère la maman.

«Une réaction aux propos de votre mère? demande à Cédric l'un des quatre gendarmes présents.

— Normal. Avec tout ce que vous lui avez dit, c'est normal qu'elle croie que c'est moi.»

Tout le monde retient son souffle. Les enquêteurs demandent à Nadine si elle pense, au vu des éléments d'investigation qui lui ont été présentés, que son fils puisse être responsable de la disparition de Delphine. Nadine prend une longue inspiration, puis livre le fond de sa pensée: «Ça me coûte de le dire mais oui, lâche-t-elle dans un sanglot. Oui.» Elle est dévastée. Effondrée.

«Tu penses aux enfants, à Elyah et à Louis? demande-t-elle à son fils.

— Tous les jours. Je ne comprends pas. Il n'y a pas eu le moindre cri, Louis dans sa première audition dit qu'il n'y a pas eu de dispute, il y a des dizaines de chiens dans le quartier, pourquoi ce serait les miens qui ont aboyé…

— S'il te plaît, dis-nous la vérité.

— Je n'ai rien fait.»

Nadine exhorte alors son fils: «Il faut dire la vérité pour Elyah, pour Louis, pour Delphine, pour ses frères, sa sœur et puis pour moi et mon mari mais surtout pour les petits.» Réponse immédiate de Cédric: «Je suis d'accord, assure-t-il sans verser une larme. La vérité doit être là pour les enfants, je suis toujours une victime et moi aussi je voudrais avoir des réponses et savoir où elle se trouve.» Relancée par les gendarmes, la mère reprend la parole. «Je veux la vérité pour pouvoir regarder mes petits-enfants en face quand ils me poseront les questions et pour qu'on sache et pas rester dans l'ignorance. Pour pouvoir dire à mes petits-enfants, oui il est arrivé malheur à ta maman, oui c'est ton papa qui l'a fait, oui il a été puni pour ça et oui je suis désolée. » À cet instant, Cédric Jubillar semble au bord du précipice. Mais il ne tombe pas. « Je suis presque d'accord, riposte-t-il. Je suis d'accord pour les enfants mais je n'ai rien fait, je ne suis pas coupable dans la disparition de ma femme.

— Votre fils est-il capable de dire la vérité sur la disparition de Delphine ? Pourquoi ? demande alors l'un des enquêteurs.

— Non, soupire Nadine. Par peur d'aller en prison, par peur de perdre ses enfants, peur d'assumer ses actes. »

Invitée à émettre une hypothèse sur le déroulé de la soirée du 15 décembre, la maman de Cédric estime que l'élément déclencheur du passage à l'acte a dû être la découverte de la photo de Delphine « en petite tenue » envoyée à son amant. « Il a pu gueuler sur elle, poursuit-elle. Peut-être une bagarre s'est déclenchée et puis voilà, il n'a peut-être pas fait exprès, il ne voulait peut-être pas. » Finalement, il y a beaucoup de peut-être et aucune certitude dans le discours de Nadine. « Je me fous de cette histoire de photo, balaie Cédric. Ça ne m'aurait pas dérangé.

— Je t'aime énormément tu le sais, je peux même dire que tu as toujours été mon préféré, tu le sais, reprend la maman dans un dernier élan. Mais si tu m'aimes un peu, si tu aimes un peu tes enfants, dis-nous la vérité. Il y a des preuves contre toi. Tu reçois les gendarmes en pyjama panda pour signaler la disparition de ta femme…

— Je ne vois pas le problème, riposte le fils. Ce ne sont pas des preuves, ce sont des commérages de voisins. Louis n'a jamais parlé de dispute dans sa première audition. Et à la maison, j'ai toujours cette tenue. »

La confrontation s'achève au bout d'une demi-heure sur cette note vestimentaire. Intense, émouvante et dramatique, elle n'a débouché, aux yeux des enquêteurs, que sur un constat d'échec. Même face aux larmes de sa mère, Cédric Jubillar ne flanche pas. Les émotions semblent ricocher sur son armure. Pour les gendarmes, il ne reste qu'un ultime interrogatoire pour le faire vaciller. Passé minuit, ce vendredi 18 juin, le major G. et l'adjudant H. cisèlent leurs dernières questions comme s'ils partaient à l'assaut d'une citadelle. Ils décident de titiller son orgueil en lui soumettant le contenu de certains messages échangés entre Delphine et son amant, puis en lui montrant des photos de sous-vêtements raffinés que son épouse conservait dans son vestiaire à la clinique.

« Comment envisagez-vous la suite ? demande soudain l'un des deux gendarmes.

— Comme un homme libre et innocent parce que c'est ce que je suis, je suis une victime de tout ça mais je sais que je vais être incarcéré.

— Comment imaginez-vous une cellule en détention, quelle sera votre vie en détention ?

— On est à trois ou quatre dans une cellule, on fait une ou deux sorties par jour, et ensuite on reste dans la cellule. Je ne sais pas comment ça se passe, je ne connais pas ce milieu-là. »

De façon désarmante, Cédric Jubillar se positionne déjà comme la future victime d'une erreur judiciaire. Avant de le laisser entre les mains des juges d'instruction qui, dans quelques heures, prononceront sa probable mise en examen, les gendarmes tentent de lui soutirer un indice sur l'endroit où il aurait pu dissimuler le corps de son épouse.

« Vous connaissez bien les lieux. Quels sont les endroits que vous proposez que l'on fouille ? demandent-ils en posant sur la table une carte IGN.

— Si ce n'est pas fait, le chemin de Drignac, il y a une forêt aux alentours, plein de petits bois. Le chemin de Milhars, la forêt de Saint-Quintin. Ce sont les premiers lieux à faire.

— Après, on va où ?

— On élargit, je ne connais pas les noms.

— Aidez-nous, monsieur Jubillar.

— Cap Découverte, peut-être. Vous êtes allés sur le côté gauche. Moi, je pense qu'il faut aller à droite, je vois qu'il y a le réservoir de Fonroque, il faut le faire.

— Quand commencez-vous les recherches, monsieur Jubillar ?

— Quand vous me donnerez une zone pour ne pas que je fasse des recherches pour rien. »

C'est la dernière ligne droite de la garde à vue. L'adjudant-chef L. entre en scène pour ces ultimes minutes qui pourraient encore tout faire basculer. Lorsque ce Breton pénètre dans la salle d'interrogatoire, sa carrure imposante marque immédiatement les esprits. Les mots qu'il prononce aussi. L'échange qui suit est d'une intensité exceptionnelle. En comparaison, la confrontation qui vient d'avoir lieu avec

Nadine ressemblerait presque à une conversation de salon.

« Nous avons fait une enquête de six mois, nous avons travaillé toutes les hypothèses possibles, expose-t-il. Nous les avons toutes vérifiées. Mais il s'avère que Delphine n'est jamais sortie de chez vous, monsieur Jubillar. Elle n'est pas partie volontairement en laissant ses enfants, ses papiers d'identité, ses moyens de paiement. Elle n'est pas partie faire le djihad. Elle n'est pas partie avec les témoins de Jéhovah[1], elle n'a pas rencontré un rôdeur, il n'y a que vous. Ce n'est plus une hypothèse de travail, monsieur Jubillar, au vu du nombre d'éléments que nous avons contre vous.

— Je n'ai rien fait, articule Cédric.

— Vous êtes un menteur, monsieur Jubillar. Vous mentez à tout le monde, même à votre avocat. Maintenant, il va falloir être courageux. Oui, c'est du courage mais il faut y aller sinon vous allez droit dans le mur.

— Je n'ai rien fait.

— Aujourd'hui, c'est nous qui vous posons les questions, mais demain, ce seront vos enfants et vous ne serez pas là pour y répondre. Il faut leur répondre maintenant, monsieur Jubillar.

— Je n'ai rien fait. J'irai dans le mur avec vous. »

Même sous pression maximale, Cédric Jubillar conteste encore et toujours. Comme un robot en mode

1. Début mars 2021, Cédric Jubillar a transmis aux enquêteurs un courrier trouvé dans sa boîte aux lettres émanant des témoins de Jéhovah et adressé à Delphine. Il ne s'agissait, semble-t-il, que d'un courrier publicitaire.

automatique. Ou peut-être comme un homme innocent. En guise de conclusion, l'adjudant-chef L. expose le scénario du meurtre tel que les enquêteurs ont fini par l'envisager. Naturellement, il ne s'agit à ce stade que d'une hypothèse. « Vous êtes à bout, à cause des photos, des messages sur son téléphone, des selfies en petite tenue qu'elle envoie à son amant sous votre toit, de son comportement désagréable, développe le gendarme. Elle vous envoie chier sans arrêt, elle ne vous parle pas, elle vous trompe. Elle a un amant pour qui elle achète de la lingerie fine et avec qui elle va à l'hôtel. Ce soir-là, elle vous annonce qu'elle part s'installer avec cet amant. C'est acté, ils ont même acheté du vin pour fêter ça. Et là, vous vous emportez, la situation dégénère, vous gueulez, vous vous disputez et vous avez un coup maladroit, ou une chute. On ne sait pas... Vous pleurez, pleurez beaucoup, vous regrettez peut-être, vous paniquez mais il faut faire quelque chose. Alors vous décidez de la déposer à un endroit auquel vous avez déjà réfléchi depuis un moment. Ensuite, vous rentrez, vous êtes mal, et vous prévenez bien trop tôt de sa disparition et vous faites des erreurs parce que votre mensonge est dur à tenir. Pour tous, elle est disparue, mais vous, vous savez que c'est fini. Et votre comportement le montre, il ne correspond pas à une disparition inquiétante mais à une mort. » Il est près de 3 heures du matin ce vendredi 18 juin 2021. Cédric est seul face à lui-même. Alors, dans un dernier geste, le militaire lui montre un cliché de la famille au grand complet : Cédric, les enfants au milieu... et Delphine. « Regardez cette photo de famille, regardez-la bien. Rien ? Ça ne vous fait rien ? »

Cédric n'hésite pas. Ne pleure pas. « Je n'ai rien fait, je vous jure que je n'ai rien fait », lâche-t-il une dernière fois. Le rideau vient de tomber sur cette garde à vue. Dans quelques heures, le jour se lèvera sur la campagne tarnaise et les premiers rayons du soleil viendront chauffer les briques orangées de la maison vide des Jubillar. Nadine et Olivier rentreront librement à Carmaux puisque aucune charge n'est retenue contre eux. Cédric sera déféré à Toulouse devant les juges d'instruction, mis en examen pour « meurtre par conjoint » et placé en détention provisoire. Bien loin de Cagnac-les-Mines, de son lac, de ses forêts et de la vue sur la cathédrale Sainte-Cécile d'Albi.

Chapitre 15
La confusion des sentiments

Séverine a vécu deux mois dans l'intimité de Cédric Jubillar. De jour comme de nuit, la semaine comme les week-ends. Deux mois intenses, de la mi-avril jusqu'à la mi-juin 2021, avec l'ombre de l'épouse disparue qui planait au-dessus de leur idylle naissante. « Tu me fais tellement de bien que j'en oublie de chercher Delphine », avait fini par lui dire Cédric, un soir, sur l'oreiller. Une confidence vertigineuse qui l'avait flattée, un peu, et fait culpabiliser, beaucoup. À moins que cela ne soit l'inverse.

Séverine, blonde au teint mat et maman célibataire de 44 ans, habite dans un logement social situé au cœur d'un lotissement récent à la sortie d'Albi, en contrebas de Cagnac-les-Mines. Elle a deux fils de deux unions différentes. Les hommes l'ont souvent déçue, mais Séverine aime la liberté, le risque, l'odeur du soufre. « On dirait que je suis attirée par le danger et les emmerdements », m'a-t-elle confié un jour avec cette voix rauque qui charrie les souvenirs de nuits sans sommeil.

Nous nous sommes rencontrés une première fois à

Cagnac-les-Mines chez Cédric, à la mi-mai. Le courant était plutôt bien passé. Puis je suis allé la voir dans la matinée du 18 juin 2021, quelques heures avant la mise en examen de Cédric. La veille, *La Dépêche du Midi* avait publié une photo de la façade du domicile de Séverine, perquisitionné par les gendarmes. En observant cette photo et en marchant pendant un certain temps, j'ai fini par trouver son adresse. Une longue audition dans les locaux de la gendarmerie de Cagnac, l'avant-veille, puis deux nuits d'angoisse et de multiples sollicitations médiatiques l'avaient épuisée. En me voyant sur le pas de sa porte, un sourire un peu las avait éclairé son visage et elle avait généreusement accepté de me laisser rentrer. J'étais venu les mains vides. Heureusement, il lui restait un fond de Ricard dans le placard, juste pour trinquer. Nous nous sommes assis autour la table de la salle à manger, à deux pas du coin cuisine. L'immense écran plat du salon était allumé depuis l'aube. Séverine guettait l'annonce d'une probable mise en examen de Cédric sur BFM TV. Elle a allumé une cigarette, je l'ai imitée. Puis elle m'a raconté son histoire avec Cédric. Depuis le début.

Employée au service lingerie d'un établissement de santé, elle est en arrêt maladie et en rémission d'un cancer. Après le réveillon de Noël 2020, quelques jours après la disparition de Delphine, elle adresse un premier message à Cédric Jubillar par Messenger. «J'ai écrit à Cédric pour lui dire qu'on était là pour lui et qu'on pensait qu'il était innocent…» rembobine Séverine[1]. Ils se connaissent seulement de nom

1. Entretien avec l'auteur, le 18 juin 2021.

du temps où les uns et les autres habitaient Arthès, une petite commune au nord-est d'Albi traversée par le Tarn, au début des années 2010. Le fils aîné de Séverine n'était alors qu'un ado d'une quinzaine d'années mais il croisait Cédric dans des soirées poker. Parfois, ils fumaient un joint ensemble sur les bancs d'un jardin public. En réponse à ce message de soutien, Cédric la remercie par écrit et l'échange s'arrête là. Mais l'affaire Jubillar et son insondable mystère occupent l'esprit de Séverine et une partie de son temps libre. Dans le courant de l'hiver 2021, elle passe au moins un après-midi par semaine à sillonner la campagne à la recherche d'un vêtement, d'un téléphone ou de tout autre objet ayant pu appartenir à la disparue. D'abord avec d'autres volontaires qu'elle rencontre via des groupes Facebook aux noms explicites comme « Soutien à Delphine Aussaguel » et « Fort soutien à Delphine ». Puis en solitaire sur la base d'indications fournies par des voyants avec lesquels elle converse en messagerie privée. « J'en avais marre d'aller tout le temps dans les mêmes endroits », explique-t-elle. Séverine ne connaît absolument pas Delphine, mais cette quête d'indices lui donne un but et le sentiment de se rendre utile, sait-on jamais… Après plusieurs semaines infructueuses, ses pérégrinations dans les forêts et les sentiers des alentours de Cagnac-les-Mines prennent un relief particulier. Début avril, elle tombe sur un pull bleu taché de sang. « J'ai prévenu les gendarmes, j'ai pris une photo et je suis allée la montrer à Cédric, m'explique-t-elle. Mais cela ne lui disait rien. Ensuite, autour de la mi-avril, je l'ai invité à dîner chez moi avec d'autres personnes. Comme c'était l'époque du confinement, il est resté dormir à la maison et notre histoire a commencé. Je me suis attachée à lui et lui s'est attaché à moi. »

En l'espace de deux ou trois semaines, Séverine fait son apparition dans la vie quotidienne de la famille Jubillar. Soit elle passe la nuit à Cagnac-les-Mines, soit elle accueille Cédric et ses enfants chez elle. Sa maison dispose d'un coin salon au rez-de-chaussée avec un vaste canapé d'angle « à la marocaine » et de trois chambres à l'étage. Matin et soir, Séverine effectue les allers-retours à l'école et à la crèche, elle s'occupe de Louis et Elyah avant que leur papa rentre du travail. Cédric mettant rarement la main à la poche, elle finance une bonne partie de l'intendance et joue désormais un rôle de mère de substitution auprès de ses enfants. Un parfum de scandale se diffuse dans Cagnac. Delphine est toujours portée disparue et voilà que son mari a déjà entamé une nouvelle vie ! Nadine, très présente jusqu'alors aux côtés de ses petits-enfants, se retrouve à l'arrière-plan. Une frustration mêlée d'inquiétude que la mère de Cédric tente de masquer comme elle peut.

Cédric et Séverine ont peut-être dix ans d'écart, mais les points communs ne manquent pas. Ils partagent le goût de la transgression, de l'interdit, de l'illicite. Comme un refus de prendre la vie au sérieux. Réunis, ils oscillent entre tendresse et prises de bec, ne résistent jamais au plaisir de se provoquer pour s'envoyer balader et mieux se retrouver à la fin. L'un et l'autre se disent « sans filtre ». Ils expriment ce qui les traverse, que cela plaise ou non, et assènent des jugements définitifs qu'il sera toujours temps de corriger le lendemain. La disparition de Delphine s'invite rarement dans leurs discussions. Un jour, Séverine ose pourtant lui demander frontalement ce qu'il a «fait de sa femme». Lui répond avec son sens aigu de la provocation. «Je l'ai enterrée dans la ferme qui a brûlé[1]», lâche-t-il dans un éclat de rire. Elle ne le prend pas au sérieux, mais la phrase reste dans un coin de sa tête.

En fin de soirée, lorsqu'ils sont à Cagnac, les deux amants révèlent aussi leur talent de fines gâchettes. Cédric possède un pistolet Beretta à billes. C'est la réplique d'une arme à feu, seulement utilisable avec des billes en plastique, type «air soft». Quelques bouteilles de bière alignées sur une palette de bois servent de cible, à une dizaine de mètres des tireurs. Depuis la terrasse, à l'abri des regards, ils tentent leur chance, chacun leur tour. Une détonation discrète puis l'on entend le tintement du verre lorsque le projectile atteint son but. Cédric et Séverine ressemblent alors à dcux adolcscents en liberté, affranchis du jugement des autres. J'assiste à cette scène le samedi 12 juin, quelques heures après la marche blanche organisée à Albi par les ex-collègues de Delphine. Cédric m'a convié chez lui pour une soirée pizzas. Il a également invité un ancien collègue et sa compagne, ainsi qu'une amie de Séverine. Elyah est couchée depuis longtemps et Louis, après avoir joué un bon moment sur le trampoline, regarde la télévision dans le salon. Les adultes sont installés sur la terrasse, autour de la table de jardin. La conversation, légère, glisse d'un sujet à

1. Un incendie a partiellement calciné le hangar d'une ferme située sur la commune de Cagnac-les-Mines le 15 avril 2021.

l'autre : les enfants, le travail, l'Euro de football qui vient de débuter et la sélection de Karim Benzema, que Cédric n'apprécie guère… Soudain surgit le sujet auquel chaque convive feignait de ne pas penser : la disparition de Delphine. Je ne me souviens plus comment c'est arrivé. Cédric était sans doute encore en train de se plaindre de ces photographes et de ces caméras braqués sur lui et sur son fils pendant l'après-midi. De manière inattendue, Séverine l'interroge alors très sérieusement sur un élément qui la trouble : « Pourquoi as-tu appelé la gendarmerie aussi vite après t'être rendu compte que ta femme n'était plus là ? Vingt minutes, c'est rapide quand même… » Cédric lui-même semble surpris. Je retiens mon souffle. Après un temps d'arrêt, il réplique en insistant sur chaque mot : « Moi, je travaillais ce jour-là, je ne pouvais pas attendre… je n'avais pas que ça à faire… » Moment de gêne autour de la table. Personne ne veut rebondir, surtout pas moi. L'argument de Cédric semble en décalage total avec la gravité des faits. La conversation bascule vite sur un autre sujet. J'essaierai par la suite de comprendre la logique de sa réponse. Cédric espérait-il sérieusement que la gendarmerie règle le problème de la disparition de Delphine en deux heures afin que lui puisse prendre son bus pour rejoindre son chantier ? Et pourquoi pas, après tout…

L'ambiance tourne au vinaigre trois jours plus tard. Le 15 juin, le jeune couple traverse l'une de ses toutes premières crises. Séverine pense avoir surpris son petit ami en conversation écrite avec une autre femme via la messagerie du jeu *Game of Thrones*. Cédric dément formellement l'existence d'une quelconque liaison, mais Séverine ne le croit pas. Le ton monte, et le jeune homme rentre chez lui sur-le-champ. Le 16 juin, dans la matinée, nouvelle salve de reproches entre les deux amants. Cédric est dans les cordes. Quelques heures plus tard, il est interpellé par les gendarmes de la section de recherches de Toulouse et placé en garde à vue. Ils n'auront pas le temps de se réconcilier.

Séverine aussi est entendue le même jour, mais sous le régime de l'audition libre. Les gendarmes font irruption chez elle en début d'après-midi. Avant de la conduire dans les locaux de la gendarmerie de Cagnac, ils perquisitionnent son domicile, à la recherche notamment de vêtements et d'objets appartenant à Cédric et à ses enfants. Séverine préfère prendre les devants : « Bon, vous verrez, il y a des plants d'herbe qui poussent à l'étage… » avoue-t-elle. Ce n'est pas tellement pour sa consommation personnelle, plutôt pour celle de Cédric. La marijuana est immédiatement saisie, la tente avec extracteur d'air sous laquelle poussaient les plants aussi. Pendant près de trois heures, les militaires interrogent ensuite celle qui a récemment partagé l'intimité du suspect n° 1. Est-elle influencée par le placement en garde à vue de Cédric quelques heures plus tôt ? Séverine livre à cet instant un témoignage sans complaisance à l'égard de son compagnon. Ou plutôt de son ex-compagnon. « On a rompu hier officiellement, affirme-t-elle. Je me suis aperçue qu'il me mentait beaucoup, notamment en parlant avec d'autres filles. Il m'a même dit une phrase qui m'a énervée : "Je ne cherche pas une femme mais une mère pour mes enfants." Moi, je recherche autre chose. »

Au-delà de leurs différends personnels, elle analyse assez sévèrement le comportement de Cédric. « Avec le recul, je ne l'ai jamais vu vraiment chercher sa femme, soupèse-t-elle. D'ailleurs, je l'ai accompagné à un rassemblement il y a quelques semaines[1]. J'ai eu l'impression qu'il y allait juste par obligation pour se montrer [...] En fait, je n'arrive pas vraiment à le cerner. Je veux me convaincre qu'il est innocent, mais j'ai toujours le doute. » Séverine est prise en étau par des intuitions ambivalentes. « Parfois je pense qu'il n'a pu rien faire à Delphine, on dirait même qu'il est un peu bête, lâche-t-elle. Mais à d'autres moments, il réagit un peu violemment et ne me paraît pas si bête que ça. Avec moi, il n'a jamais été violent [...] Parfois il s'emporte un peu en me faisant face mais je le tempère facilement. Comme je vous l'ai dit, je suis sans filtre. » En revanche, la quadragénaire a remarqué le comportement très particulier de Cédric à l'égard de Louis, son fils de 6 ans. « Je l'ai déjà vu un peu violent avec son fils, avoue-t-elle. [...] Après, il s'occupe bien de ses enfants, mais je le trouve un peu trop agressif avec eux. » Les gendarmes ont une nouvelle démonstration du caractère « sans filtre » de Séverine lorsqu'elle évoque la précarité financière supposée de son ex-compagnon. « J'ai pu consulter ses comptes sur son téléphone et j'ai vu qu'il a touché plus de 3 600 euros et qu'il ne restait plus rien, avance-t-elle. Ça fait un moment qu'il n'a pas fait les courses et je me demande ce qu'il peut faire de cet argent. Je me suis

---

1. Référence à la battue organisée le 16 mai 2021 à Cagnac-les-Mines par les amies de Delphine.

posé la question s'il ne payait pas quelqu'un pour faire disparaître le corps de Delphine comme j'ai vu dans une récente affaire avec des Géorgiens[1]. » En guise de conclusion après trois heures d'audition, la compagne – ou ex-compagne – à la langue bien pendue tente de faire la synthèse. « J'ai l'impression qu'il se sent pousser des ailes à cause de la médiatisation. Moi, il ne m'a jamais fait de confidence. En tout cas, je peux vous dire que si c'est lui, il cache bien son jeu. »

*

Le 18 juin, après notre première discussion du matin qui a duré deux heures, je rappelle Séverine en fin de journée. La tonalité de son discours a bien changé. « J'ai pu avoir des doutes au début de la garde à vue de Cédric et à la fin de mon audition, m'explique-t-elle. Mais après la conférence de presse du procureur de la République, j'ai compris que les enquêteurs n'avaient en fait rien de sérieux contre Cédric... » Dominique Alzéari vient pourtant de développer une liste d'indices à charge censés soutenir l'accusation. Mais aucun d'entre eux ne semble l'avoir convaincue. « Ce ne sont que des petites choses additionnées les unes aux autres », estime-t-elle. Au téléphone, Séverine revisite en accéléré la mémoire vive des deux derniers mois. Et reformule les choses, comme s'il s'agissait de polir les mots pour faire émerger la pensée au milieu des ombres. « Bien sûr, je me suis posé des questions sur lui mais comme il cherchait tout le temps des réponses,

1. L'affaire du féminicide de Magali Blandin, en février 2021.

je me disais que cela ne pouvait pas être lui, le coupable… Et puis, il ne m'a jamais parlé de Delphine au passé. Au contraire. Il espérait encore qu'elle revienne et parlait à ses enfants et à moi comme si elle pouvait revenir un jour. » Mais alors, comment expliquer cette romance nouvelle quatre mois seulement après la disparition ? « Cédric était en cours de séparation et avait compris que sa femme était en train de refaire sa vie avec un autre homme, réplique Séverine. Il ne savait pas de qui il s'agissait et me disait qu'il n'avait jamais eu de preuve formelle. Mais il avait compris et il le vivait très mal. Il se sentait dévalorisé. Il avait perdu confiance en lui. Donc, même si Delphine revenait un jour, il n'aurait pas pu vivre à nouveau avec elle… »

Pour Cédric Jubillar, la projection dans sa nouvelle vie avec Séverine passait par une étape aussi concrète que symbolique. Il s'était résolu à bâtir enfin ce que Delphine n'osait même plus réclamer ces dernières années : un véritable escalier pour accéder à la maison. Dans cette optique, il venait de s'acheter un motoculteur dans une braderie. De la même manière, il comptait aménager chez lui, à Cagnac-les-Mines, une chambre pour le plus jeune fils de Séverine. Ainsi, la tribu recomposée pourrait vivre sous le même toit un jour… Un projet loin de faire consensus entre eux. « J'avoue, cela me semblait difficile de m'installer durablement dans cette maison où Delphine avait vécu », soupire Séverine ce même 18 juin.

Avant de raccrocher, je veux comprendre à quoi pouvait ressembler la vie quotidienne avec Cédric vue par Séverine. « Il a dix ans de moins que moi mais c'était difficile de ne pas tomber amoureuse de lui, m'avoue-t-elle. Pendant 90 % du temps, il est capable de gestes très doux, il est attentionné, vraiment touchant. Et puis soudainement, il se tape une petite crise d'énervement et ça retombe aussi vite que c'est monté... » Je dresse l'oreille. Qu'entend-elle par crise d'énervement ? « Je n'ai jamais connu de violence physique de sa part, coupe Séverine. Il hausse le ton, s'emporte, notamment contre son fils... et puis il se calme. "Pourquoi tu me mens ?" lui disait-il... Il ne supportait pas que Louis ne dise pas la vérité, surtout au sujet des devoirs... » Durant ces deux mois partagés, presque en continu, l'emploi du temps du jeune père de famille est très calibré. Du moins pendant la semaine. Le réveil sonne à 6 heures du matin. Cédric Jubillar se lève illico. « Dès le réveil, il se mettait à faire la vaisselle, du ménage ou une machine à laver, illustre Séverine. C'est un maniaque de la propreté... au moins à l'intérieur de la maison. Bon, à l'extérieur, c'est le bazar complet mais il ne savait plus par quel bout commencer. Ensuite, il partait au boulot vers 7 h 30 et revenait vers 17 h 30. Il jouait ensuite avec les enfants, vérifiait si les devoirs de Louis étaient faits. Et puis, ensuite, on se couchait de bonne heure, vers 22 h 30. » Qu'il soit innocent ou coupable, on imagine le sommeil de Cédric haché par de mauvais rêves, peuplé de songes tourmentés et violents. Mais non. « Il s'endormait deux minutes après le coucher, se mettait à ronfler et dormait jusqu'au lendemain matin, se souvient Séverine. J'étais impressionnée par sa capacité à s'endormir sur commande. Il lui suffisait qu'il s'allonge à même le sol pour dormir. »

À écouter sa petite amie, cela n'a rien à voir avec sa

consommation de drogue. « Son truc, c'était le cannabis, l'herbe et le CBD, précise-t-elle. Mais jamais les drogues dures. En fait, il fume toute la journée et cela lui coûte beaucoup d'argent, environ 20 ou 30 euros par jour. Mais je ne l'ai jamais vu amorphe. Au contraire, fumer lui donne de l'énergie. En revanche, dès qu'il n'avait plus rien à fumer, cela devenait difficile pour lui. Dans ces cas-là, je le sentais nerveux, à cran. » Les images du temps passé ensemble remontent d'un coup à la surface. Elle pense à ce week-end à Belcaire dans l'Aude, au mois de mai, lorsque Cédric lui a fait découvrir son coin de paradis[1]. Elle se souvient aussi des soirées de franche rigolade, passées à Cagnac. « J'ai envie de garder contact avec lui, je le sens innocent, dit-elle en étouffant un sanglot. Il répétait souvent qu'il voulait connaître la vérité, savoir ce qui s'est passé. Pas tellement pour lui mais pour pouvoir expliquer un jour à ses enfants ce qui s'est passé. Il n'a pas pu faire ça... »

1. Belcaire, commune de l'Aude où la première famille d'accueil de Cédric Jubillar, avec laquelle il est toujours en contact, possède une résidence secondaire.

Chapitre 16
Amours clandestines

Un pseudonyme, une ville – Montauban dans le Tarn-et-Garonne –, un indice sur son lieu de travail et une photo de profil Facebook. Voilà ce dont je disposais pour retrouver la trace de l'amant de Delphine, l'homme avec lequel elle a vécu une intense histoire d'amour inachevée. Sur cette photo, il est à visage découvert, assis sur un tabouret devant son piano. Il est brun, les cheveux courts dressés en brosse. Son sourire se déploie généreusement et étire des yeux marron en amande. Autour de la mi-avril, aiguillé par une information approximative, j'avais déjà passé les portes de plusieurs jardineries de Montauban, espérant le débusquer au détour d'un rayon, au milieu des oliviers ou des rosiers grimpants. Sans succès. Le «tuyau» était intéressant, mais imprécis.

Un mois plus tard, le lundi 17 mai 2021, nouvelle tentative. Cette fois, je connais le nom de son employeur. L'amant, ou plutôt «le confident» de Delphine – c'est ainsi qu'il a été désigné dans les journaux au début de l'affaire –, travaille dans un grand magasin. Je m'y présente en fin de matinée. En cette période de lutte contre la pandémie de Covid-19, le port du masque est obligatoire. Je déambule dans les rayons pendant une vingtaine de minutes comme un simple client, en observant chaque employé. Aucun d'entre eux ne correspond à la photo Facebook dont je dispose. Je me dirige donc vers la sortie, prévoyant déjà une seconde tentative en début d'après-midi. C'est là que la chance me sourit.

Il sort des bureaux administratifs et marche d'un pas rapide. Nos regards se croisent pendant une fraction de seconde. À cet instant, je sais que c'est lui. Il se retourne quelques mètres plus loin, comme s'il cherchait à confirmer une vague impression de déjà-vu. Pas question de précipiter les choses. Je préfère attendre le moment où il quittera son lieu de travail, lors de sa pause déjeuner par exemple, pour tenter d'engager la conversation. En espérant qu'il sorte par la porte principale. C'est ce qui se produit un peu après 13 heures. Le palpitant monte d'un coup. Je me lève du canapé réservé à la clientèle, près de la sortie. Au même moment, une très forte averse se déclenche. Il marque un temps d'hésitation puis se met à courir en direction du parking. Blessé à la cuisse quelques semaines plus tôt, je ne peux le suivre et le perds de vue. Nouveau coup de chance, il n'a pas immédiatement démarré sa voiture. Je finis par l'apercevoir. Il est au volant, prêt à partir. Je m'approche de lui en retirant ma capuche. Il me reconnaît, il m'a vu à quelques reprises dans des émissions de télévision consacrées à l'affaire Jubillar. Il semble très ému, un peu surpris aussi.

Que dire d'intelligent à cet instant ? C'est lui qui dissipe le malaise en proposant de m'abriter à l'intérieur de son véhicule. J'accepte, évidemment, avec le sentiment que la glace est déjà brisée. Débute alors une conversation d'une demi-heure, sans dictaphone ni stylo. Un échange d'une grande intensité, où l'homme que je rencontre pour la première fois semble soulagé de pouvoir enfin raconter ce qu'il porte en lui depuis des mois. Jusqu'à présent, il ne s'est confié qu'aux enquêteurs qui l'ont auditionné à trois reprises, entre le 16 décembre et début février. Cette fois, il parle à un journaliste du *Parisien*, il le sait, mais au fond peu lui importe. Sous le coup de l'émotion, l'un comme l'autre, nous décidons implicitement de transcender le cadre classique d'une interview. Il ne pose qu'une seule condition : que son identité n'apparaisse pas. Nous le surnommerons Jean.

Mon cerveau se met en mode enregistreur. « Ma vie est détruite », lâche-t-il d'emblée, avant de se reprendre. « Mais je me dois d'avancer, pour mon fils… Et puis ma petite personne importe peu. Je pense surtout aux deux enfants de Delphine. C'est pour eux que la situation est la plus terrible. » Son langage est soutenu, chaque mot pesé. Pour évoquer son histoire d'amour avec Delphine Jubillar, il parle d'une symbiose naturelle entre deux êtres, « nouée sur Internet six mois avant sa disparition », indique-t-il, sans vouloir entrer dans les détails. « Je lui disais souvent que notre relation était comme une évidence, poursuit-il. Delphine me reprenait et disait : "Non, c'est une providence." »

Entre eux, le courant passe, intellectuellement et peut-être charnellement. Mais là encore, l'homme préserve son jardin secret. « Nous échangions des tonnes de messages écrits et nous passions aussi des heures au téléphone. Nos conversations portaient sur des sujets très personnels et profonds et puis aussi sur des choses plus légères... Delphine était à la fois drôle et d'une grande sensibilité, d'une grande force de caractère. Elle refusait de juger les gens sans les connaître. Elle était aussi passionnée par son travail d'infirmière en gériatrie. Récemment, elle avait bénéficié d'une promotion et en était heureuse, bien sûr... » Les deux amoureux envisageaient un avenir commun. « Nous avions clairement évoqué le projet de nous installer ensemble d'ici le printemps mais sans brusquer les choses et sans faire de mal à nos partenaires respectifs, souffle-t-il, la voix chancelante. Delphine devait prendre un appartement à la fin du mois de janvier. Nous pensions ensuite vivre sous le même toit près d'Albi, idéalement dans une ferme avec un poulailler. Quitte à s'installer d'abord chacun de notre côté pour y aller progressivement... Nous avions le sentiment, l'un comme l'autre, de toucher du doigt le bonheur. C'est ce que nous n'arrêtions pas de nous dire. » Dans l'euphorie de leur passion naissante, Jean et Delphine ont même tracé un sentier jalonné de deux étapes supplémentaires : un mariage célébré dans les deux ans en la cathédrale d'Albi, puis la conception d'un enfant.

Mais que savaient alors leurs conjoints respectifs de leurs lumineux desseins ? « Delphine avait parlé à Cédric dès le mois de septembre de son envie de divorcer, glisse l'amant. Sans en dire plus je crois...

Ils avaient convenu de vendre leur maison de Cagnac mais il leur restait à réaliser les travaux de finition. D'après ce que j'avais compris, Cédric avait accepté de se plier à cette idée et il s'était mis au boulot. Quant à moi, j'étais aussi en cours de séparation. » Trois jours avant sa disparition, le samedi 12 décembre, Delphine commence une semaine de congé. Elle en profite pour s'échapper en direction de Montauban, joignant l'utile à l'agréable. « Nous nous sommes rendus ensemble près d'Agen pour essayer une voiture, une Citroën C4, que je lui avais conseillée », précise Jean. Jusqu'alors, Delphine circulait à bord de sa Peugeot 207 bleue, sale et mal entretenue. « Une épave », confirme-t-il.

Le soir du 15 décembre, ils échangent des mots doux en cascade via la messagerie Snapchat. « Le dernier message que Delphine m'a adressé date de 22 h 55 et j'ai compris qu'elle devait aller se coucher », indique son correspondant. Ensuite, Jean bute douloureusement sur l'insondable mystère de la disparition… Pendant plusieurs semaines, il s'attache au fol espoir d'un départ volontaire ou d'une séquestration. « Dans les premiers jours, j'étais transi par cette histoire de fou dans laquelle je me retrouvais plongé. Je lisais tout ce qui pouvait s'écrire sur le sujet dans l'espoir d'y lire une information décisive. Et puis j'ai tenté de surmonter la douleur de la perte et de recommencer à avancer… »

Que s'est-il donc passé selon lui à Cagnac-les-Mines au cours de cette nuit du 15 au 16 décembre ? Il élude lorsqu'on lui demande l'hypothèse la plus plausible à ses yeux. Interrogé par les gendarmes de la section de recherches de Toulouse, il leur a juste fait remarquer, début février, que Cédric n'avait jamais essayé de le contacter. « Sincèrement, à sa place, j'aurais trouvé normal qu'il cherche à me rencontrer, même pour me casser la gueule, observe-t-il. Mais il n'en a rien été et je ne comprends pas cette non-réaction. » Jean lui-même a été mis hors de cause. « Cette nuit-là, j'étais à mon domicile près de Montauban[1] avec mon fils et mon ex-compagne, me dit-il. Nous avons dormi ensemble et le lendemain matin, je suis parti de bonne heure au travail. Je commençais à 6 heures. »

Avant de mettre un terme à la conversation, Jean tient à laver ce qui ressemble à ses yeux à une souillure. « J'ai été meurtri d'entendre dire que Delphine pouvait avoir eu ces derniers mois des amants à la pelle, insiste-t-il. Elle n'a connu qu'un seul homme dans sa vie, c'est Cédric. » Une façon pudique de s'oublier lui-même. « Delphine me manque terriblement », conclut l'amant de Montauban. Lèvres tremblantes et crispées, il tente de contenir ses sanglots. Avant de lâcher, à la fois dramatique et familier : « Elle n'a pas eu de chance, la petite choupette… »

La pluie a cessé. Avant de sortir de la voiture, nous nous serrons longuement la main. Que faire après une telle rencontre ? L'envie d'écrire un article est forte, évidemment. D'autant que le principal intéressé, Jean lui-même, n'y est pas opposé. En me quittant, il m'a répété ses deux conditions : que son identité

1. En suivant l'itinéraire le plus court, Montauban est situé à soixante-dix-sept kilomètres de Cagnac-les-Mines.

et le nom de son employeur n'apparaissent pas. À la première aire d'autoroute entre Montauban et Toulouse, je m'arrête pour retranscrire d'une seule traite les phrases les plus fortes qui se sont gravées dans ma mémoire. L'article « coule » tout seul. Moins de deux heures plus tard, il est prêt. Ma hiérarchie est au courant et m'a donné le feu vert pour une publication dans le journal du surlendemain. Mais en fin d'après-midi, brusque changement de programme. Jean m'appelle, très ennuyé. Après quelques heures de réflexion, il réalise que la publication d'un article pourrait, selon lui, mettre « l'enquête en péril ». Le récit de son histoire d'amour avec Delphine, même dans sa version édulcorée, contient des informations qui pourraient éclairer Cédric, l'inciter à davantage de prudence et préparer son éventuelle défense s'il devait un jour être mis en cause. Je ne suis pas complètement convaincu par l'argument. À ce moment-là, le mari de Delphine est en liberté, reconnu comme victime grâce à son statut de partie civile… Mais l'heure n'est pas à la négociation. Jean s'oppose à ce que je cite les propos tenus sur le parking. Impossible d'aller plus loin dans ces conditions. Nous convenons qu'un éventuel article ne pourrait un jour exister que si l'enquête connaissait une avancée significative. Je rentre le soir même à Paris, galvanisé par ma rencontre avec l'amant de Delphine… et un peu déçu de ne pouvoir la partager à court terme avec les lecteurs du *Parisien*.

*

Fin juin 2021, nous nous retrouvons attablés à la terrasse d'une brasserie d'un centre commercial de Montauban. Jean vient d'achever sa journée de travail commencée à 6 heures du matin. Ses traits sont légèrement tirés mais l'impression de soulagement est évidente. Depuis notre première rencontre, le 17 mai, tout a changé ou presque. Cédric a été interpellé le 16 juin et mis en examen pour « meurtre par conjoint ». Dès le lendemain de son placement en garde à vue, mon article, intitulé « Les confidences de l'amant de Montauban », a été publié dans les colonnes du *Parisien*. Plusieurs journalistes ont ensuite tâché de le retrouver. Certains y sont parvenus en se présentant sur son lieu de travail. Jean les a raccompagnés vers la sortie en lâchant quelques mots, par politesse. Depuis, ses employeurs ont demandé aux vigiles du magasin de veiller sur lui et d'éloigner les visiteurs trop curieux.

Dans ce tourbillon, Jean entend me montrer l'image d'un homme qui résiste et refuse de perdre pied. Pas question de se lamenter sur les effets négatifs de la médiatisation ni de céder aux larmes qui affleurent. Il veut se hisser à la hauteur du bonheur intense qu'ils ont goûté tous les deux l'espace de quelques mois. Comme lors de notre première rencontre, le jeune homme use de métaphores pour illustrer son propos et redonner corps à ce qu'il a vécu. Il se compare à un enfant qui aurait décroché le pompon dans un manège virtuel où se croisent chaque jour des centaines d'hommes et de femmes. Le pompon, c'est Delphine, et le manège s'appelle Gleeden, un site Internet qui se présente comme « le premier site de rencontres extraconjugales pensé par des femmes». L'abonnement est gratuit pour la gent féminine, payant pour les hommes…

La photo de profil de Delphine ne laisse apparaître que le bas de son visage. Jean, lui, a choisi la même image que celle de son compte Facebook. Il a fait des études de musicologie à la fac, mais il est aussi doué pour le bricolage et les travaux d'intérieur. Il aime «réparer les choses». Surtout celles qui roulent. La mécanique automobile n'a que peu de secrets pour lui. Celle des motos encore moins. «Travailler sur une moto me plaît peut-être davantage encore que rouler avec», m'explique-t-il. Entre lui et Delphine, l'attraction est réciproque. Elle a «validé» son profil et il en a fait autant. Le «match», synonyme d'intérêt mutuel entre deux utilisateurs du site, est confirmé le mardi 21 juillet 2020. Ils ont pour point commun de rechercher une «relation exclusive», pas une rencontre d'un soir ou d'une nuit. «Le texte de présentation de Delphine laissait comprendre qu'elle cherchait à refaire sa vie», précise Jean. Débute alors une conversation écrite dans laquelle ils se racontent l'envie commune de fuir le quotidien et d'échapper à des vies de couple devenues décevantes avec les années. «Au bout de trois semaines, on comprend l'un comme l'autre qu'il se passe quelque chose de fort entre nous, raconte le jeune homme. C'est une affinité réciproque, un échange construit et intelligent qui coule comme une chute d'eau. Il n'y a pas d'ennui, pas de messages inutiles, c'est magnifique», poursuit-il. Leur histoire d'amour se tisse dans le courant de l'été.

*

La première rencontre a lieu sur les rives du lac des Tasconis à Salvagnac dans le Tarn, à une trentaine de kilomètres de Montauban et à une cinquantaine d'Albi. Nous sommes le 28 juillet en fin d'après-midi, une semaine seulement après le fameux « match » sur Internet. Delphine porte une robe rouge légère. Elle est intimidée, réservée, déjà sous le charme. « Pas trop déçue par rapport à la photo ? » désamorce Jean. « Pas du tout, et toi ? » rétorque Delphine dans un sourire. Fébriles, un peu gauches, ils commencent par faire quelques pas sur le chemin qui longe ce plan d'eau rectangulaire d'une centaine de mètres de long, le temps de s'habituer à la présence de l'autre. Puis Jean propose de s'asseoir dans l'herbe, à l'ombre d'un grand peuplier, à bonne distance des pêcheurs qui les regardent du coin de l'œil. Il fait beau, l'air est tiède. Les voitures et les camions passent sur la départementale 999 juste à côté. Mais le couple sur le point de se former n'entend déjà plus rien. Le jeune homme prend l'initiative de s'allonger et pose sa tête sur les jambes de Delphine. De cette façon, elle peut observer son visage, le caresser si l'envie lui en prend sans forcément croiser son regard. Moment suspendu, qui s'étire sur une heure. Elle parle, vide son sac, lui écoute. Ils finiront par s'embrasser, évidemment. La vie paraît soudain plus légère. Ils n'iront pas plus loin lors de ce premier rendez-vous. En début de soirée, Delphine reprend la route d'Albi, Jean celle de Montauban.

Ils auraient envie de se revoir dès le lendemain, mais ce n'est pas possible. Alors,. ils s'écrivent. Régulièrement d'abord, puis frénétiquement. Toujours via la messagerie Snapchat qui permet de supprimer automatiquement les textes sitôt leur lecture achevée. « Nous nous posions des questions sur nos boulots respectifs, raconte Jean. Moi, je voulais tout savoir sur sa vie à l'hôpital… » Delphine lui donne aussi un aperçu de la personnalité de son mari. « Elle me parlait d'une personne irresponsable qui se laisse vivre et qui, régulièrement, lui piquait sa carte bleue, me précisera-t-il par la suite[1]. Elle me dépeignait aussi Cédric comme quelqu'un de très inconstant, en dents de scie. Un homme qui ne faisait rien dans la maison et qui un soir, en rentrant du travail, pouvait acheter du carrelage et se mettre à carreler les murs de la salle de bains de 20 heures à 1 heure du matin. »

La rentrée scolaire est arrivée. Delphine ne pense plus qu'à son amoureux. Elle voudrait en parler, le crier sur les toits, mais comment expliquer l'indicible ? Comment faire comprendre ce sentiment puissant qui électrise, cette passion embryonnaire qui déjà emporte tout sur son passage ? Ils imaginaient se distraire d'une vie de couple peu épanouissante. Les voilà pris au piège délicieux d'amours clandestines qui donnent envie de se projeter dans une autre vie.

*

Leurs lieux de rencontre varient d'une semaine à l'autre. Ils se retrouvent par exemple le temps d'un pique-nique à L'Isle-sur-Tarn ou à Montech, non loin de Montauban ; pour des promenades, main dans la main, le long des écluses d'un canal latéral de la

1. Entretien téléphonique avec l'auteur, le 24 septembre 2021.

Garonne. Dans l'après-midi, en semaine, le risque d'être vu et reconnu y est très réduit. Puis commencent les rendez-vous à l'hôtel en pleine journée. Rarement deux fois de suite dans le même établissement, pour éviter d'attirer l'attention. La première fois, cela se passe près de Toulouse, à peu près à égale distance de Montauban et d'Albi. Puis dans un hôtel Ibis à la sortie d'Albi, en bordure de la rocade, ou encore non loin de Gaillac. L'infirmière a tellement peur de tomber en panne avec sa vieille voiture qu'elle préfère en louer une à la journée sur un site entre particuliers.

Leurs habitudes sont bien rodées. Désormais désinscrits de Gleeden, Delphine et Jean s'appellent avant de remplir leurs plannings professionnels et accordent leurs violons pour se ménager des demi-journées communes. Leurs rythmes de travail le permettent. « On faisait ça un mois à l'avance », se souvient-il. Pas question d'un rendez-vous à la va-vite. À chaque rencontre, ils passent plusieurs heures ensemble. Des moments de tendresse, de complicité et d'amour avec quelques rituels. « Quand on se voyait à l'hôtel, on commandait une bouteille de champagne, sourit amèrement le bel épicurien. Et si l'on partageait un repas, on s'offrait une bonne bouteille de vin rouge. » Pour plaire à son amant, la jeune femme s'offre un body noir en dentelle et des sous-vêtements sexy. Lingerie qui sera retrouvée par les enquêteurs dans son casier, à la clinique Claude-Bernard.

Delphine et Jean commencent à imaginer la possibilité de quitter leurs conjoints respectifs pour s'installer ensemble. Sans certitude aucune, en parlant au conditionnel, juste pour voir comment l'autre réagit.

« On évoque même le fait que nous sommes déjà père et mère d'enfants en bas âge, m'explique Jean. Ce n'est pas anodin bien sûr, mais cela ne nous fait pas peur. Nous nous sentons prêts à nous occuper des enfants de l'autre. » Au cours des dernières semaines, Delphine lui présente même son fils à la faveur de plusieurs appels « en visio ». « C'est un copain de maman mais cela doit rester un secret entre nous », aurait-elle dit à Louis. Envie irrépressible, un peu naïve peut-être, de partager son bonheur. Louis finit par le dire à son père, qui interroge sa femme à ce sujet. Delphine se défend et prétend qu'il ne s'agit pas d'un copain mais de son propre frère, le « tonton » de Louis.

Il arrive aussi que Delphine se rende chez Jean à Montauban. Officiellement, elle vient prendre une leçon de piano. C'est en tout cas ce que le jeune homme explique à sa compagne d'alors pour brouiller les pistes. Mais cela n'a qu'un temps. « Nous n'étions pas à l'aise chez moi, se souvient-il. C'est pour cette raison que nous n'avions pas répété l'expérience plus de deux fois. »

Durant l'automne, l'infirmière ne cache pas que l'ambiance commence à devenir irrespirable chez elle. Cédric l'espionne, lui envoie une kyrielle de messages pour tenter de la reconquérir et lui adresse deux courriers manuscrits dans lesquels il reconnaît ses torts et se met à plat ventre avec ses mots à lui. Delphine fait lire les lettres de Cédric à son amant, pas pour s'en moquer mais pour lui exposer l'état d'esprit de son mari. Jean prend conscience de la douleur que peut ressentir un homme sur le point d'être quitté, mais pas au point de renoncer au bonheur qui leur tend les bras. «Ces courriers étaient là pour nous rappeler, à tous les deux, qu'il fallait être très diplomates avec nos partenaires…» soupire Jean. Et très prudents. Les deux amants enveloppent chacun de leurs rendez-vous d'alibis consolidés. Delphine sait que Cédric ne dispose d'aucun relais parmi ses collègues de la clinique Claude-Bernard pour vérifier son planning. Elle peut donc inventer des nuits de travail qui n'existent pas. Ce qu'elle fait au moins à deux reprises.

De son côté, Jean a exprimé à sa compagne, dès le mois d'octobre, son envie de rompre après une dizaine d'années de vie commune. Sans rien révéler de sa relation extraconjugale. Lors des dernières semaines pourtant, le jeune homme prend beaucoup moins de précautions en amont de ses rendez-vous galants. Au fond, il n'espère qu'une chose: que son petit jeu soit découvert et que cesse cette vie clandestine qui n'a que trop duré. Il veut vivre son amour au grand jour mais ce n'est pas si facile à avouer, les yeux dans les yeux. Le samedi 12 décembre, Jean fait un premier pas. Il passe l'après-midi avec Delphine et en informe sa compagne, arguant qu'il s'agit de la conseiller pour l'achat d'une nouvelle voiture. Une explication qui éveille surtout le soupçon. Le lendemain, il laisse son téléphone portable en évidence, à la disposition de sa compagne. En souhaitant presque qu'elle intercepte un message compromettant. C'est exactement ce qui se produit. La jeune femme découvre un message Snapchat non effacé, agrémenté de petits cœurs. Jean admet alors que Delphine, elle-même en cours de séparation, est devenue pour lui une confidente. Et réciproquement.

Sa compagne adresse alors un texto à cette Delphine dont elle commence à se méfier. Et lui annonce, non sans ironie, qu'elle aura le champ libre tout le mois de janvier puisqu'elle part en voyage. Delphine laissera ce SMS sans réponse. C'est la première étape avant le grand déballage du 15 décembre.

Chapitre 17
Parole à la défense

Les vacances judiciaires de la cour d'appel de Toulouse approchent à grands pas. Pourtant, ce 6 juillet 2021, la salle de la Tournelle affiche complet. Sur le papier, il ne s'agit que d'un appel du placement en détention provisoire de Cédric Jubillar. Une démarche entreprise par la défense dont les chances de succès sont quasi nulles, deux semaines seulement après son incarcération. Peu importe. La presse locale et nationale est venue en nombre pour observer l'accusé de près. Tout le monde veut se forger une opinion sur ce peintre-plaquiste de 33 ans soupçonné d'avoir tué sa femme puis de s'être débarrassé du corps sans laisser la moindre trace. En ce début d'été, l'affaire fait sensation et le personnage intrigue. Il conteste toujours les faits, et les indices qui pèsent contre lui, pris un par un, ne semblent pas accablants. Par ailleurs, il ne présente aucun antécédent judiciaire, si ce n'est d'avoir pris le volant « malgré une suspension du permis de conduire » le 15 février 2021. En guise de bande-annonce, son avocat, maître Jean-Baptiste Alary, a promis des surprises aux nombreux médias avec lesquels il échange en *off*. Il y aurait même « un truc énorme, une bombe nucléaire » dans le dossier. Le bâtonnier d'Albi annonce aussi un changement de stratégie : après des mois de défense « passive », il opte désormais pour une défense « active » en s'adjoignant le renfort d'un duo de pénalistes toulousains, maîtres Emmanuelle Franck et Alexandre Martin, deux ex-lauréats de la conférence du stage, l'élite du barreau de la ville rose.

À eux trois, en l'espace d'une dizaine de jours et de nuits, ils ont exploré à la hâte la dizaine de milliers de cotes du dossier d'instruction. Un travail de fourmi pour exhumer des éléments susceptibles de contrer les indices « graves et concordants » qui, selon les juges d'instruction, pèsent sur Cédric. Ce 6 juillet, conformément à la demande des avocats de la défense, les débats se tiennent en public et non à huis clos. Une façon, espèrent-ils, de contrebalancer l'effet de la conférence de presse donnée le 18 juin par l'ex-procureur de la République de Toulouse. Soutenant l'accusation, Dominique Alzéari avait alors évoqué une « configuration d'homicide conjugal » et dépeint le mari de Delphine sous un jour très sombre : « Cédric Jubillar avait une très grande difficulté affective et matérielle à accepter la séparation. Il avait tenté de reconquérir son épouse parfois avec des manières brutales, agressives et intrusives. » Delphine Aussaguel, elle, n'avait strictement aucune raison de disparaître, pointait ensuite le procureur. « Elle avait le projet de quitter définitivement le domicile, de s'installer avec un autre homme rencontré l'été précédent. Elle avait fait un crédit pour une voiture, faisait une recherche de logement sur Albi. »

Au cours de cette même conférence de presse, Dominique Alzéari révélait le témoignage de deux voisines qui avaient entendu les cris de détresse d'une femme, « à 23 h 07 » le 15 décembre, pouvant provenir de la maison des Jubillar. Quant à Louis, le fils du couple, il aurait confié lors de sa deuxième audition, le 20 janvier, avoir entendu une dispute entre ses parents ce soir-là. Deux éléments, parmi d'autres, qui marquent les esprits. Sans oublier la couette que Cédric, étrangement, aurait décidé de mettre dans la machine à laver juste avant l'arrivée des premiers gendarmes. C'est en tout cas ce que pense avoir compris le procureur. Autre indice, la voiture de Delphine aurait été utilisée dans le courant de la nuit si l'on se fie à son sens de stationnement, capot vers le haut le 15 en début de soirée, capot vers le bas le 16 au petit matin. Enfin, on aurait remarqué des traces de condensation à l'intérieur de l'habitacle du véhicule au petit matin, signe d'une présence humaine dans la nuit selon les gendarmes. Une somme d'indices graves et concordants qui justifie, selon le procureur, le placement en détention provisoire du mari de Delphine. Paradoxalement, cette longue conférence de presse regorgeant de détails offre un boulevard à la défense. Le trio d'avocats entend désormais s'appuyer sur la force de l'accusation pour mieux la faire basculer. Comme au judo, mais dans un prétoire et en public. Car la bataille qui s'cngage est aussi celle de l'opinion et des médias. « Les téléspectateurs et les lecteurs d'aujourd'hui sont les jurés de demain, expliquera plus tard Emmanuelle Franck dans une interview au *Figaro*. Si on laisse Cédric Jubillar être écrasé dans l'opinion publique, il sera déjà écrasé avant même l'ouverture d'un potentiel procès. »

Ce 6 juillet 2021, il est un peu plus de 8 h 30 lorsque Cédric apparaît dans le box des accusés, protégé derrière une vitre en Plexiglas. Un murmure parcourt la salle de la Tournelle. Il se présente avec le crâne rasé. Il a choisi sa plus belle chemise, une blanche à manches longues, et un jean bleu clair. Après une vingtaine de jours de prison à l'isolement, il semble surpris de voir autant de monde. Les journalistes qui le scrutent pour la première fois sont surpris eux aussi. L'accusé est de taille modeste et semble fluet. L'envoyé spécial de *Libération* le compare à un « bonze miniature ». En forçant un peu le trait, sa silhouette et son gabarit pourraient presque constituer un élément à décharge. Je suis assis au troisième rang, juste derrière Sébastien, l'un des frères de Delphine, et dans la diagonale de Cédric, sur sa gauche. Son visage est dissimulé derrière un masque chirurgical, le mien aussi. Nos regards se croisent un bref instant.

La présidente de la chambre de l'instruction commence alors son exposé de l'affaire. Ce n'est a priori qu'une formalité, mais à ce stade encore précoce de l'instruction, ces quelques minutes s'avèrent d'une intensité exceptionnelle. Comme mes consœurs et confrères, je me concentre pour saisir et noter chaque détail nouveau. « L'affaire débute le 16 décembre à 4 h 09 et 59 secondes, amorce Corinne Chassagne. L'heure exacte où la gendarmerie reçoit l'appel de Cédric Jubillar. » Puis elle cite les premiers mots prononcés par le mari de Delphine : « Oui, bonjour, je ne sais pas où est passée ma femme... » D'une voix égale, la présidente poursuit son résumé des faits les plus saillants en insistant sur les menaces de mort prononcées par le suspect devant sa mère. « Elle m'énerve, je vais la tuer, je vais l'enterrer et personne ne la retrouvera », aurait-il déclaré à propos de son épouse. Des paroles en l'air prononcées sous le coup de la colère ou de la tristesse ? Peut-être, mais Cédric se serait aussi épanché auprès d'un copain venu l'aider à ramasser du bois trois jours avant la disparition de son épouse : « Ce n'est pas bon, j'ai envie de la tuer », aurait-il dit selon ce témoin. La présidente de la chambre de l'instruction développe ensuite la liste des éléments à charge déjà connus. Puis laisse la parole à la défense.

Débute alors une valse à trois temps où chaque avocat, dans un style et un registre bien distincts, va tenter de torpiller l'accusation. Jean-Baptiste Alary, l'avocat « historique » de Cédric, celui qui s'est occupé seul de sa défense en le représentant lors de multiples interventions médiatiques, est le premier à s'élancer. Jusqu'à présent, il a réussi un sans-faute, slalomant entre les questions lorsqu'elles s'avéraient trop dérangeantes. « Je me débrouille toujours pour ne jamais devoir mentir », m'a-t-il expliqué un jour en souriant.

« Pendant la garde à vue, nous avons écouté cette conversation[1], explique maître Alary. Cédric est un homme inquiet, paniqué, qui pleure à plusieurs reprises [...] On lui a reproché d'avoir appelé à 4 h 09, mais c'est quand le bon moment pour appeler la gendarmerie ? » Avant d'élargir la réflexion. « Six mois

1. Celle du premier appel de Cédric à la gendarmerie la nuit du 15 décembre 2020.

d'enquête ne sont pas parvenus à démontrer quoi que ce soit, appuie-t-il. Faute de preuve irréfutable, on nous fait la preuve par la négative. On n'a rien trouvé d'autre donc c'est lui, le coupable idéal. Ce type de raisonnement n'est pas admissible… » C'est le premier coup de butoir. Jean-Baptiste Alary poursuit son intervention par la révélation d'un élément du dossier, la fameuse « bombe nucléaire » qu'il évoquait quelques jours plus tôt. Le 25 décembre, un habitant d'Albi s'est accusé du meurtre de Delphine auprès de son ex-compagne[1]. Dénoncé par cette dernière, cet homme s'est rétracté, expliquant qu'il avait seulement voulu lui faire peur. « Rien n'a été fait pour vérifier sérieusement l'alibi de cet homme », grince maître Alary. La bombe attendue fait l'effet d'un pétard mouillé.

Arrive ensuite le tour de maître Emmanuelle Franck, teint mat et chevelure blonde parcourue de quelques boucles rebelles. Observatrice et réservée, elle semble capable de se transfigurer lorsqu'elle prend la parole dans un prétoire, soudain mordante et tranchante. Elle a étudié pendant plus d'une centaine d'heures le fond du dossier et débusqué des angles d'attaque. « Jusqu'où va-t-on aller et comment peut-on aller si loin avec si peu ? » pose-t-elle d'emblée. Avant de prononcer ces quelques mots qui captivent un auditoire : « Je repense à cette phrase qui n'est pas de moi : "Une erreur judiciaire est toujours un chef-d'œuvre de cohérence." » Sans prendre le temps de citer ni l'auteur, Daniel Pennac, ni l'œuvre dont elle est tirée,

1. Cette piste, évoquée dans le chapitre 10, a fait long feu.

Monsieur Malaussène, maître Franck est déjà passée à l'attaque. « Ici, il n'y a même pas de chef-d'œuvre de cohérence. On tente de jouer au puzzle, on essaye d'assembler des pièces et comme ça coince, on force. » Pour tenter de déconstruire « ce château de sable », la pénaliste évoque sa vision générale de l'affaire Jubillar. « Le préalable, c'est la preuve de l'existence d'un crime. Dans ce dossier, l'hypothèse criminelle est la plus probable, mais gardons à l'esprit que nous n'avons même pas de certitude dans ce domaine. Il n'y a pas de corps, pas de scène de crime, pas de trace de sang ou de fluide biologique. Rien. »

Passé ce préambule, Emmanuelle Franck tente de renverser chacun des indices « graves et concordants ». Premier point, les déclarations de Louis, 6 ans, qui fait état, lors de son audition du 20 janvier, d'une « dispute avec des gros mots » entre ses parents dans la soirée qui précède la disparition de sa maman. Louis dit aussi se souvenir d'un échange verbal entre son père et sa mère lors de cette même soirée du 15 décembre : « puisque c'est comme ça, on va se séparer… ». Sans être capable, toutefois, de préciser qui est l'auteur de cette phrase. « Cela fait des mois que Cédric et Delphine Jubillar évoquent clairement leur projet de séparation, observe maître Franck. Cette phrase ne peut donc être contemporaine de la disparition de Delphine. Partant de là, on peut vraiment se poser des questions sur la fiabilité du témoignage de l'enfant […] Et puis, pas besoin de citer Dolto pour savoir que le concept de chronologie n'est pas acquis à cet âge-là. » L'argument reste toutefois fragile. Ce 15 décembre, Delphine a très bien pu informer Cédric de son départ imminent alors que jusqu'à présent, cela n'était resté qu'au stade de l'intention. Dans ce cas, la phrase rapportée par le petit Louis prendrait tout son sens.

Puis la pénaliste tente de fragiliser un autre point sensible du dossier Jubillar : le témoignage des deux voisines (une mère et sa fille) qui ont entendu ce soir-là les cris de détresse d'une femme provenant de l'extérieur d'une maison, dans la direction du domicile des Jubillar. Ces deux témoins regardaient *Retour vers le futur 2*, sur TF1. S'appuyant sur un point de repère précis dans le scénario du film évoqué par l'un des témoins (la mère), maître Franck affirme que ces cris n'ont pu être entendus qu'entre 22 h 51 et 22 h 55. Et non pas à 23 h 07, comme l'estiment les enquêteurs. Or, quelques minutes plus tard, entre 22 h 55 et 22 h 59, Louis n'était apparemment pas encore au lit. Le garçonnet a en effet été capable de décrire précisément un sketch diffusé au même moment sur M6 au cours de l'émission « La France a un incroyable talent », sketch qu'il a vu avant de souhaiter bonne nuit à sa maman et d'aller se coucher. Par ailleurs, à 22 h 55, Delphine Jubillar échange encore un message avec son amant. Dans ces conditions, impossible que la disparue soit à l'origine des cris entendus par les voisines. La démonstration de la défense semble convaincante. Mais le point de repère télévisuel est-il vraiment fiable ? Visiblement, les gendarmes et les magistrats instructeurs ont une lecture différente des témoignages de la mère… et de sa fille. Avant de refermer ce volet, l'avocate de Cédric balaie d'un revers de la main les vérifications effectuées par les enquêteurs. Ces derniers se sont assurés qu'un cri émis depuis le pavillon des Jubillar pouvait bien être entendu par ces voisines qui habitent « à cent trente mètres ». « Évidemment, un bruit, ça fait du bruit, soupire Emmanuelle Franck. Mais cela prouve quoi ? » D'autant que les autres voisins, qui habitent bien plus près de la maison des Jubillar, disent n'avoir rien entendu.

Poursuivant son travail de sape, l'avocate de l'artisan aborde un autre pilier de l'accusation. « Non, Cédric Jubillar n'a pas une connaissance certaine de l'existence et encore moins de l'identité de l'amant de sa femme », assène-t-elle. « C'est seulement le 16 au matin, après une petite enquête avec une amie de Delphine, que Cédric va lister parmi les abonnés du compte Instagram de sa femme une liste de huit profils susceptibles d'être l'amant. Il est donc complètement erroné de présenter cet élément comme le détonateur d'un éventuel passage à l'acte. » Regard tendu vers son avocate, Cédric opine sensiblement du chef pour appuyer le propos. Légèrement voûté comme à son habitude, il se redresse de temps à autre pour délier son corps et faire craquer quelques vertèbres. Parfois, il scrute les rangs de la salle d'audience, à la recherche d'un visage familier. Quand la porte d'entrée s'entrouvre, il tourne la tête, par réflexe. Au cas où une silhouette connue se dessinerait enfin dans l'entrebâillement.

Proche de conclure sa plaidoirie, maître Franck souligne les supposées lacunes de l'enquête. Elle pointe notamment l'absence de procès-verbal de constatation au sujet du sens de stationnement de la Peugeot 207 de Delphine qui aurait été inversé entre la soirée et la fin de la nuit. Quant aux traces de condensation observées à l'aube sur les vitres de la voiture et censées révéler une présence humaine au cours de la nuit – « une vaste escroquerie », siffle-t-elle –, il n'y a là encore aucun PV de constatation. Seulement les témoignages non concordants des gendarmes primo-intervenants. Pour le lavage de la couette sous laquelle Delphine avait pris l'habitude de dormir dans le canapé du salon, c'est encore pire, selon la pénaliste. La couette n'a en effet été saisie dans la machine à laver que « trente-quatre heures plus tard », et les premiers gendarmes arrivés sur place confirment que la machine ne tournait pas au moment où ils étaient présents au domicile. D'ailleurs, comment peut-on être certain que Cédric mettait bien la couette à laver ce matin du 16 décembre à 4 h 50 ? Le principal intéressé prétend qu'il l'a mise dans la machine parce que ses chiens avaient uriné dessus. Mais il ne sait plus à quel moment précisément. Au passage, on apprend de la bouche d'Emmanuelle Franck qu'une « micro-trace » du sang de Delphine a été retrouvée sur le pyjama de Cédric, mêlée à une trace de sperme. Mais les quantités seraient tellement faibles qu'elles ne sauraient être incriminantes. Quant au podomètre du téléphone de Cédric, censé comptabiliser le nombre de pas de son propriétaire, il n'en aurait enregistré que quarante-six entre le moment où le smartphone est rallumé à 3 h 53 et 4 heures du matin. Les enquêteurs en déduisent que Cédric Jubillar n'était absolument pas en train de chercher sa femme au cours de ces sept minutes. Une attitude en décalage total avec l'appel au secours qu'il effectue par la suite. « Mais, questionne maître Franck, comment est-il possible que le podomètre enregistre ses pas si le téléphone est posé sur une table ? » L'argument semble faire mouche dans l'assistance. Pourtant, l'activité téléphonique de Cédric dans cet intervalle de temps laisse peu de place au doute. Après avoir passé une minute et vingt-trois secondes sur le site de rencontres Badoo, il appelle sa femme à quatre reprises et lui adresse deux messages écrits. Difficile de soutenir qu'il a laissé, dans le même temps, son téléphone posé sur une table.

Après cette longue opération de déminage de l'accusation, ciselée et sans hésitation apparente, c'est au tour de maître Alexandre Martin de prendre la parole. Stature imposante, chevelure poivre et sel ondulée qu'il se plaît à dompter de la main, il en impose immédiatement. Les inflexions de sa voix rocailleuse et son verbe donnent une épaisseur dramatique à ce qui se joue à cet instant. Sommes-nous déjà dans un procès d'assises ? On s'y croirait en tout cas. Sans prononcer son nom, il commence par se tourner vers son client, qu'il appelle « celui-ci ». « Voilà un homme qui se retrouve depuis le 18 juin plongé dans une machine infernale, tonne maître Martin. Il ne sait plus quoi faire, s'il doit parler ou s'il peut sourire. Il a déjà été cloué au pilori par le procureur de la République… » Le pénaliste marque un arrêt. « Je veux ici avoir une pensée pour Delphine, pour Louis et pour Elyah qui se retrouvent sans leur maman et sans leur papa… » égrène-t-il lentement. Changeant de registre, il convoque alors le souvenir de deux figures célèbres des annales judiciaires. Deux hommes soupçonnés d'avoir tué leurs femmes : Jacques Viguier, professeur d'université toulousain dont l'épouse a disparu en février 2000, placé en détention provisoire pendant neuf mois avant d'être acquitté à deux reprises, et Jean-Louis Muller, un médecin légiste alsacien acquitté au terme d'un procès en cassation, quatorze ans après les faits. La justice le soupçonnait d'avoir maquillé le meurtre de son épouse en suicide, en novembre 1999. Viguier, Muller, Jubillar, même combat ? « Nous avons tous une immense responsabilité, rappelle Alexandre Martin. Il y va de la possibilité de dire un jour à Louis et à Elyah ce qui a pu arriver à leur maman. » Se tenant toujours à distance du fond du dossier, le pénaliste toulousain tâche de synthétiser la singularité de l'affaire Jubillar. « Il s'agit d'un drame exceptionnel dans lequel il n'y a pas de scène de crime, pas de trace de lutte, aucune trace de terre, de boue, aucun téléphone qui déclenche un relais [...] En fait, il n'existe aucun élément qui rattache Cédric Jubillar à une scène de crime. » Une fois cela posé, il en vient à une analyse technique passée jusqu'alors inaperçue. Sans jamais avoir eu le téléphone portable de Delphine en main (ce modèle de la marque Huawei n'a pas été retrouvé jusqu'à présent), les enquêteurs ont eu accès aux archives de son compte Google qui répertorient toutes les traces numériques laissées par l'activité de l'appareil. Y compris au cours de la nuit de la disparition. Ainsi est-il possible de détecter à 0 h 07 une ouverture de la page d'accueil du smartphone et, deux minutes plus tard, l'ouverture du compte WhatsApp de Delphine. À 1 h 33, c'est la caméra du téléphone qui est déclenchée. Comme Huawei le confirmera aux juges, ces événements techniques ne peuvent avoir eu lieu sans l'intervention d'un humain capable de déverrouiller l'appareil. Pour les avocats de Cédric Jubillar, ces traces numériques inexpliquées pourraient être vues comme de possibles traces de vie de sa propriétaire. Elle est la seule, affirment-ils, à connaître le code de déverrouillage de son téléphone. Mais comment peuvent-ils en être certains ? Plus intéressant encore pour la défense du mari de Delphine, une troisième trace d'activité est révélée, cette fois à 6 h 52. Il s'agit d'une nouvelle ouverture de la page d'accueil du Huawei. Or, à cette heure précise, Cédric Jubillar n'est-il pas en présence à son domicile des trois gendarmes primo-intervenants ? Difficile d'imaginer le mari de Delphine en train de manipuler le téléphone de sa femme disparue sous les yeux des militaires. Aux yeux de la défense, cet élément technique démontrerait donc que l'infirmière est encore en vie à cet instant ou qu'une tierce personne utilise son téléphone. Magistrats et enquêteurs ne partagent pas du tout cette lecture. Ils estiment au contraire qu'à 6 h 52 ce 16 décembre 2020, Cédric Jubillar est seul à l'intérieur de sa maison, sans surveillance et à l'abri des regards, alors que les trois gendarmes inspectent la Peugeot 207 de Delphine garée en contrebas dans la rue Yves-Montand. Partant de là, il aurait donc eu tout loisir de manipuler l'appareil téléphonique de son épouse. Une hypothèse balayée par la défense, qui observe que personne ne sait précisément à quelle heure a eu lieu l'inspection de la voiture, mais confortée par une expertise versée ultérieurement au dossier d'instruction. Selon cette étude fine des détections du téléphone de Delphine par les divers relais téléphoniques entourant Cagnac-les-Mines, l'appareil n'aurait jamais quitté le lotissement des Jubillar.

Dans la lignée de son confrère maître Alary qui avait déjà évoqué l'existence dans le dossier d'un homme qui s'accusait du meurtre de Delphine, maître Martin insiste ensuite sur deux autres pistes, à ses yeux insuffisamment exploitées par les enquêteurs. Il y a d'abord ce chauffeur de taxi qui aperçoit « une silhouette féminine » au bord d'une route en direction de Gaillac. Il est 6 heures du matin et elle porte une doudoune « blanche, ou beige, ou vert pomme clair ». Et puis ce témoignage, plus nébuleux, qui évoque un homme courant vers une voiture dont les phares sont restés allumés. La scène se serait déroulée sur un pont au-dessus du chemin de Pignès, une route vallonnée située sur la commune de Cagnac-les-Mines, vers 5 h 15 le 16 décembre. À un moment où les gendarmes étaient déjà arrivés chez Cédric Jubillar. Dans son style caractéristique, l'avocat finit par énumérer les clichés qui colleraient à la peau de son nouveau client. Pour mieux les battre en brèche. « C'est un honnête homme, un homme simple, travailleur, que l'on a voulu présenter comme un branleur, un fumeur de joints qui vivrait aux crochets de sa femme et qui martyriserait ses enfants. Certains ont même parlé de lui comme "un pervers narcissique"... » S'adressant autant au public qu'à la présidente et aux conseillères de la chambre de l'instruction, Alexandre Martin tente pour conclure de déconstruire l'image d'un mari violent qui aurait pu passer à l'acte dans un mouvement de colère. « Son éducation est très sévère et il peut lui arriver de tirer l'oreille de son fils, commence-t-il par admettre. Mais après quinze ou seize ans de vie commune avec Delphine, pas un seul témoin ne s'est manifesté pour dire qu'il s'était montré violent avec son épouse dans le passé. Verbalement, oui, mais physiquement jamais […] Les collègues infirmières de Delphine n'ont jamais vu de traces de coups sur son corps. Ses amants[1], non plus. » Un rang devant moi, Sébastien, le frère de Delphine, baisse la tête.

Au bout de quatre heures d'audience, Cédric se lève de sa chaise. Il est 12 h 44. La présidente lui demande s'il souhaite prendre à la parole. D'un filet de voix juvénile, et avec cet accent du Tarn qui la caractérise, il conclut : « Je n'ai rien à déclarer. » Cédric Jubillar quitte la salle d'audience et rentre à la maison d'arrêt de Toulouse-Seysses. Son nouvel univers. Deux jours plus tard, la chambre de l'instruction suivra les réquisitions de l'avocat général et confirmera son maintien en détention. Une décision motivée par le souci de « conserver les preuves et indices », d'empêcher « toute pression sur les témoins » et de mettre fin « au trouble exceptionnel et persistant à l'ordre public ».

---

1. L'avocat fait sans doute allusion à Jean et à un autre homme rencontré sur Gleeden avec lequel Delphine a échangé au début de l'été 2020, mais sans jamais le rencontrer.

Chapitre 18
Jon Snow

Mis en examen pour « meurtre par conjoint », passible de la réclusion à perpétuité. L'étiquette est lourde à porter. Après plusieurs heures d'attente dans les geôles du tribunal judiciaire de Toulouse, Cédric Jubillar grimpe à l'arrière d'un fourgon de l'administration pénitentiaire. Direction la maison d'arrêt de Seysses, à vingt-cinq kilomètres au sud. Un établissement de six cents places bâti au début des années 2000 en bordure de l'autoroute A64, celle qui relie l'agglomération toulousaine à Bayonne. Ce 18 juin 2021, c'est la première fois qu'il franchit le seuil d'une prison. Comme tout habitant de la région Occitanie, Cédric connaît la triste réputation de cette prison plombée par la surpopulation carcérale, le manque d'hygiène, la violence entre détenus et les mutineries qui défraient régulièrement la chronique.

Mais « Cédric Claude Jubillar » n'est pas un prisonnier tout à fait comme les autres. Il est directement placé au quartier de l'isolement (QI). Sans passer par le quartier d'ordinaire réservé aux nouveaux arrivants. Un « privilège » lié à son statut de détenu « très médiatique ». Après un entretien avec l'un des responsables de la maison d'arrêt, il se voit attribuer un numéro d'écrou à cinq chiffres et doit se séparer de ses effets personnels : sa carte d'identité, son téléphone portable, sa carte bleue et sa montre. Comparées au sort réservé à l'immense majorité des détenus de Toulouse-Seysses, ses conditions de détention pourraient presque paraître « enviables ». Ce soir-là, Cédric découvre une cellule individuelle de douze mètres carrés, équipée d'une douche, de toilettes, d'un lit, d'une télévision et d'une table. Quelques minutes après son installation, le père de famille constate en allumant son petit écran que sa mise en examen fait la une de l'actualité. Il était déjà « le mec le plus connu du Tarn », le voilà désormais en ouverture des journaux télévisés nationaux. Au cours de ses premières nuits d'incarcération, un traitement particulier lui est réservé. Chaque heure, le surveillant allume la lumière dans sa cellule et vérifie que le nouveau « pensionnaire » se porte bien. Une privation de sommeil continu que Cédric assimile à une forme de torture psychologique qui viserait à l'affaiblir, à le faire craquer. Il s'agit en réalité d'une mesure classique de prévention du risque de suicide pour les nouveaux détenus. Cela lui a-t-il été clairement expliqué ? Cédric n'est pas électricien, mais il a déjà trouvé la solution : retirer l'ampoule du plafonnier de sa cellule. C'est ce qu'il fait à deux reprises, le 4 et le 6 juillet. « Je veux qu'on arrête de me faire ch… » éructe-t-il lors du second incident, avant d'insulter le surveillant.

Visiblement, ces premières semaines de détention constituent une épreuve psychologique majeure. Rien de plus normal, surtout pour un homme qui se dit innocent. Mais ce qui semble le plus difficile à vivre, c'est le rapport d'autorité que les « matons » essaient d'instaurer. Cédric est un rebelle, depuis toujours. Alors, il tente de purger sa colère par écrit. Le 8 juillet, Cédric rédige une lettre à l'adresse de Séverine, sa petite amie avec laquelle il s'est réconcilié par courriers interposés depuis le différend qui avait éclaté la veille de son interpellation. Il raconte à sa manière, avec ses mots, la relation conflictuelle qu'il entretient avec les surveillants pénitentiaires. « J'en ai marre de me prendre la tête avec les surveillants, ils ont un problème de virilité, à croire qu'ils se font violer par leur femme. Je les emmerde ces petites fiottes, voilà ce que je pense d'eux. J'espère qu'ils liront mes lettres pour qu'on puisse en discuter (hahahaha) Ils se prennent pour des dieux !!! » Sous la vulgarité affleure une certaine idée de la domination masculine.

Les vacances judiciaires se profilent, synonymes d'un été entier derrière les barreaux pour Cédric. Ses avocats avaient pourtant demandé un interrogatoire avant la fin du mois de juillet, mais les magistrates instructeurs, Audrey Assemat et Coralyne Chartier, ont préféré temporiser. Elles ont fixé la date de ce rendez-vous au 15 octobre, soit un jour avant la date limite imposée par les délais légaux. D'ici là, Cédric Jubillar reste entre quatre murs, seul face à l'épreuve du temps qui s'écoule si lentement, sans visites ni parloir, à l'exception des rendez-vous avec ses avocats. Il lui reste toutefois la possibilité d'écrire et de recevoir du courrier. Dans le quartier des détenus placés à l'isolement, le rythme est immuable. Sans surprise, ou si peu. La journée débute à 7 heures par l'appel du matin, le rituel d'identification quotidienne des personnes incarcérées. Cédric a ensuite droit à deux promenades par jour d'une heure chacune, une le matin, l'autre l'après-midi, à condition que les surveillants soient en nombre suffisant. Seul dans un patio d'une cinquantaine de mètres carrés, à ciel ouvert mais surmonté d'un grillage. Ou seul dans une autre cellule reconvertie en salle de musculation. Pendant les premières semaines de détention, il la fréquente avec une certaine assiduité. De retour dans sa cellule, il enchaîne les séries de pompes. Une manière d'occuper le corps et de chasser les idées noires. Pour entretenir ses méninges, il demande aux quelques proches qui lui sont restés fidèles, Séverine et son demi-frère notamment, de lui envoyer des grilles de mots fléchés, des livres de jeux… et des cahiers de coloriage. Cédric réclame aussi de la musique et un peu de lecture : un roman policier d'Agatha Christie si possible et un ouvrage de Napoleon Hill intitulé *Réfléchissez et devenez riche*.

S'il ne peut jamais voir ses codétenus – c'est le principe à l'isolement –, il peut en revanche leur parler à la fenêtre quand il veut… même la nuit. Cela rompt la monotonie absolue de la détention. Mais Cédric préfère rester discret, au moins dans un premier temps. Informés de sa présence dans les murs de la prison, ses voisins cherchent à vérifier qu'il est bien l'homme dont tout le monde parle. Le Tarnais refuse de décliner son identité et se présente sous un pseudonyme : Jon Snow. Il s'agit d'un des personnages principaux de la saga *Game of Thrones*, dont l'adaptation en jeu vidéo, présente sur son téléphone, occupait une partie de son quotidien quand il était encore libre. Enfant adultérin du seigneur de l'un des Sept Royaumes, Jon Snow est un « bâtard » qui a grandi au milieu de ses demi-frères et sœurs avant de rejoindre la garde de Nuit, une armée de déclassés chargée de surveiller la frontière du Royaume. Taciturne, loyal et protecteur à l'égard de son clan, Jon Snow finit par être sacré roi du Nord puis s'allie à Daenerys, la reine des Dragons, dont il tombe amoureux. Ivre de puissance, Daenerys semble habitée par une folie sanguinaire. Alors Jon Snow, pour préserver la vie de millions d'innocents, poignarde la femme qu'il aime en feignant une étreinte. Acceptant son destin tragique, le héros est condamné à réintégrer la garde de Nuit… Au quartier de l'isolement, personne ne songe à interroger Cédric sur l'étrange pont que pourrait jeter ce nom d'emprunt entre la fiction et la réalité.

Ses codétenus, des hommes impliqués dans des dossiers sensibles de grand banditisme ou de stupéfiants avec enlèvement, séquestration voire homicide, n'ont jamais eu les honneurs de la presse. Pas dans les mêmes proportions en tout cas. Eux aussi veulent connaître les dessous de l'affaire Jubillar. Au QI, les cellules sont contiguës, situées du même côté d'un couloir. Alors, lorsque les fenêtres sont ouvertes, les questions pleuvent sur Cédric, les accusations aussi, les insultes parfois. Certains, sur le ton de l'ironie, saluent ce « crime parfait » et lui promettent qu'il finira forcément par sortir très vite de prison. Le principal intéressé fait d'abord le dos rond. Il conteste son implication, se dit victime d'une erreur judiciaire.

Au fil des semaines, il se familiarise avec son nouvel environnement. Il apprend progressivement la technique du « yoyo », qui permet de faire passer un peu tout et n'importe quoi d'une cellule à l'autre, à travers les barreaux de la fenêtre. À l'aide d'une cordelette confectionnée avec des lambeaux de draps, les codétenus se transmettent des petits mots, de la nourriture, des cigarettes, du cannabis aussi. Car la drogue circule en prison, y compris à l'isolement. Quand il comprend cela, Cédric en quémande. D'abord timidement, puis avec beaucoup plus d'insistance. Cette solidarité carcérale, le Tarnais la décrira d'ailleurs, dans l'une de ses lettres adressées à Séverine, comme le « seul point positif dans toute cette misère ». D'autant que lui ne dispose que de très peu de moyens financiers pour « cantiner », c'est-à-dire acheter des produits alimentaires, du matériel hi-fi ou des cigarettes pour améliorer le quotidien.

Après le creux des vacances d'été, les émissions de télévision consacrées à la disparition de Delphine se multiplient dès la rentrée de septembre. L'affaire fascine le grand public, les audiences sont au rendez-vous. Le mystère persiste, le mis en cause conteste toujours les faits et ses trois avocats, de plateaux télé en émissions de radio et en articles dans la presse écrite, diffusent l'idée que le dossier resterait désespérément vide de preuves. Tous les ingrédients d'une grande affaire criminelle sont réunis. Cédric ne perd pas une miette du spectacle. À grands cris, il invite même ses voisins à zapper pour regarder telle ou telle émission, sur BFM TV, NRJ 12 ou TF1. Cette notoriété nationale est loin de lui déplaire. Elle lui permet de se singulariser et d'exister dans le huis clos de la prison. « Jubillar se prend vraiment pour une star, c'est quelqu'un de très narcissique », racontera plus tard aux gendarmes l'un de ses codétenus. D'ailleurs, Cédric finit par agacer ses voisins. Pour obtenir ne serait-ce qu'une boulette de résine de cannabis, il est capable d'insister très longtemps. Excédé, l'un ou l'autre finit généralement par céder. En prison, on parle fort et de tout : de la vie d'avant, des femmes et des enfants quand il y en a, du dernier film vu à la télé, du désir sexuel ou de ce qu'il en reste. Cédric, pour sa part, parle surtout de lui, et cela peut devenir lassant.

Avec son nouveau voisin le plus proche, arrivé début août à la QI 109, c'est un peu différent. « Marco », son surnom, impose naturellement le respect. Ce Corse de 37 ans, lié au milieu du grand banditisme, a été condamné une première fois dans une affaire de viol avec actes de torture et barbarie puis pour subornation de témoins. Au total, seize années passées derrière les barreaux entre 2003 et 2019. Deux affaires de violences et menaces de mort à l'encontre de surveillants de prison lui ont valu un nouveau passage par la case prison. Ce détenu « particulièrement surveillé » vient d'être extradé du Portugal, où il vit désormais avec femme et enfant, vers la France dans l'attente d'un procès à Toulouse. Chacun de ses déplacements à l'intérieur de la prison s'effectue donc sous escorte, les poignets entravés par des menottes. Ce qui impressionne les autres détenus, Cédric Jubillar en particulier. Entre le peintre-plaquiste et le gangster, une relation de confiance se tisse peu à peu. D'autant que les deux hommes ont un point commun : ils dorment assez peu et se réveillent tôt. Dès 5 heures du matin, ils ouvrent leurs fenêtres et commencent à discuter. Cédric a la voix qui porte. Alors, Marco le rappelle à l'ordre pour qu'il baisse d'un ton. Mais dès que le Corse pose des questions directes sur l'affaire, l'Albigeois se braque.

Le 8 septembre 2021, Cédric est extrait de sa cellule pour passer en commission de discipline. Il doit répondre des incidents qui se sont produits début juillet, dans les premières semaines de sa détention. Si la commission passe l'éponge pour la dégradation du plafonnier de sa cellule et le retrait des ampoules, elle décide de marquer le coup pour les insultes envers les surveillants contenues dans la lettre adressée à Séverine. Cédric écope de quatorze jours dont quatre avec sursis de cellule disciplinaire, avec exécution immédiate. Pendant dix jours, jusqu'au 17 septembre inclus, il est condamné à vivre cloîtré dans une cellule au confort spartiate, sans télévision. Il n'a droit qu'à trois douches par semaine. Pour dormir, il se bourre d'anxiolytiques, fournis par l'administration pénitentiaire. C'est là qu'il « fête » son trente-quatrième anniversaire, le 14 septembre.

À son retour au quartier de l'isolement, Cédric Jubillar change de cellule. Il passe à la QI 110, au bout du couloir, mais reste à côté de Marco. Selon son codétenu, Cédric est en état de manque. Ses autres voisins de détention auraient décidé de le priver de cannabis. C'est dans ce contexte que se serait produit un événement majeur. Au cours d'une de leurs discussions matinales, Cédric se serait livré et lui aurait confié, ni plus ni moins, avoir tué Delphine ! Il aurait même raconté à Marco le scénario fatal de la soirée du 15 décembre 2020. Alors qu'il était dans sa chambre, Cédric se serait relevé pour récupérer son chargeur de téléphone laissé dans la cuisine. Surprise, Delphine n'aurait pas eu le temps de se défaire de son téléphone. Cédric s'en serait emparé et aurait « pété un câble ». C'est du moins ce que Marco se sent obligé de répéter aux gendarmes lors d'une première audition le 29 septembre. « Il aurait d'abord vu un message de l'amant de sa femme avec qui elle textotait, poursuit-il. C'est ça qui l'a fait vriller [...] Il se dit être le plus grand cocu de France. » Le Corse va encore plus loin. « Cédric m'a dit qu'il savait où l'enterrer avant les faits [...] Il attendait le moment propice pour s'en débarrasser. » Il n'aurait pas donné de détails sur le lieu exact où il aurait dissimulé le corps de son épouse, mais aurait tout de même évoqué « un endroit qui a brûlé » et « une forêt qui a déjà brûlé »... Étrange résonance avec l'anecdote révélée par Séverine pendant son audition du 16 juin. Elle parlait ce jour-là d'une « ferme qui a brûlé », sur la commune de Cagnac-les-Mines, à un kilomètre et demi du domicile des Jubillar.

Toujours selon les confidences recueillies par Marco, Cédric Jubillar aurait précisé n'avoir pas utilisé le véhicule de son épouse pour transporter son corps mais « une voiture blanche ». Il aurait même bénéficié de l'aide d'un proche pour s'acquitter de la macabre besogne. À un autre moment, juste après la diffusion d'un numéro de « Faites entrer l'accusé », le Tarnais aurait lâché : « Moi, ces abrutis, ils n'ont même pas trouvé le couteau. » Une petite phrase entendue à la fois par Marco et par un autre détenu. Qui a pu le confirmer.

Ces déclarations du codétenu corse de Cédric Jubillar font l'effet d'une bombe chez les enquêteurs. Mais comment évaluer leur authenticité et leur crédibilité ? Certes, Marco fournit aux gendarmes des détails véridiques et inconnus du grand public que seul Cédric peut lui avoir confié, notamment au sujet de Séverine. Mais il peut aussi avoir extrapolé certaines confessions. D'un autre côté, ce gangster n'a rien à gagner en collaborant de cette façon avec les enquêteurs. Il purge une fin de peine et doit être libéré d'ici quelques semaines sous contrôle judiciaire. Pour expliquer son investissement personnel dans cette affaire, Marco se dit motivé par la quête de vérité dans l'intérêt des enfants Jubillar. En outre, il dispose surtout d'éléments matériels qui ne peuvent avoir été transmis que par Cédric : les numéros de téléphone portable de ses avocats, celui de Séverine, ainsi qu'une lettre destinée à celle-ci. Marco est censé la lui remettre en main propre à sa sortie de prison d'ici quelques jours. Il la fait d'abord lire aux gendarmes de la section de recherches de Toulouse.

Elle est accompagnée d'un code qui associe chaque lettre de l'alphabet à un nombre à deux chiffres. Cédric, explique Marco, s'en servira ultérieurement pour communiquer des messages cryptés à Séverine. À court terme, il souhaiterait que sa petite amie lui fournisse des stupéfiants, qu'il suggère de dissimuler dans la doublure d'un vêtement. Il l'informe aussi qu'un certain Cyril Hanouna pourrait les aider : « Malgré ce qu'on pense de lui, on ne sait jamais, ça pourrait être une solution… » écrit le jeune homme. En première lecture, on peut penser qu'il s'agit de l'animateur télé de C8. Cédric voudrait-il que Séverine contacte la chaîne pour organiser une émission favorable à sa défense ? En réalité, Cyril Hanouna est le surnom donné à Marco par les autres détenus, référence à son appétence pour l'émission « TPMP ». Mis bout à bout, ces éléments crédibilisent les déclarations de Marco aux yeux des enquêteurs.

Une semaine plus tard, le Corse est libéré, comme prévu. Demandant à être à nouveau entendu par les gendarmes, il fournit des détails qui complètent les aveux déjà rapportés. « Cédric m'a dit : "J'ai pété les plombs, je me suis débarrassé d'elle." À ce moment-là, il était en train de fumer du shit dans sa cellule. Dès qu'il a lâché cette phrase, il s'est rendu compte de ce qu'il venait de dire et a poursuivi en disant : "Ces abrutis, ils ont rien contre moi. De toute façon, je suis innocent." Là, il a arrêté la discussion parce que je lui dis de parler moins fort. » Marco fait alors une nouvelle révélation, fracassante. Le lendemain des premiers « aveux », Cédric lui aurait dit que Séverine, sa nouvelle petite amie, connaissait l'endroit exact où il avait enterré le corps de « l'autre ». C'est ainsi qu'il désignerait Delphine. Mais Cédric serait inquiet. Le corps de son épouse disparue serait en effet enfoui « à très faible profondeur » et pourrait affleurer à la surface du sol. Il craindrait les effets du mauvais temps et du ruissellement des eaux. Juste avant qu'il soit libéré, Marco se voit investi d'une mission par Cédric, avec une feuille de route à la fois précise et nébuleuse : il doit contacter Séverine et aller la voir avec un courrier préparé par ses soins en se présentant sous le pseudo de Cyril Hanouna. Ensuite, Séverine lui expliquera « le problème à régler ». Par association d'idées, Marco comprend qu'il s'agit *a minima* d'inspecter le lieu où est enterrée Delphine, peut-être même de déplacer le corps.

Un voyou corse, au lourd passé judiciaire, se retrouve désormais au cœur de l'enquête. Les juges d'instruction et les gendarmes de la section de recherches de Toulouse auraient pu lui demander de ne pas donner suite à la requête de Cédric Jubillar. Ils décident au contraire de laisser prospérer cette piste, dans l'hypothétique espoir que Séverine fasse une révélation. Entre le 13 octobre et le 6 décembre, Marco va ainsi rencontrer la petite amie de Cédric à quatre reprises. À chaque fois, il se déplace en train depuis Toulouse et le rendez-vous est fixé à la gare d'Albi-Madeleine. Prudente, Séverine se présente la première fois avec l'une de ses copines et discute avec Marco à la terrasse d'un café. Profitant d'un moment d'absence de la copine, le Corse remet d'abord la fameuse lettre contenant la clé du code secret puis glisse que Cédric s'inquiète du changement de temps et de l'arrivée de l'automne. Un message subliminal qui ne fait pas réagir Séverine. De façon beaucoup plus explicite, il ajoute que Cédric lui a confié qu'elle savait où était enterré le corps de Delphine. Séverine ne proteste pas et préfère convenir d'un rendez-vous ultérieur pour discuter plus tranquillement. Quelques semaines plus tard, elle achète un téléphone prépayé pour communiquer avec Marco de façon discrète. Ils se revoient le 9 novembre. Un dialogue de sourds s'engage. « Cédric ne t'a rien dit ? » lui demande Marco, en quête d'un secret que la petite amie du suspect pourrait détenir. Mais quand l'ex-voisin de cellule se dévoile un peu et mentionne le couteau que Cédric dit avoir utilisé pour tuer son épouse, il a le sentiment que Séverine est à peine surprise. La version de Séverine diffère : « Dès le début, je trouve l'attitude de Marco bizarre, je ne comprends pas où il veut en venir mais comme il me fait peur et qu'il est visiblement en lien avec Cédric, je reste en attente, m'expliquera-t-elle avec quelques semaines de recul[1]. Et puis à un moment, il me parle d'un endroit qui a brûlé. Là, je deviens toute pâle et je fais le rapprochement avec la ferme dont m'avait parlé Cédric et dont j'avais déjà parlé aux enquêteurs dès le mois de juin. » Cette ferme, qui a subi un incendie en avril 2021, est située chemin de Drignac, sur la partie sud de la commune de Cagnac-les-Mines, à un kilomètre et demi environ du centre-bourg. Pour se rendre sur place depuis le domicile des Jubillar, rien de plus simple : il suffit de remonter la rue Yves-Montand sur une centaine de mètres, puis, arrivé au panneau stop, de tourner à gauche et filer tout droit. Le chemin de Drignac est une étroite route de campagne qui se termine par un cul-de-sac situé juste après la fameuse ferme éponyme. Cédric aurait-il pu réaliser ce trajet la nuit du 15 au 16 décembre 2020 et déposer le corps de son

1. Entretien avec l'auteur, le 19 janvier 2022.

épouse aux alentours de la ferme ? Certes, ce chemin est bordé d'une dizaine d'habitations réparties sur les premières centaines de mètres, mais ce serait malgré tout une des options les plus discrètes. Surtout si l'on circule au creux de la nuit, vers 3 heures du matin, phares éteints et à faible allure. Séverine, elle aussi, y pense. D'autant qu'elle se souvient de Cédric lui expliquant un jour qu'il n'y avait sur cette route aucune caméra de surveillance. Alors, elle commence à songer que cette hypothèse n'est pas saugrenue. Le 6 décembre 2021, Marco effectue un quatrième et ultime déplacement à Albi. Séverine vient le chercher au volant de la Peugeot 307 dont Cédric lui a laissé la jouissance après son interpellation. Avec son passager, la quadragénaire prend la direction de Cagnac, passe dans la rue Yves-Montand. Depuis la voiture, Marco jette un coup d'œil à la maison abandonnée des Jubillar. Séverine s'arrête au stop. Mais elle refuse de s'engager sur le chemin de Drignac, sous prétexte que la voiture pourrait faire l'objet d'une surveillance électronique de la gendarmerie. Une forme de prudence et d'intelligence. Sous l'impulsion de Marco, elle va pourtant commettre un faux pas qui entraînera son placement en garde à vue. Dans l'hypothèse où Séverine serait dépositaire du secret sur la localisation de la dépouille de Delphine, il veut la pousser dans ses retranchements afin qu'elle lui révèle l'innommable. Dans cet esprit, Marco expose à Séverine un projet macabre totalement fictif. Puisque Cédric semble craindre que le corps de son épouse ne finisse par apparaître, pourquoi ne pas tenter de l'exhumer puis de le déplacer vers Montauban, à proximité du domicile de Jean, l'amant de Delphine? Cela détournerait les soupçons sur lui… et sur son ex-compagne. Le stratagème exposé par Marco peut sembler délirant mais Séverine, loin de s'y opposer, fournit à son interlocuteur le nom, la photo ainsi que l'adresse professionnelle de Jean. Elle ne donne par ailleurs aucune précision sur le lieu où serait enterrée la disparue mais cette participation active au projet conçu par Marco précipite sa chute.

La semaine suivante, le 15 décembre, Séverine est interpellée à son domicile, un an jour pour jour après la disparition. Placée en garde à vue à la gendarmerie de Gaillac, comme Cédric six mois plus tôt, elle est soupçonnée de « recel de cadavre ». Mais au bout de six auditions, cette Albigeoise au caractère bien trempé réussit à convaincre de sa bonne foi. Elle est laissée libre, aucune charge n'étant retenue contre elle. « C'est pour lever le doute que j'ai montré à Marco où se trouvait la ferme, pour qu'il aille vérifier si le corps de Delphine y est enterré, a-t-elle soutenu face aux enquêteurs. J'ai donné l'endroit où Cédric a pu enterrer Delphine mais il ne m'a jamais dit ouvertement qu'il a tué Delphine. » Avant de rentrer chez elle, le lendemain soir, Séverine entend donner des gages. La petite amie de Cédric, ou l'ex, on ne sait plus très bien, ouvre son album souvenirs devant les gendarmes. « Lorsque j'ai questionné Cédric sur son examen par le médecin légiste, il m'a raconté qu'il s'était fait curer le dessous des ongles et la bite. Il m'a alors expliqué savoir comment faire pour effacer les empreintes. Il suffit de poncer les mains avec du papier à poncer. » Un témoignage qui entre en résonance avec le rapport d'expertise du médecin légiste de Castres qui a examiné Cédric dès le 16 décembre 2020. Ce médecin précise en effet avoir rencontré les pires difficultés pour effectuer des prélèvements d'ongles. « Il se ronge les ongles pratiquement jusqu'au sang », a-t-il écrit. Serait-ce sous l'effet d'un stress intense ou de l'utilisation du papier à poncer ? « Dans le même registre, poursuit Séverine, Cédric m'a aussi expliqué qu'il était facile de dissimuler un corps, il suffit de le donner aux cochons qui mangent tout sauf les dents. » L'anecdote donne le frisson, mais à la ferme de Drignac, il n'y a pas de porcherie, juste une étable.

Devant son écran de télévision, depuis le fond de sa cellule 110 du quartier de l'isolement, Cédric a suivi à distance la garde à vue de sa petite amie. Dans les jours qui suivent, il lui adresse deux courriers non datés. J'ai pu prendre connaissance de quelques extraits. « Comment tu vas après cette p… de garde à vue de m… ? Ils t'ont fait ch… sur des bruits de couloir de codétenus qui ont dit n'importe quoi […]. Je suis désolé mon cœur et je n'ai pas de mots pour te dire ma peine et ma blessure. J'espère que ton amour pour moi ne sera pas plus faible mais au contraire qu'il ressortira plus fort que du béton armé. Sache que si tu ne veux plus entendre parler de moi, je ne t'en veux pas. Bien au contraire, c'est moi qui ai fait une bêtise en racontant n'importe quoi à n'importe qui. Maintenant, plus de blablatage avec personne. Je te promets, tu es la seule femme que je désire le plus au monde. Tu es ma muraille et j'espère que tu resteras mon bouclier dans cette bataille. » Un semblant de déclaration d'amour que Cédric Jubillar et son avatar Jon Snow semblent avoir puisée dans l'univers de *Game of Thrones*.

Chapitre 19
Théâtre d'ombres

Tout le monde cherchait Delphine ce 16 décembre 2020, mais son fils avait-il seulement conscience qu'elle avait disparu ? À son réveil, son père lui aurait dit « maman, elle est plus là », sans plus d'explications. C'est en tout cas le souvenir que l'enfant exprimera devant les juges d'instruction près d'un an plus tard. Le 16 au matin, Nadine, la maman de Cédric, s'est présentée à la maison vers 9 heures à la demande de son fils pour s'occuper de ses petits-enfants, Louis et Elyah, puis les ramener chez elle à Carmaux afin de les préserver de l'agitation et de l'angoisse qui montent d'heure en heure.

Selon les premières déclarations de Cédric aux gendarmes, Louis est la dernière personne connue à avoir vu Delphine. C'était la veille au soir et il était environ 23 heures. Forcément, les enquêteurs ont envie d'entendre l'enfant au plus vite. À 6 ans, sa parole est aussi fragile que précieuse. Peut-être a-t-il observé un comportement inhabituel chez sa maman ou entendu une phrase marquante ? Avant de disparaître dans la nuit, Delphine lui aurait-elle dit ne serait-ce qu'un mot susceptible d'orienter l'enquête ? Les gendarmes viennent le chercher au domicile de ses grands-parents en milieu d'après-midi. C'est la première fois de sa vie, évidemment, que Louis monte à bord d'une voiture de gendarmerie. Sur le trajet entre Carmaux et la caserne de la brigade de recherches d'Albi, il est aux anges. À un moment, les militaires allument la sirène. Pour gagner du temps, un peu, et pour lui faire plaisir aussi. Il est 16 h 10. Son audition va pouvoir commencer. Des questions courtes, neutres, sans élément susceptible d'orienter la réponse. Des mots simples et précis à la fois. Un lieu adapté avec des jeux, des temps de repos, de déconcentration… et une caméra qui filme l'enfant des pieds à la tête. Lorsque les gendarmes entendent des victimes ou des témoins mineurs, ils sont tenus de suivre un protocole adapté baptisé « Mélanie », comme le prénom de la première fillette à en avoir bénéficié en 1998. Avant d'aborder les questions centrales avec Louis, l'enquêtrice doit ainsi effectuer un patient travail de préparation.

« J'aimerais mieux te connaître, pour ça, j'aimerais que tu me dises ce que tu aimes faire. Alors qu'est-ce que tu aimes faire ?

— Pompier comme métier.

— D'accord. Alors ça, c'est super. Après, est-ce qu'il y a d'autres choses que tu aimes faire ?

— Éteindre des feux.

— D'accord. Est-ce qu'il y a d'autres choses encore que tu aimes faire ?

(Louis fait oui de la tête.)

— Quoi ?

— C'est me muscler.

— Te muscler ?
— Oui.
— Alors comment tu fais pour te muscler ?
— Beh je fais des pompes ! »

Louis est ensuite invité à raconter la journée en cours, de son réveil jusqu'au moment présent. Manière d'évaluer ses capacités. « Y a papa qui m'a dit que je reste au lit. Après je me suis réveillé à 9 heures. On est partis. Après on a mangé. Après je suis allé à la sieste. J'ai dormi jusqu'à 15 heures. Après, je me suis réveillé, après vous êtes venus et après on est allés à la caserne. » La première impression est positive. Le garçonnet s'exprime très correctement. Il est capable de restituer de manière chronologique et sans se tromper une suite d'événements récents en précisant même certains horaires. Sans avoir pleinement conscience de la tragédie en cours, il donne aussi sa vision du début de journée, quand Nadine, sa mamie, est venue le chercher à la maison. Le gendarme propose une liste des personnes présentes au domicile à ce moment-là.

« Donc il y avait : ton papa, ta mamie…
— Papa, il était allé travailler[1].
— Ah d'accord. Papa il est parti au travail ?
(Louis fait oui de la tête.)
— Et maman aussi.
— Maman est partie où ?
— Au travail.

---

1. En réalité, Cédric Jubillar a quitté son domicile pour répondre à la convocation de la gendarmerie de Cagnac-les-Mines. Son audition est le point de départ de l'enquête ouverte pour disparition inquiétante.

— D'accord. Elle fait quoi comme travail ?

— Elle est infirmière.

— Ah oui d'accord. Et ton papa, il fait quoi comme travail ?

— Il est plombier[1]. Il peint les murs… et après il colle des choses. »

Dans une audition classique, l'enquêtrice aurait peut-être cherché à en savoir plus sur le prétendu départ au travail de Delphine, un élément en contradiction avec les premières informations du dossier. Mais pas ici. Pas question d'instiller le doute dans l'esprit de l'enfant. Elle passe ensuite à l'ambiance qui règne au domicile familial, au 19 de la rue Yves-Montand. Louis estime d'abord que ses parents ne jouent pas assez avec lui, qu'ils jouent davantage avec Elyah, sa petite sœur, et que cela le rend triste.

« Ah mince… D'accord. Comment ça se passe entre papa et maman ?

— Bien.

— Oui ? Qu'est-ce qu'ils font tous les deux ?

— Des fois ils se disputent et des fois ils parlent.

— Alors ils parlent de quoi ?

— Beh je sais pas…

— Quand tu dis "ils se disputent", c'est-à-dire ?

— Ça veut dire qu'ils crient en parlant.

— Et ça, ça arrive ?

(Louis fait oui de la tête.)

— Toi, tu fais quoi quand ils se disputent ?

---

1. Cédric Jubillar exerce la profession d'artisan peintre-plaquiste, mais il lui est arrivé de réaliser d'autres types de travaux, toujours dans le secteur du bâtiment.

— Beh moi, je joue. Et aussi quand je sais pas quoi faire, et beh je les sépare *(Louis tend ses bras)* et je les mets comme ça.

— Ça arrive ça aussi ?

(Louis fait oui de la tête.)

— Et tu leur dis quoi ?

— Calmez-vous.

— D'accord, et ça arrive souvent ça ?

— Oui.

— Ah mince… et qu'est-ce qu'ils se disent ?

— Des choses… »

Interrogé plus précisément sur les heures qui précèdent la disparition de Delphine, Louis ne mentionne en revanche aucune dispute. « Y a maman et papa qui ne se sont pas disputés, assure l'enfant. Ils parlaient bien », dit-il au sujet du début de soirée. « Après on a mangé, on a regardé la finale d'"Incroyable talent[1]". Ils ont choisi le vainqueur et j'ai pas entendu qui c'est. Et après, je suis allé au lit et… ils ont pas crié. Parce que je les entendais. » Qu'a-t-il donc entendu ? « Ils parlaient mais j'entendais pas. Mais j'entendais qu'ils criaient pas. » Quand ils prennent connaissance de ces premières déclarations, les responsables de l'enquête tressaillent. Une contradiction apparaît déjà avec le récit du père. Cédric affirme en effet qu'il s'est couché et s'est endormi avant Delphine et son fils. Comment, dans ce cas, Louis aurait-il pu entendre ses parents discuter après être lui-même parti au lit ? Cédric se serait-il relevé

1. « La France a un incroyable talent », émission dont la finale de la saison 2020 était diffusée sur M6 le 15 décembre 2020.

dans la soirée ? Mais dans ce cas, pourquoi n'en a-t-il pas parlé ? À moins que Louis confonde... Ce premier témoignage du fils est d'autant plus intéressant qu'il ne contredit pas totalement celui du père. Au contraire, des points communs existent entre leurs deux versions. Louis confirme par exemple que ce soir-là, le 15 décembre, il est bien allé faire un câlin à son père alors que celui-ci était dans son lit et que sa maman était présente dans la chambre. Une scène que Cédric situe vers 22 h 30 et décrit exactement de la même manière.

Relancé sur les scènes de violence auxquelles il semble avoir régulièrement assisté dans le passé, Louis mime d'abord les bras de ses parents qui s'agitent. Il évoque des gros mots qui pleuvent dans les deux sens. Puis la main de son père qui saisit l'épaule de sa mère. Mais l'enfant conteste l'existence de gestes violents. « Non, ils ne se sont jamais tapés », souffle-t-il. À l'issue de l'audition, les enquêteurs de la brigade de recherches d'Albi se disent surpris par la qualité des explications fournies par le garçon. « Les réponses faites par Louis semblent révéler une mémoire épisodique[1] extrêmement bonne dans la mesure où il est capable d'apporter des précisions dans l'ordre chronologique de l'ensemble des événements vécus depuis la veille, notent-ils sur le procès-verbal. Cette capacité est d'ailleurs troublante en raison de son jeune âge. Les explications données par Louis paraissent fluides

1. Mémoire épisodique : processus par lequel l'être humain se souvient des événements vécus avec leur contexte (date, lieu, état émotionnel).

et linéaires. Le discours de l'enfant nous paraît cohérent du début à la fin des explications. »

Au fil des premiers jours d'enquête et des auditions de témoins qui s'enchaînent, Louis est régulièrement cité, souvent de manière très positive. « Le petit Louis est adorable, il est très très bien élevé, très poli », apprécie un voisin. L'enfant apparaît aussi plus d'une fois comme la cible de brimades infligées par son père. « Cédric est impulsif, il peut "dégoupiller", je l'ai déjà vu donner des corrections à son fils Louis, notamment avec sa tong », confie aux gendarmes une intime de la famille Jubillar. « J'ai déjà vu Cédric, de mes propres yeux, en train de tirer les oreilles de Louis, le plaquer contre le mur, le secouer et le saisir aux épaules au niveau des aisselles », décrit aussi une proche de Delphine. S'agit-il seulement d'une éducation stricte ? Un personnel de l'école primaire se souvient d'une scène troublante qui remonte au premier soir des vacances de la Toussaint, en octobre 2020. Louis est le dernier élève à attendre ses parents. L'enfant aurait alors confié à l'enseignant : « J'espère que ce ne sera pas papa qui viendra me chercher parce que papa, il est violent et méchant avec moi. » Mais les « corrections » et les insultes subies par Louis ne disent pas tout de la complexité de la relation père-fils. « Cédric était très sévère avec Louis et très fier de lui en même temps, nuance un membre de la famille de Delphine. Louis fait du judo et quand il faisait des compétitions, il le mettait en valeur comme si c'était son bébé. Il est très précieux à ses yeux. La preuve de son amour, c'est qu'il a son prénom tatoué dans le cou. » Interrogé par les juges d'instruction[1] au sujet des soupçons de violences que son fils aurait pu subir, Cédric tentera de relativiser. « Quand un enfant fait une bêtise il faut qu'il soit puni, il n'y a rien de méchant là-dedans [...] Je l'accorde, j'ai déjà tiré l'oreille ou une petite pichenette derrière la tête ou des coups de pied aux fesses, mais ça n'a jamais été de l'extrême violence. Il n'a jamais été roué de coups, il n'a jamais eu de bleus, il n'est jamais allé à l'école avec un coquard ou des marques. » De manière implicite, Cédric semble comparer le sort de son fils avec ce que lui-même a pu subir au cours de sa propre enfance.

Dès les premières semaines de l'instruction, magistrats et enquêteurs pressentent qu'il est nécessaire d'entourer Louis et Elyah de toutes les précautions. Louis paraît déjà capable de verbaliser beaucoup de choses. Et comme il s'est couché relativement tard le soir de la disparition, vers 23 heures, il représente une source d'information précieuse. Mais un doute taraude les enquêteurs. L'enfant affirme qu'il n'a pas entendu sa petite sœur pleurer au cours de la nuit fatidique alors que son père prétend que ce sont précisément les pleurs et même les hurlements de sa fille qui l'ont réveillé vers 3 h 45. Or Louis a confié une anecdote étonnante lors de sa première audition. Les nuits pendant lesquelles sa maman travaille, il lui arrive de se lever lorsque Elyah pleure. Il réveille alors son père pour que ce dernier s'occupe de sa fille.

1. Interrogatoire du 15 octobre 2021, au tribunal judiciaire de Toulouse.

Rien de tel ne semble s'être produit dans la nuit du 15 au 16 décembre. Louis n'a rien entendu. L'enfant aurait-il pu être plongé dans un sommeil artificiel ? Pour lever l'incertitude, une expertise toxicologique est ordonnée par les juges d'instruction avec recherche de produits stupéfiants, hallucinogènes et sédatifs. Le 21 janvier, deux mèches de cheveux sont prélevées sur lui comme sur sa petite sœur Elyah. Les résultats, rendus quelques semaines plus tard, s'avèrent tous négatifs.

La veille de ces prélèvements, Louis a aussi été réentendu par les gendarmes. L'adjudante qui a procédé seule à la première audition de l'enfant, le 16 décembre, est alors accompagnée par trois spécialistes du département des sciences et du comportement, une entité du service central de renseignement criminel de la Gendarmerie nationale (SCRCGN). Ces experts analysent les paroles, les silences, les intonations et le langage corporel de l'enfant. Tout ce qui peut avoir du sens. Cette fois, Louis a bien conscience que sa maman a disparu. Sa grand-mère et son père lui ont dit, dès les premiers jours, qu'elle s'était « perdue dans une forêt ». Sans plus d'explications. « Peut-être elle aimait bien se balader dans une forêt », suppute Louis pour tenter de donner un sens à l'expérience de vide ultime qu'il traverse.

Après un travail de mise en confiance, basé sur l'évocation d'un dessin animé, le garçonnet est invité à décrire la tenue vestimentaire que portait sa maman lors de la dernière soirée. Ils étaient ensemble tous les deux sur le canapé, en train de regarder la télévision. L'enfant est en mesure de dessiner le plan de sa maison et de positionner l'endroit précis où sa mère était allongée. Louis se souvient que Delphine porte un pull rouge et un pantalon bleu. Il évoque ensuite un pyjama dont le haut serait « blanc avec un gros chat » et dont le bas serait imprimé de « petits chats ». Mais a-t-elle revêtu cette tenue au cours de la soirée ou avait-elle l'habitude de porter ce pyjama ? La nuance est ténue et l'enfant ne peut apporter de réponse claire à ce sujet. En revanche, il se montre beaucoup plus précis à propos de l'échange qui aurait eu lieu entre ses parents peu après son coucher, vers 23 heures. Coup de théâtre : désormais, Louis ne parle plus d'une simple « discussion ». « Ils se disputaient, explique-t-il. Après, j'entendais des gros mots. Après, j'entendais que peut-être ils faisaient ça *(Louis tend ses bras en avant, à 90 degrés)*. J'entendais des gros mots. J'entendais… "alors puisque c'est comme ça, on va se séparer". » Mais le fils est incapable de préciser qui est l'auteur de cette phrase. « Peut-être papa ou maman », dit-il. Un peu plus tard au cours de l'audition, il finit par donner une réponse précise : c'est son père qui aurait prononcé ces mots. L'enquêtrice remet alors à Louis une poupée Barbie et un Ken pour mimer la scène. Chaque personnage a les mains sur les épaules de l'autre. Sa description est sans équivoque. Pourtant, il indique ne pas avoir vu ses parents. Ils les auraient seulement entendus. Dans ce cas, comment peut-il reproduire cette altercation avec autant de précision ?

Dans sa tête d'enfant, Louis semble tisser, prudemment, un lien entre cette scène et la disparition de sa maman. « Peut-être ils se sont séparés dans la nuit, c'est pour ça qu'on la cherche, peut-être», souffle-t-il. Les enquêteurs s'intéressent aussi à la paire de lunettes que portait Delphine en regardant M6. Cette paire était «un peu cassée», assure Louis. Grâce à ses capacités de restitution très au-dessus de la moyenne des enfants de son âge, il est même capable, sur un dessin, de préciser l'existence de deux fissures sur la monture, antérieures donc à la disparition de sa maman. Ce descriptif correspond aux constations des gendarmes qui ont découvert la monture sur une table de la cuisine le 24 décembre, puis la branche manquante sous le canapé, début janvier. Mais à y regarder de plus près, cette paire de lunettes couleur café présente bien d'autres traces de déformation, y compris sur sa face interne. Serait-elle le signe d'un affrontement physique violent entre Cédric et Delphine ? Magistrats et enquêteurs ne peuvent s'empêcher d'y penser. «Les examens et essais réalisés permettent de conclure que les dommages observés sur la paire de lunettes de Delphine Jubillar sont la conséquence d'efforts dynamiques [...] Les efforts ont été appliqués de l'extérieur vers l'intérieur», répondent les experts de la direction générale de l'armement (une structure rattachée au ministère des Armées), sollicités par les juges d'instruction. Ces mêmes experts écartent la possibilité d'une simple chute de la paire de lunettes. Selon les tests réalisés sur le même modèle de lunettes, seule l'application d'une force extérieure au niveau du nez de la monture a pu reproduire les dommages observés. De manière encore plus limpide, les experts concluent que la paire de lunettes de Delphine, celle qu'elle portait encore le soir de sa disparition pour regarder la télévision avec son fils et pianoter sur son smartphone, était devenue inutilisable en l'état, « tant du point de vue de la gêne visuelle que du port de la monture ».

Au cours de cette audition du 20 janvier 2021, Louis répétera à plusieurs reprises la fameuse phrase, « alors puisque c'est comme ça, on va se séparer », sans en changer un mot. Une phrase très embarrassante pour Cédric puisqu'elle met à mal le scénario qu'il déroule avec constance depuis son premier appel téléphonique à la gendarmerie, le 16 décembre, à 4 h 09. Sans présager des futurs développements de l'affaire, les gendarmes ont conscience qu'il devient urgent de protéger Louis, devenu un témoin clé, et sa petite sœur.

Le 18 février, indépendamment de l'enquête pénale ouverte pour « enlèvement et séquestration », le procureur de la République d'Albi demande aux services sociaux du Tarn de réaliser « une évaluation de la situation familiale ». Plusieurs éléments matériels sont mis en avant pour justifier cette demande : le désordre et le manque d'hygiène qui semblent régner dans la maison, les travaux de finition non achevés ou encore l'absence de clôture autour de la propriété familiale. Dans le cadre de cette évaluation, menée à partir de début avril, les assistantes sociales observent que Cédric Jubillar se montre très fuyant et « hermétique » à leurs conseils. À l'époque, Cédric m'avait expliqué le fond de sa pensée : « J'ai l'impression qu'elles sont là pour me prendre les enfants », m'a-t-il écrit le 17 avril 2021. Lorsqu'elles lui font remarquer que l'absence de garde-corps sur un balconnet situé à plus de deux mètres au-dessus du niveau du sol pose un problème de sécurité, il s'agace et balaie la proposition de solution technique qui lui est faite. Il finit même par insulter ses interlocutrices à plusieurs reprises, ne supportant pas le caractère « intrusif » de leur démarche. Au cours des entretiens, Cédric exprime toutefois une certaine empathie à l'égard de ses enfants. Il voit bien que Louis éprouve de la tristesse par moments mais il ne sait pas toujours trouver les mots pour l'apaiser. Quant à la petite Elyah, Cédric a trouvé une solution pour la sécuriser. En guise de nouveau doudou, il lui a donné un tee-shirt imprégné du parfum de Delphine.

En dépit de la menace qui plane, Cédric conserve l'intégralité de ses droits parentaux jusqu'à son incarcération, le 18 juin. Louis et Elyah sont alors envoyés temporairement chez Stéphanie, la sœur aînée de Delphine, et son mari. La question de leur placement définitif se règle au cours d'une audience devant le juge des enfants à Albi, le 25 juin, en présence de Cédric qui a été extrait de sa cellule, de Stéphanie et de Nadine, la grand-mère. Louis et Elyah sont également présents, mais tenus à l'écart de leur père. Nous sommes un peu plus d'une semaine après la confrontation mère-fils organisée à la gendarmerie de Gaillac. En la voyant, Cédric tombe dans les bras de sa mère.

Au cours de l'audience, il exprime le souhait que les enfants soient placés chez elle, à Carmaux. Mais la juge des enfants décide de confier la garde à leur tante Stéphanie, en tant que tiers digne de confiance. Nadine dispose d'un simple droit de visite et d'hébergement un week-end sur deux et un mercredi sur deux, plus la moitié des vacances scolaires. Un équilibre qui ne lèse personne. Face à la juge, Louis pose une question essentielle : « Pourquoi papa est en prison ? » Il exprime aussi une demande émouvante : « que la police ouvre les barreaux de la prison pour lui faire un câlin ». Au fil du temps, Stéphanie et les autres adultes finiront par trouver une réponse. Ils expliqueront à Louis que son papa n'a peut-être pas dit toute la vérité au sujet de la disparition de sa maman. Une façon d'éclairer l'enfant sans insulter l'avenir.

Cinq mois plus tard, le 26 novembre 2021, Louis est conduit à Toulouse dans le cabinet des juges d'instruction. Contrairement aux deux auditions avec les gendarmes, celle-ci n'est pas filmée. L'une des deux magistrates, Audrey Assemat, a longtemps été juge des enfants. Une expérience qui lui sert pour nouer le contact avec le petit garçon. Elle le questionne d'abord sur sa nouvelle école, ses nouveaux copains, sa nouvelle maison, chez son oncle et sa tante, les week-ends qu'il passe, une fois sur deux, chez ses grands-parents à Carmaux, et sa petite sœur qui grandit et parle de mieux en mieux. Louis a fêté son septième anniversaire, mais il fait plus que son âge. « Tu sais, Louis, ont dit les juges, si tu es avec nous, c'est parce qu'on essaye de retrouver ta maman. Tu peux nous aider. » Alors, Louis fait de son mieux. Il fouille dans sa mémoire et il trouve plein de choses. Pour se repérer dans ce théâtre d'ombres, l'enfant se souvient de l'émission qu'il regardait à la télévision ce soir-là sur M6. Puis, mentalement, il quitte le canapé du salon, où il était lové contre sa maman, rejoint sa chambre, au fond du couloir à gauche, et se glisse dans son lit. Il est environ 23 heures. La porte de sa chambre est entrouverte, comme d'habitude. Il aurait pu s'endormir immédiatement et paisiblement après sa longue journée. Mais non. Il est alerté au contraire par le début d'une discussion très animée entre ses parents. Louis se serait alors relevé et se serait placé juste derrière une porte entrebâillée, celle qui sépare la pièce principale du couloir qui mène aux trois chambres. Il aurait alors passé une tête et vu son père tendre les bras à l'horizontale, posant les mains sur les épaules de sa mère. « Je me souviens qu'ils se poussaient, je les ai vus, parce qu'en fait j'étais descendu de mon lit, la porte était un peu ouverte et je regardais [...]. Ils se poussaient avec les deux bras, une fois papa et une fois maman. » Dans sa mémoire, Delphine est vêtue d'un pyjama « avec des petits chats ». La scène, complète Louis, se déroule entre le salon et la salle à manger, juste à côté du sapin de Noël. Un détail qui ajoute du crédit à son témoignage et permet de le situer dans le temps. Il confirme avoir entendu la fameuse phrase « alors puisque c'est comme ça, on va se séparer » et l'attribue, cette fois sans hésitation, à son père. Dans la continuité de l'échange avec les juges d'instruction, Louis mentionne une phrase que sa mère aurait lancée à son père : « Arrête-toi ! » Sans préciser s'il s'agit alors d'un ordre ou d'une supplication.

Louis aime « éteindre les feux ». Cette fois, le fils n'ose pas s'interposer entre ses parents comme cela lui est déjà arrivé dans le passé. Toujours selon son récit, il aurait cependant signalé sa présence en faisant « du bruit, exprès pour qu'ils s'arrêtent ». « Je suis retourné me coucher parce que j'entendais papa venir et que j'ai eu peur d'être grondé. J'ai un peu couru sur la pointe des pieds et je me suis mis dans mon lit », souffle-t-il encore. Ensuite, plus rien. Plus de son ni d'image jusqu'au réveil le lendemain matin. « Après, ils se sont pas redisputés », assure l'enfant. Louis n'aurait entendu ni les chiens aboyer, ni les cris de détresse d'une femme décrits par deux voisines. L'enfant s'était peut-être déjà endormi.

Au cours d'une remise en situation, effectuée la nuit du 13 au 14 décembre 2022 dans la maison des Jubillar, les juges d'instruction et les avocats des différentes parties ont pu se rendre compte de la configuration des lieux décrits par l'aîné de la famille. Ils ont aussi constaté que, par l'entrebâillement de la porte, Louis disposait bien d'un poste d'observation lui permettant d'assister à la dispute décrite dans son témoignage.

Chapitre 20
Dernier jour avant la nuit

Le réveil sonne habituellement à 6 heures chez les Jubillar. Le 15 décembre 2020, comme le matin précédent, c'est Delphine qui s'est chargée de réveiller Cédric. La veille au soir, avant d'aller se coucher sur le canapé du salon et de s'emmitoufler sous la couette blanche, la jeune femme a réglé l'alarme de son téléphone à l'heure dite et s'est levée quelques heures plus tard pour sortir son mari du lit. Un peu comme une mère le ferait avec son fils. Puis elle s'est recouchée. L'infirmière a encore une semaine de vacances devant elle. Ce mardi 15, Cédric travaille. Il doit poser du parquet flottant et réaliser quelques retouches de peinture chez un particulier, à Albi, dans le quartier de l'université. Bonnet vissé sur la tête, démarche un peu voûtée, il quitte la maison à pied vers 6 h 40, en direction de l'arrêt de bus « Mairie de Cagnac », sur la ligne 711 qui assure la liaison entre Carmaux et Albi. Dans son sac à dos, la gamelle pour le déjeuner et une bouteille de vin rouge qu'il compte offrir à son patron pour ses 43 ans. Son CDD se termine à la fin de la semaine. Il ne sera pas renouvelé. Franck, son employeur, apprécie sa ponctualité mais estime que la qualité de ses finitions, en peinture, laisse à désirer. Cédric n'en a pas pris ombrage et n'a même pas cherché à plaider sa cause. Quelques jours plus tôt, on lui a proposé un CDI à 1 800 euros nets mensuels. Le projet est intéressant, c'est un vaste chantier de rénovation dans le centre historique d'Albi. Il va falloir faire ses preuves pendant les deux mois de la période d'essai, mais l'année 2021 ne peut pas mieux se présenter sur le plan professionnel.

Même en congé, Delphine a un emploi du temps minuté ce mardi matin. Juste avant 9 heures, elle installe ses deux enfants à l'arrière de sa vieille Peugeot 207 bleu marine, deux cent treize mille kilomètres au compteur, qui menace de tomber en panne à tout moment. Pour les courts trajets, cela passe encore. Comme d'habitude, elle remonte la rue Yves-Montand, tourne à droite chemin de Drignac, passe à côté des terrains de pétanque, rue de la Maison-du-Peuple, et longe l'église du village. Le portail de l'école primaire Jean-Jaurès est de l'autre côté de la rue. Un bisou à sa maman, et Louis a déjà rejoint ses copains de CP et sa maîtresse adorée. Delphine quitte alors Cagnac et descend la route de la Drêche qui plonge vers Albi. Au volant, la jeune femme songe à Jean, cet homme qui s'est invité dans son existence il y a quelques mois. Le seul fait d'y penser lui donne le sourire et lui ferait presque oublier ses problèmes avec Cédric. L'infirmière a prévu de passer rapidement à la clinique Claude-Bernard. Elle doit retirer la carte-cadeau de 170 euros offerte par le comité d'entreprise pour Noël. Une bouffée d'oxygène qui lui sera bien utile pour financer les cadeaux, notamment ceux des enfants. Delphine souhaite ensuite régler une question délicate. Accompagnée d'Elyah qui babille dans sa poussette, elle passe la porte de l'agence du Crédit Agricole située place du Vigan, dans le centre d'Albi. Elle n'a pas rendez-vous mais vient pour un renseignement… ou plutôt une doléance. Elle souhaiterait obtenir un nouveau code confidentiel de carte bleue. Le sujet est d'importance et l'attachée commerciale qui reçoit Delphine a bien saisi les enjeux. Son mari, avec lequel une procédure de divorce est amorcée, a l'habitude, depuis des années, de lui subtiliser sa carte et de s'en servir pour effectuer des petits retraits sur le compte personnel de son épouse comme sur les livrets A des enfants. Les montants sont le plus souvent modestes mais, additionnés les uns aux autres, ils finissent par se chiffrer en centaines d'euros à la fin du mois. Certes, au début du mois suivant, Cédric rembourse les sommes indélicatement « empruntées », mais pas systématiquement, ou alors de manière partielle. Dernièrement, le jeune homme a aussi utilisé la carte de son épouse pour avoir accès à ses relevés de comptes et surveiller ses dépenses. Symboliquement, ce changement de code couperait le pont qui la relie à ce mari sans gêne. Avant de le quitter pour de bon. L'employée du Crédit Agricole ne peut donner immédiatement satisfaction à Delphine car cela implique de commander une nouvelle carte bleue. Rendez-vous est pris avec la conseillère bancaire en fin de semaine, le vendredi 18 décembre. Ce sera l'occasion de faire le point sur les finances du ménage. Delphine semble rassurée. Bientôt une épine en moins. Elle quitte en voiture le parking du Vigan à 10 h 24, heure à laquelle son visage apparaît dans le champ de la caméra de surveillance. Sa longue chevelure dénouée tombe sur un manteau beige dont la capuche est bordée de fourrure. La jeune femme a prévu de rendre visite à son amie Anne, celle qui peut tout entendre et à qui elle peut (presque) tout dire. Elles se sont fixé rendez-vous à 11 heures pour un café.

Delphine est venue demander des conseils juridiques à son aînée. Quelles erreurs et quels pièges éviter lorsqu'on souhaite quitter son conjoint et qu'un patrimoine immobilier est en jeu ? Certes, elle peut compter sur les services d'une avocate, mais Anne est passée par là il y a quelques années, elle connaît. Difficile cependant d'avoir une conversation suivie ce matin là, car Anne reçoit plusieurs coups de fil. Et puis Delphine semble ailleurs. Ni triste ni joyeuse, juste vaguement absente. C'est Elyah qui la sort soudain de sa rêverie. La fillette de 18 mois vient de faire ses premiers pas, entre la table du salon et le canapé ! Ce ne sont que quelques mètres, mais elle s'est enfin lancée. Delphine lâche un cri de surprise. Anne, toujours prompte à dégainer son téléphone pour une photo, n'a pas réagi assez vite et n'immortalisera pas le moment. Midi va bientôt sonner. Les deux mères de famille s'habillent pour aller chercher leurs garçons à la sortie de l'école. En apercevant la copine de sa maman, Louis tente de s'inviter. « Chère Anne, on peut manger chez toi ce midi ? » dit-il avec cette théâtralité qui le distingue des enfants de son âge. Peine perdue. Chacun rentre chez soi.

13 h 08. Sur l'écran du smartphone de Delphine, apparaît un message qui lui fait l'effet d'une secousse

sismique. Le texte émane de la compagne de Jean, son amant. « Bonjour, sachez que vivre, partager, rigoler, coucher avec une personne qu'on aime malgré ses imperfections et son envie de nous abandonner est très difficile [...] S'il vous plaît, ne poursuivez pas maintenant cette aventure. Vraiment je n'y arriverai pas. Laissez-moi encaisser les premiers coups avant de m'en donner d'autres. Merci. » Que répondre ? Faut-il rappeler, écrire ou garder le silence ? Delphine est probablement sidérée par ce message qu'elle n'a pas senti arriver. Elle en oublierait presque de raccompagner Louis à l'école ! Trois quarts d'heure plus tard, à 13 h 53, un second texto lui parvient. Si le premier l'a bouleversée, celui-ci la transporte dans une autre dimension. « Message demandé par Jean. Nous nous sommes mis d'accord tous les 2 pour que tant que nous habiterons ensemble, nous soyons une famille. J'accepterai tout ce qui se passera après. Nous nous étions promis de ne jamais nous faire du mal en nous séparant et c'est là la version la moins douloureuse. Psychologiquement je ne peux pas tout endurer d'un coup. Laisse la place se libérer avant de la prendre. »

Delphine a du mal à y croire. Ce n'est pas une déclaration de guerre à une rivale, juste une proposition de pacte de non-agression. Le vouvoiement du premier message a même cédé la place, dans la dernière phrase, au tutoiement. Ce SMS semble acter le retrait programmé de l'une au profit de l'autre et ouvre la voie au projet de vie commune que Delphine et Jean caressent depuis des semaines. Cette fois, le doute n'est plus permis. Delphine est euphorique. Peut-être, au fond, n'a-t-elle jamais été aussi heureuse. Mais il faut répondre. D'autant que la femme de son amant l'a appelée directement à trois reprises depuis son second message. Alors Delphine polit sa pensée, mûrit ses mots et commence à pianoter une série de SMS dont on se souvient pour la vie. Il est 14 h 23 lorsqu'elle les adresse à son interlocutrice. « Bonjour C. Je comprends tout à fait ta requête et je m'y plierai selon ta convenance. Malgré le fait que je ne te connaisse pas encore, j'ai énormément de respect pour toi, tu es la maman d'A., je te considérerai donc telle quelle, avec toute la bienveillance que je pourrai te donner. Faites les choses au mieux pour lui. Il a autant besoin de sa maman que de son papa. Jean m'a toujours parlé de toi avec estime, tu pourras toujours compter sur sa présence. Tu es jeune, tu as droit toi aussi au bonheur et je suis persuadée que tu le trouveras. C'est tout ce que je te souhaite. Voilà, je serai disponible pour te rencontrer quand les choses seront posées. En attendant je vais m'effacer, me faire discrète, te laisser digérer la nouvelle et vous laisser en famille selon ton souhait. Bonne journée. »

Une heure plus tard, les deux amants se passent un premier coup de téléphone pour échanger fébrilement sur la fin imminente de leur clandestinité. Maintenant que la femme de Jean est au courant et ne semble pas faire barrage, plus rien ne s'oppose à leurs projets. Si ce n'est un dernier obstacle pour Delphine : annoncer à son mari son départ définitif, faire ses valises et emménager dans un appartement à Albi, en attendant l'installation dans une maison commune. Pas avant les fêtes de Noël bien sûr, mais peut-être d'ici la fin janvier. Delphine n'entend plus la pluie de décembre qui frappe contre la baie vitrée. Comme en apesanteur, elle file chercher Louis à l'école à 16h30. Elle y revoit Anne qui guettait son arrivée. Les deux amies ont encore échangé des textos dans l'après-midi, mais jamais Delphine n'a mentionné les messages de la mi-journée envoyés par la femme de Jean. Trop intime, trop brûlant aussi. Les deux mamans se recroisent une dernière fois, juste devant la maison des Jubillar. Au moment précis où Anne descend la rue Yves-Montand et arrive au niveau du numéro 19, elle se fait couper la route par Oprah, la jeune chienne de la famille, qui déboule pour fêter le retour de Delphine et des enfants. La Peugeot 207 bleu marine est stationnée sur le trottoir à sa place habituelle, « capot vers le haut, comme toujours », dira Anne aux enquêteurs. Un témoignage appuyé par celui du plus proche voisin qui se souvient avoir vu la voiture de Delphine garée dans ce sens le mardi soir vers 21h15. Le lendemain à l'aube, ce même voisin et les gendarmes noteront que la Peugeot stationne dans le sens inverse, laissant à penser qu'elle a donc été utilisée dans le courant de la nuit.

Sa fille dans les bras, l'infirmière remonte péniblement la petite butte qui mène à l'entrée de sa maison. C'est l'heure du goûter pour les enfants. Bientôt, papa va rentrer du travail. Sur le chemin du retour, Cédric est censé faire une halte à Cagnac, chez un mécanicien automobile à qui il doit de l'argent. Ce mardi soir, il doit lui remettre 50 euros en liquide, une partie de sa dette. Mais il y a un problème : le jeune homme n'a pas réussi à retirer la somme convenue. Il aurait déjà atteint son plafond hebdomadaire de dépenses, comme il l'explique à son créancier.

Cédric Jubillar arrive à la maison vers 18h40. Le père de famille se serait mis à jouer dans la pièce principale avec Louis et Elyah. Delphine est alors sur le canapé, devant la télé, toujours aussi distante et froide à son égard. Cédric ne sait plus comment réagir. Il ne lui reste plus que la cheminée pour réchauffer l'ambiance. Alors, il glisse une première bûche dans l'insert et se sert un apéro, un perroquet évidemment. Puis se met à la cuisine. Le menu est simple, comme souvent un soir de semaine. Cédric fait cuire des pâtes accompagnées de steaks et de cordons bleus. Delphine préfère se préparer une soupe en brique. Vers 19h30, la petite famille s'installe autour de la table basse du salon. Elyah est dans sa chaise haute, Louis sur un tabouret, les parents assis sur le canapé. À la télévision, le « 19:45 » de M6 égrène les nouvelles de la journée. Le journal s'achève par un sujet consacré à la chanteuse Hélène Ségara qui sort un nouvel album. Louis aide à débarrasser et dépose la vaisselle sale dans l'évier. Il sera toujours temps de la mettre au lave-vaisselle demain matin. À peine sorti de table, Cédric se prépare un café et part fumer sur la terrasse. À l'abri des regards, il se connecte sur Meetic et adresse une série d'invitations à sept femmes. En explorant son téléphone pour les besoins de l'enquête, les gendarmes découvriront ces écrits. « Bonsoir charmante XX, j'espère que vous allez bien et que vous avez passé une bonne journée. Si jamais vous vouliez faire plus amplement connaissance, c'est avec grand plaisir cordialement Cédric. » Au même moment, Delphine échange sur Snapchat avec Jean. Pour célébrer ce grand jour et cette nouvelle vie qui se profile, il vient de commander une sélection de sept bouteilles de vin rouge : plusieurs bordeaux, un côtes-du-rhône et des crus italiens. « On va se faire plaisir, notre premier carton de grands crus… » savoure son amoureux. Delphine va ensuite coucher sa fille. Une paisible soirée télé se profile. Louis n'a pas école le lendemain, c'est mercredi, et il adore l'émission « La France a un incroyable talent » sur M6. Ce soir, c'est la finale. Pas question de rater ça ! Mère et fils se blottissent l'un contre l'autre sur le canapé. Quant à Cédric, il n'a aucune envie de rester devant la télé et part faire un tour dans le quartier vers 21 h 30. Une voisine le croise à proximité des terrains de pétanque. Elle le salue mais lui ne répond pas. Il a l'air stressé et d'humeur maussade, selon le témoignage de cette femme qui croit se souvenir qu'il est seul à cet instant. Interrogé plus tard au sujet de cette rencontre nocturne, Cédric rétorquera que Gnocchi et Oprah, ses deux shar-peïs, l'accompagnaient pourtant. Son activité téléphonique ne révèle d'abord rien de suspect. Avant de sortir de chez lui, il a regardé une vidéo de l'humoriste Kevin Razy et un clip du rappeur Kery James, puis s'est offert une courte partie de belote en ligne. Au cours de sa promenade, il se serait connecté sur son jeu fétiche, *Game of Thrones*. Mais de façon très inhabituelle, son téléphone est désactivé à 22 h 08. S'est-il éteint faute de batterie, comme il le soutiendra de manière constante par la suite ? Cédric Jubillar précisera même qu'il l'avait ensuite rallumé et basculé aussitôt en mode avion, avant de revenir sur ces propos. Les enquêteurs estiment au contraire, expertise à l'appui, que le suspect a éteint volontairement son téléphone et qu'il ne l'a pas mis en mode avion ce soir-là. Un détail technique qui fissure la version du jeune père de famille et marque une rupture avec ses habitudes. Au cours de l'année 2020, il n'a en effet éteint son appareil qu'à deux reprises la nuit et jamais avant 23 heures. Autre élément, plus intime celui-ci, Cédric Jubillar ne visionne pas de vidéos pornographiques sur son téléphone au cours de la soirée du 15 décembre contrairement aux quatre soirées précédentes. Une routine avec laquelle il renoue d'ailleurs dès le lendemain soir, le 16. De quoi ces variations sont-elles le signe ? Dans le même temps, Delphine converse discrètement avec son amant. « I love you petit Kiki », lui écrit-elle à 21 h 30. « Un jour prochain, ton lit sera le mien », réplique son interlocuteur à 22 h 18. Dans la minute qui suit, l'infirmière lui envoie un selfie. Regard de biais, sourire discret, cheveux dénoués, elle porte une nuisette ou plutôt un combishort blanc avec un liseré rose. Un vêtement qui sera retrouvé par les gendarmes dans la panière à linge sale. Visiblement, la photo est filtrée. Delphine semble assise sur le lit conjugal. On devine à l'arrière-plan l'une des portes de la chambre, reconnaissable aux lignes courbes peintes en rouge. Ce cliché, dont personne ne sait de quand il date, est suivi d'un nouveau mot doux. « J'attends que ça !!! que ton lit soit mien !!! » Environ dix minutes plus tard, vers 22 h 30, Cédric est au lit. Il appelle Louis et Delphine pour qu'ils viennent l'un et l'autre l'embrasser. L'existence de ce « câlin à trois » est confirmée par l'enfant. Le fils et sa maman retournent ensuite au salon. En réponse au selfie envoyé par son amoureuse, Jean écrit une demi-heure plus tard : « Bonne nuit ma chérie adorée », suivi de trois petits cœurs. Réponse de Delphine à 22 h 55 : « Je t'aime fort », avec un cœur rouge. Puis Jean, quelques secondes plus tard : « Ti amo !!! Fortissimo pour toujours. » Delphine adresse un ultime message, toujours à 22 h 55 : « Je t'embrasse », accompagné d'un cœur rose rempli d'étoiles. Et puis plus rien…

Plus rien si ce n'est un enfant qui va se coucher avant, explique-t-il, de se relever et d'observer ses parents se disputer dans le salon peu après. Plus rien, à part des cris qui déchirent la nuit quelques minutes plus tard, entendus par deux voisines des Jubillar, une mère et sa fille, sorties sur la terrasse de leur maison, à cent trente mètres à vol d'oiseau, après leur film du soir : « C'était un cri de peur, c'était fort, dit la femme aux gendarmes le 17 décembre. Ça criait, ça s'arrêtait, et la peur était si importante qu'elle n'avait pas le temps de reprendre son souffle. Ce que je sais, c'est que le cri de cette personne m'a fait très, très peur. » Selon ce témoignage capital, confirmé et complété par une seconde audition début janvier, la scène dure « entre cinq et dix minutes ». Ces bruits « glaçants » proviennent de l'extérieur d'une maison. Ils ne sont accompagnés d'aucune voix d'homme ni d'aucun appel au secours, mais par des « couinements » de chiens. Invitée par les enquêteurs à localiser leur origine sur un plan du lotissement, la mère de famille désigne une zone restreinte de six maisons, qui comprend celle des Jubillar. Son témoignage est étayé par celui de sa fille mineure. Cette dernière évoque « des cris aigus d'une femme qui criait longtemps et qui après s'arrêtait. […] Ça a duré longtemps, comme si elle ne reprenait pas son souffle». Ces cris étaient mêlés aux aboiements de deux chiens, «parce qu'il y en avait un qui aboyait plus fort que l'autre», précise-t-elle. Impossible de ne pas penser aux deux shar-peïs du couple Jubillar. La femme avoue qu'elle culpabilise de ne pas avoir alerté la gendarmerie sur-le-champ. Elle a d'abord pensé à «une bataille de chiens», explique-t-elle, puis songé à se rendre sur place avant de se raviser à cause de sa peur des chiens, ou de sa peur tout court. Elle en fera des cauchemars durant la nuit.

Pouvait-il vraiment s'agir de cris de détresse de Delphine? Pour tenter de se repérer dans le temps, les deux témoins peuvent se référer au film *Retour vers le futur 2* qu'elles regardaient sur TF1 ce soir-là. La fille est formelle: elle a rejoint sa mère qui fumait sur la terrasse à la fin du film, «au moment de la pub», dit-elle. Or, cette coupure publicitaire a débuté à 23 h 07. À cette heure, Louis est couché et une dispute entre les époux Jubillar est peut-être en train de dégénérer. Mais une partie du témoignage de la mère crée un flou. Elle pense être allée sur la terrasse au moment où Marty, le personnage principal, joue un solo de guitare. Une scène diffusée entre 22 h 51 et 22 h 55, à un moment où Delphine converse encore avec son amant. «Je suis sortie fumer ma cigarette. À ce moment-là, j'ai entendu des cris de femme», déclare-t-elle aux gendarmes. Mais à quelle heure précisément arrive-t-elle sur la terrasse et combien de temps s'écoule avant le début des cris? C'est cette double imprécision, aussi fine soit-elle, qui permet aux avocats de Cédric Jubillar de défendre l'idée que les cris évoqués par les témoins auraient commencé à être perçus dans ce créneau de quatre minutes compris entre 22 h 51 et 22 h 55. Partant de là, il ne pourrait donc s'agir de Delphine Jubillar. Magistrats et enquêteurs s'appuient eux sur la précision du témoignage de la fille plutôt que sur le léger flou qui enveloppe les déclarations de la mère. Ils estiment même qu'il s'agit d'une pièce importante de l'accusation. Lors du transport sur les lieux, organisé dans la nuit du 13 au 14 décembre 2022, les juges d'instruction ont fait procéder à des tests sonores en tentant de reproduire les cris stridents d'une femme située devant la maison des Jubillar. La conclusion est limpide : depuis leur terrasse, les voisines avaient bien la possibilité d'entendre très nettement de tels cris.

Je songe enfin à cette remarque que m'a faite un très bon connaisseur du dossier d'instruction. « Dans cette affaire criminelle sans corps, sans scène de crime et sans aveux, le principal adversaire de Cédric Jubillar, c'est Cédric Jubillar lui-même : son comportement avant la disparition de sa femme, dans les heures qui suivent et longtemps après. En fait, il ne donne jamais l'impression de guetter, d'espérer ni même d'envisager un retour de Delphine. » Les gendarmes ont noté par exemple que ce mari pour le moins déroutant ne leur posait jamais de questions sur l'avancée des recherches. Jusqu'à présent, en ce début d'année 2023, l'unique suspect a toujours contesté être l'auteur du meurtre de sa femme et les multiples demandes de mise en liberté déposées par ses avocats ont toutes été rejetées. L'affaire de la disparition de Delphine Jubillar épouse désormais les contours des plus grands dossiers criminels des dernières décennies. Unité de temps et de lieu, nombre restreint de protagonistes et de témoins directs, simple en apparence, infiniment complexe dans le détail.

Épilogue

Plus de deux ans après la disparition de Delphine, je n'ai toujours pas de certitude sur ce qui a pu se produire dans la maison des Jubillar, pendant la nuit du 15 au 16 décembre 2020. En revanche, les témoignages accumulés au cours de mon enquête journalistique et la somme des éléments recueillis par l'enquête judiciaire m'ont permis d'esquisser modestement un portrait intime de Cédric Jubillar. Je dis « modestement », car ma contribution ne saurait se comparer à l'expertise psychiatrique diligentée par la justice. Celle-ci a dépeint la personnalité d'un homme « égocentrique, parfois arrogant, jamais déstabilisé, ayant toujours réponse aux questions posées avec beaucoup d'aplomb », « coléreux mais aussi rapidement séducteur », doté d'un « égo surdimensionné » et « parfois d'un sentiment de toute-puissance ». Bref, « un homme normal » comme l'assurent ses avocats qui ne voient là rien de défavorable à l'encontre de leur client. Pour ma part, si je devais résumer ce que j'ai compris de Cédric, il faudrait peut-être commencer par son goût pour le déguisement. Ce n'est pas un hasard s'il adorait se rendre au carnaval d'Albi. Cédric a toujours aimé jouer un personnage. Au fond, peut-être s'ennuyait-il dans cette vie corsetée, normée, fondée sur les apparences, le travail, la maison, le pouvoir d'achat, l'image que chacun tente de donner de soi. Il lui fallait de la dérision, de l'excentricité, du fantasque, de l'excès, de la douce défonce sous cannabis, du risque aussi, de la folie parfois. Quitte à exagérer, extrapoler, bluffer ou mentir si la réalité n'était pas à la hauteur de son imagination. Quitte aussi à invectiver et à cracher sur celui ou celle qui lui renverrait un miroir trop sombre de lui-même. C'était la façon qu'il avait trouvée d'être au monde pour tromper sa solitude et sa tristesse originelles. C'était aussi sa manière d'exister un peu aux yeux des autres, de rappeler qu'il était là et qu'il méritait de l'attention et un peu d'amour, pourquoi pas. En chemin, il s'est donc souvent fâché, et comme il a rarement pris le temps de se réconcilier, les gens se sont détournés et ont mis de la distance. «Je sais, je suis un connard», lâchait parfois Cédric aux personnes qu'il venait de blesser. C'était autant un mot d'excuse qu'une manière de tourner la page. Peu habitué à s'investir dans une amitié durable et désintéressée, il concentrait son énergie sur la survie, la débrouille et une conception très matérialiste des relations humaines, vues d'abord comme un échange de services.

Delphine, d'abord amoureuse et fascinée par son charme, sa vitalité et son tempérament de feu, a fini par se lasser et par le craindre. En public, elle s'est souvent soumise à ses colères et à ses outrances, le temps de laisser passer l'orage. En privé, elle tolérait son indolence, ses carences, ses problèmes d'argent et de drogue. Elle voulait croire que ses accès de violence verbale étaient éphémères et ne recouvraient rien de grave. Puis elle s'est interrogée lorsque les brimades dont il était capable à l'égard de ses chiens ont commencé à se reporter sur le petit Louis. À 33 ans, après un déconfinement qui lui a ouvert les yeux, elle a voulu voir si une autre vie était possible. Autour d'elle, à Cagnac-les-Mines comme à la clinique Claude-Bernard, les femmes de sa génération ont souvent osé rompre pour tenter de se reconstruire. Alors pourquoi pas elle ? Les choses sont arrivées plus vite que prévu, comme un cadeau de la vie. Delphine est tombée amoureuse d'un homme qui était le portrait en négatif de Cédric : organisé, minutieux, altruiste, attentionné, et puis quelques défauts probablement, qu'elle n'aura pas eu le temps de découvrir. Cet amour fou fut sa chance et peut-être son drame.

Toujours en détention provisoire en ce début d'année 2023, Cédric Jubillar continue à jouer, à se déguiser. Comment savoir quand il dit la vérité ? Est-ce lorsqu'il affirme ou écrit qu'il est « un innocent qui dort en prison » et qu'il n'a « jamais fait de mal à Delphine » ? Ou est-ce lorsqu'il confie à un codétenu un scénario criminel qui colle étrangement à celui que les enquêteurs ont fini par envisager ? Ce scénario, dont rien d'irréfutable ne permet d'avancer qu'il est le bon, le voici : après s'être allongé dans son lit le soir du 15 décembre 2020, Cédric se serait relevé et aurait rejoint la pièce principale au moment où Louis venait de regagner sa chambre. Une dispute aurait éclaté avec son épouse, de manière tout à fait imprévue parce que Cédric aurait découvert un message téléphonique de l'amant, ou au contraire de façon froide et délibérée. Après une première empoignade près du sapin de Noël dont Louis aurait eu un aperçu à travers l'entrebâillement de la porte du séjour, les époux Jubillar se seraient affrontés à l'extérieur de la maison. À l'arrière, dans cette partie du jardin réservée habituellement aux deux shar-peïs, ou alors devant, près de la terrasse ? Nul ne le sait sauf peut-être le principal intéressé. Cédric aurait pris le dessus sur sa femme et l'aurait étranglée, ou assommée. Les cris de détresse de Delphine, les derniers, ne se seraient pas totalement perdus dans la nuit. Les voisins les plus proches, barricadés derrière leurs volets roulants et leurs doubles vitrages, n'auraient rien perçu du drame. Mais depuis leur terrasse située à une centaine de mètres, deux personnes, une maman et sa fille, auraient tout entendu.

En ce début d'année 2023, à l'heure où j'écris ces lignes, l'instruction judiciaire s'achève et devrait déboucher sauf énorme surprise sur le renvoi de Cédric Jubillar devant la cour d'assises du Tarn. Mis en examen pour « meurtre par conjoint » et placé en détention provisoire depuis juin 2021, il encourt la réclusion à perpétuité. À ce jour, les recherches du corps de Delphine sur les terres noires de la campagne albigeoise sont restées vaines malgré les moyens humains et techniques considérables mis en œuvre par deux juges d'instruction qui n'auront reculé devant aucune opération allant même jusqu'à faire ouvrir une dizaine de tombes suspectes dans le cimetière de Cagnac en juillet 2022. Un échec de plus dans cette quête de la dépouille de l'infirmière d'Albi. Faute d'une preuve irréfutable pesant contre Cédric Jubillar, les gendarmes de la section de recherches de Toulouse, saisis de cette enquête à nulle autre semblable, estiment pourtant avoir réuni suffisamment d'indices pour étayer l'accusation en vue d'un futur procès. Un regret tout de même, il est de taille, les enquêteurs misaient beaucoup sur les données issues de l'historique de géolocalisation du téléphone de Cédric Jubillar sur une période allant du 1er août 2020 jusqu'à la nuit de la disparition. Une mine d'informations sous forme de coordonnées GPS qui aurait permis, peut-être, de détecter ce lieu très particulier où le suspect, selon ses propres déclarations rapportées par certains de ses proches, aurait envisagé d'enterrer Delphine. Malheureusement, ces données de géolocalisation, détenues par Google, n'ont été que très partiellement communiquées à la justice française par le géant américain. Seules les coordonnées GPS des deux semaines qui précèdent la nuit de la disparition ont été transmises, sans que cela n'éclaire ou n'oriente utilement les recherches.

Pour les proches de Delphine, ses enfants d'abord, sa sœur, ses frères, ses oncles et tantes, cousins et cousines, amies intimes, collègues de la clinique, sans oublier les copines de Cagnac qui chaque semaine, Émy et Hélène en tête, sillonnent la campagne et la forêt à la recherche d'une petite trace, l'insoutenable attente s'étirait comme un long supplice. Le samedi 8 janvier 2022, ils étaient tous réunis dans la somptueuse cathédrale d'Albi pour une « messe de lumière » en hommage à Delphine. C'est Chloé, l'amie d'enfance, qui a eu l'idée de cette cérémonie, aussitôt rejointe par Stéphanie, la sœur aînée. Deux photos de la disparue posant avec ses deux enfants étaient placées sur des chevalets au pied de l'autel. C'était beau, bouleversant et triste à mourir. Certains sanglotaient, d'autres s'appuyaient sur leurs voisins pour ne pas chanceler. Jean, ce nouvel amour avec qui Delphine projetait de se marier un jour, en 2022 ou 2023 peut-être, dans cette même cathédrale d'Albi, a renoncé à venir au dernier moment. Trop de chagrin, trop d'émotion, la peur aussi d'être reconnu et assailli par des journalistes. Mais ce mélomane passionné de musique classique a choisi les chants de la messe. Une participation discrète et spirituelle. À l'inverse, Nadine, mère de Cédric et grand-mère de Louis et Elyah, a choisi d'être présente, au deuxième rang. Moi aussi, j'étais là, en retrait, sur le côté. L'heure était au recueillement et à la pudeur. Pas aux interviews ni à la quête de confidences. Ce jour-là, je me suis contenté d'observer, d'écouter. Et lorsque l'archiprêtre de la cathédrale d'Albi, Paul de Cassagnac, a prononcé son homélie, j'ai pensé qu'il venait probablement de dire l'essentiel.

« Que sommes-nous venus chercher ? Que sommes-nous venus trouver ? Au-delà de nos convictions, de nos questionnements, tous et particulièrement la famille et les proches de Delphine dans cette lourde épreuve endurée depuis plus d'un an, avivée par une totale incertitude à ce jour quant à ce qui s'est réellement passé au sujet de Delphine, nous éprouvons le besoin de nous retrouver dans le silence et le recueillement, dans cette pause spirituelle. Nous avons besoin de retrouver la sérénité, la paix, la force, l'espérance. Avec des mots qui peinent à exprimer ce qu'il y a au fond de nos cœurs, nous désirons tous ardemment que

Delphine, là où elle se trouve, soit profondément en paix. Nous avons tous le désir que ses enfants, Louis et Elyah, qu'elle chérissait, puissent être entourés de tendresse et d'amour et continuent à grandir aussi sereinement que possible. Et bien sûr, nous aspirons tous à ce que l'enquête aboutisse pour que, enfin, la vérité éclate, que la lumière soit faite sur ce qui est advenu de Delphine. Car comment est-il possible d'entamer une démarche de reconstruction, une démarche de réconciliation avec soi-même et autour de soi, en étant dans cette incertitude insupportable ? » En quelques phrases, l'homme d'Église avait su atténuer la douleur et panser provisoirement les plaies béantes des vivants. À la sortie de la messe, j'ai bu un verre avec une amie de Delphine. Nous avons reparlé d'elle, de Cédric, des enfants, des possibles prémices de la tragédie dont personne n'avait vraiment pris la mesure, d'un éventuel procès d'ici fin 2023 ou 2024, et de la vie qui continue malgré tout, sans Delphine.

Ronan Folgoas, janvier 2023.

REMERCIEMENTS

Merci à tous ceux qui m'ont aidé à écrire ce livre, à Cagnac-les-Mines, Carmaux, Albi, Gaillac, Montauban, Toulouse et ailleurs.

Merci à Isabelle Dubois pour sa confiance, à Clarisse Cohen pour ses relectures attentives, et à Éric Maitrot pour m'avoir aidé à poser les fondations.

Merci tous ceux et celles qui un jour m'ont ouvert leur porte ou ont répondu à l'un de mes appels, sans forcément donner suite.

Merci à Jérémie Pham-Lê, Jean-Michel Décugis, Damien Delseny, Marie T. et tous mes collègues du service Police-Justice du *Parisien* pour leur soutien et leur aide.

Merci à Sophie, Luka et Emma qui ont tout rendu possible.

Merci enfin à mes parents et à mes grands-parents qui m'ont donné envie de regarder le monde sans le juger trop vite.

Table

PAPIER À BASE DE FIBRES CERTIFIÉES

Le Livre de Poche s'engage pour l'environnement en réduisant l'empreinte carbone de ses livres. Celle de cet exemplaire est de :
400 g éq. CO_2
Rendez-vous sur www.livredepoche-durable.fr

Composition réalisée par Soft Office

Achevé d'imprimer en février 2023 en Espagne par Blackprint
Dépôt légal 1re publication : mars 2023
LIBRAIRIE GÉNÉRALE FRANÇAISE
21, rue du Montparnasse – 75298 Paris Cedex 06

67/9558/1